P.S. DE PARIS

P.S. de Paris

Marc Levy

Tradução
Flávia Souto Maior

Planeta

Título original: Elle & Lui

Preparação: Erika Nogueira
Revisão: Juliana Rodrigues e Fernanda Guerriero Antunes
Diagramação: Departamento de criação da Editora Planeta do Brasil
Capa: Adaptado do projeto original de Kimberly Glyder

DADOS INTERNACIONAIS DE CATALOGAÇÃO NA PUBLICAÇÃO (CIP)
ANGÉLICA ILACQUA CRB-8/7057

Levy, Marc
P.S. de Paris / Marc Levy ; tradução de Flávia Souto Maior. -- São Paulo: Planeta do Brasil, 2019.
256 p.

ISBN: 978-85-422-1659-2
Título original: Elle & Lui

1. Ficção francesa I. Título II. Maior, Flávia Souto

19-0999 CDD 843

2019

Editora Planeta do Brasil Ltda.
Bela Cintra, 986 – 4º andar – Consolação
01415-002 – São Paulo-SP
www.planetadelivros.com.br
faleconosco@editoraplaneta.com.br

Para meu pai
Para meus filhos
Para minha esposa

Um dia vou viver em teoria, porque em teoria tudo é perfeito...

1

A chuva caía sobre coberturas e fachadas, carros e ônibus, calçadas e pedestres. Parecia que chovia em Londres desde o início da primavera. Mia tinha acabado de sair de uma reunião com seu agente. Ela aguardava com nervosismo a reação dele a uma pré-estreia de seu último filme – na indústria dos sucessos de bilheteria, a opinião sincera, às vezes mordaz, de Creston nunca falhava.

— É um lixo — ele admitiu —, mas vai ser um sucesso, nem que seja só porque você e seu marido são as estrelas.

Quando ela se apaixonou por David, ele era o astro e ela era a novata. Agora, não conseguia tirar da cabeça o que Creston havia dito: desta vez, a aluna tinha superado o mestre.

Na vida real, é ele quem rouba a cena, pensou com um sorriso melancólico.

Ela pegou um táxi para a Oxford Street para arejar a mente. Sempre que se sentia para baixo, o que tinha acontecido mais de uma vez nas últimas semanas, ela saía para caminhar pela movimentada rua comercial. Com os longos cabelos loiros escondidos sob um chapéu, normalmente conseguia passar despercebida pelas multidões.

Passeando pelos corredores de uma loja de departamentos, ela tentou ligar para David, mas caiu direto na caixa postal.

O que seu marido poderia estar fazendo àquela hora da tarde? Onde estivera nos últimos dois dias? Dois dias e duas noites sem ouvir um pio dele, à exceção de uma única mensagem no correio de voz. Uma rápida mensagem explicando que ele estava indo para o campo recarregar as baterias, e que ela não precisava se preocupar. Mas era exatamente o que ela estava fazendo. Fazer o filme juntos não havia reacendido a chama entre eles.

— Acho que ele está me traindo.

— Bem, que casal não trai hoje em dia, se pararmos para pensar? — seu agente havia respondido, verificando o e-mail.

— Creston. Estou falando sério.

Ele levantou os olhos.

— Traindo. Como assim? — perguntou. — Quero dizer... só uma vez, ou o tempo todo?

— Que diferença isso faz?

— E você nunca o traiu?

— Não. Bem, uma vez. Foi só um beijo. O ator com quem eu estava contracenando beijava muito bem, e eu precisava que alguém me beijasse. Mas foi para deixar a cena mais realista, então não se qualifica exatamente como traição, não é?

— Dizem que é a intenção que conta. Que filme foi? — Creston perguntou, erguendo uma sobrancelha.

Mia olhou pela janela e seu agente suspirou.

— Tudo bem, vamos supor que ele esteja te traindo. Que diferença faz, se vocês não se amam mais?

— Ele não me ama mais. Eu ainda o amo.

Voltando para casa, Mia decidiu se recompor. Era inconcebível que David chegasse e a encontrasse chateada. Ela precisava manter a dignidade, permanecer no controle. Não podia deixá-lo pensar, nem por um segundo, que ela tinha ficado sem rumo em sua ausência.

Então uma amiga ligou e implorou que ela a acompanhasse à inauguração de um novo restaurante, e Mia resolveu se arrumar toda. O jogo do ciúme podia ter dois participantes. Além disso, certamente era melhor sair e ficar cercada por estranhos do que ficar em casa pensando besteira.

O restaurante era imenso, a música era alta demais, o salão estava lotado. Era impossível conversar ou mover um músculo sem trombar em alguém. *Quem é capaz de gostar desse tipo de festa?*, ela pensou ao se preparar para mergulhar no mar de pessoas.

Dezenas de *flashes* de câmeras dispararam assim que ela entrou. Então esse havia sido o motivo do convite. A esperança de aparecer nas colunas sociais de uma revista. Quinze minutos de fama. *Pelo amor de Deus, David, como pode me deixar sozinha em um lugar desses? Vou te fazer pagar por isso! Você vai ver, sr. Preciso-recarregar-minhas-baterias!*

O telefone dela tocou: número desconhecido. Devia ser ele, àquela hora da noite. Mas como conseguiria escutá-lo no meio de todo aquele barulho? *Se eu pudesse desaparecer de repente, agora seria o momento,* ela pensou.

Ela passou os olhos pelo horizonte. Estava no meio do caminho entre a entrada e a cozinha. A multidão estava entrando, mas ela resolveu ir contra a maré. Atendendo o telefone, gritou:

— Não desligue!

Adorável, simplesmente adorável. E pensar que ela queria agir de forma relaxada e casual...

Ela abriu caminho com os cotovelos, passou por uma criatura empoleirada sobre saltos altos que recebia uma cantada de um grandalhão de terno, e pisou no pé da altona magricela que se contorcia como uma enguia, desviando do bonitinho que olhava para ela como se fosse uma presa. Apenas dez passos para chegar à porta...

— David! Continue na linha!

Ah, abaixe o tom, sua ridícula! Você parece uma idiota.

Ela lançou um olhar suplicante para o segurança, na esperança de que ele a ajudasse a escapar.

Então, finalmente, o ar fresco banhou sua pele na relativa calma da rua. Ela se afastou da multidão de pessoas que esperava para entrar naquele inferno.

— David?

— Onde você está?

Sério? Você tem coragem de me perguntar isso?

— Estou em uma festinha...

— Está se divertindo, querida?

Hipócrita!

— Sim, é uma festa de arromba...

Meu Deus, mulher, de onde você tira essas bobagens?

— E você? — *Seu cretino!* — Onde você está? — *E onde esteve nos últimos dois dias?*

— Estou indo para casa. Você vai chegar logo?

— Estou no táxi...

Encontre um táxi! Rápido, um táxi!

— Ah, achei que estava em uma festa.

— Estava saindo quando você ligou.

— Certo, então provavelmente vai chegar em casa antes de mim. Não precisa me esperar acordada, se estiver cansada, porque eu estou preso em um congestionamento enorme. Acredita? A essa hora da noite? Em Londres? É simplesmente inacreditável!

Rá! Inacreditável é você! Tem coragem de me dizer para não esperar acordada, quando já me fez esperar por dois dias inteiros!

— Vou deixar uma luz acesa no quarto.

— Maravilha. Eu te vejo logo mais. Te amo...

A luz refletindo na calçada molhada, casais compartilhando guarda-chuvas...

... e eu sozinha como uma idiota. Dane-se o filme, eu não ligo. Amanhã vou tomar uma atitude, vou começar uma nova vida, eu juro! Não, amanhã não. Esta noite!

2

Paris, dois dias depois.

— Por que é sempre a última chave que tentamos a que abre a porta? — Mia bufou, mexendo nas chaves.

— Porque a vida é atrapalhada por natureza, minha cara amiga. É por isso que estamos paradas do lado de fora de meu apartamento no escuro — respondeu Daisy, usando seu telefone para iluminar um pouco a fechadura.

— Nunca mais vou me apaixonar por alguém idealizado. Da próxima vez, vou me contentar apenas com a realidade. Vou me dar o presente e apenas o presente.

— E me dê um futuro menos incerto, enquanto fizer isso... — suspirou Daisy. — Até lá, por que não me dá as chaves e fica segurando a luz, antes que minha bateria acabe?

A última chave do molho era, de fato, a certa. Ao entrar no apartamento, Daisy mexeu no interruptor. Nada aconteceu.

— Ótimo. Então não tem luz no prédio inteiro…

— Não tem luz na minha vida inteira — Mia disse.

— Talvez você esteja exagerando *só* um pouquinho.

— Eu precisava fugir, Daisy, não sei viver uma mentira. Não sei — Mia continuou falando em um tom que implorava por compaixão. Mas Daisy a conhecia havia muito tempo para cair naquele truque.

— Chega de bobagem. Você é uma atriz talentosa, o que praticamente faz de você uma mentirosa profissional… sei que tenho velas em algum lugar, só preciso encontrá-las antes que a bateria do meu iPhone…

Bem naquela hora, a tela do telefone ficou preta.

— Tenho só que sorrir para esconder as lágrimas, como fazem os outros ricos e famosos? É isso? E se eu simplesmente mandasse todos se ferrarem? — Mia sussurrou.

— Mia. Já passou pela sua cabeça, talvez… me ajudar um pouco?

— Já, mas está um breu aqui.

— Aleluia! Ela percebeu.

Daisy tateou diante de si. Tentando encontrar a mesa, trombou com uma cadeira e soltou um resmungo até, finalmente, alcançar a bancada do outro lado do cômodo. Ainda tateando o entorno, encontrou o fogão, pegou uma caixa de fósforos na prateleira e acendeu uma das bocas.

Um halo azulado iluminou o local onde ela estava.

Mia se sentou de imediato à mesa.

Daisy remexeu as gavetas, uma por uma. Velas perfumadas eram estritamente proibidas em seu apartamento. Sua paixão por gastronomia era levada a sério, para dizer o mínimo, e ela era inflexível ao dizer que nada deveria alterar o aroma de um prato. Enquanto alguns donos de restaurante colocavam uma placa na porta declarando "Não aceitamos cartões de crédito", ela ficaria feliz em afirmar: "Clientes com muito perfume serão imediatamente convidados a se retirar".

Por fim, encontrou as velas sem perfume e as acendeu. As chamas claras espantaram a escuridão.

Daisy amava sua cozinha, especialmente o fato de ocupar o apartamento inteiro. Servia como sala, já que era maior do que os dois pequenos quartos e o banheiro juntos. A bancada tinha vasos de barro com tomilho, louro, alecrim, endro, orégano, folhas de bergamota e pimenta de Espelette. Essa cozinha era o laboratório de Daisy, onde ela ficava alegre e relaxava. Era ali que ela desenvolvia receitas para a clientela de seu pequeno restaurante, que ficava nas ladeiras de Montmartre, bem pertinho de seu apartamento.

Daisy não tinha frequentado nenhum curso de gastronomia sofisticado; sua profissão foi inspirada por sua família e sua terra natal, a Provença. Quando criança, passava horas observando a mãe, aprendendo a imitar suas técnicas, enquanto seus amigos brincavam à sombra dos pinheiros e das oliveiras.

— Está com fome? — perguntou a Mia.

— Estou. Talvez. Não sei bem.

Daisy abriu a geladeira e tirou um prato de cogumelos chanterelle e um maço de salsinha, depois pegou uma cabeça de alho da réstia à sua direita.

— Você precisa mesmo pôr alho? — Mia perguntou.

— Por quê? Pretende beijar alguém hoje? — Daisy retrucou enquanto picava a salsinha. — Que tal me dizer o que está acontecendo enquanto eu preparo o jantar?

Mia respirou fundo.

— Nada. Não está acontecendo nada.

— Bem quando eu estava fechando o bistrô, você aparece do nada com uma mala de mão e uma cara como se o mundo tivesse se despedaçado em um milhão de pedaços. E, desde então, não parou de resmungar. Imagino que não tenha aparecido porque sentiu minha falta.

— Meu mundo está *mesmo* despedaçado em um milhão de pedaços...

Daisy parou abruptamente o que estava fazendo.

— Já chega, Mia! Quero saber de tudo, mas com menos resmungos e drama. Poupe-os para as câmeras.

— Você daria uma ótima diretora, sabia? — Mia disse.

— Pare de enrolar e me conte.

Enquanto Daisy fatiava os cogumelos, Mia desabafava. Ambas deram um pulo quando a eletricidade voltou. Daisy diminuiu as luzes e abriu as persianas elétricas, revelando a vista que seu apartamento tinha de Paris.

Mia foi até a janela.

— Você tem um cigarro?

— Em cima da mesa de centro. Nem sei de onde vieram.

— Você deve estar saindo com muitos homens, se não consegue nem lembrar quem deixa o quê!

— Se quiser fumar, saia na varanda.

— Você vem?

— Preciso saber o que aconteceu em seguida. Então acho que não tenho escolha.

— Então você deixou a luz do seu quarto acesa — Daisy confirmou ao servir mais vinho.

— Isso, mas apaguei a luz do *closet*. Deixei um banquinho lá para ele trombar quando chegasse.

— Uau. Esqueci que você tem um *closet*. — Daisy riu. — Não importa. O que aconteceu depois?

— Eu fingi que estava dormindo. Ele tirou a roupa no banheiro e tomou um banho demorado, depois foi para a cama e apagou a luz. Fiquei esperando ele sussurrar alguma coisa, me dar um beijo. Mas talvez não estivesse com as "baterias" totalmente recarregadas, pois simplesmente caiu no sono.

— Quer saber minha opinião? Não responda, vou falar de qualquer modo. Você se casou com um cretino. A verdadeira questão é bem simples: descobrir se as coisas boas pesam mais que as ruins. Não, esqueça o que eu falei. A verdadeira questão é saber por que você está apaixonada por ele, para começar, se ele te faz sofrer tanto. A menos que esteja apaixonada *porque* ele te faz sofrer tanto…

— Ele me fez muito feliz… no início.

— Espero que sim! Se todo relacionamento começasse mal, o príncipe encantado desapareceria de todos os contos de fadas já escritos, e as comédias românticas seriam repletas de horror. Não olhe para mim desse jeito, Mia. Se quiser descobrir se ele está te traindo, precisa perguntar para *ele*, não para mim. E apague isso, você não vai encontrar amor na ponta de um cigarro.

Lágrimas correram pelo rosto de Mia.

Daisy sentou ao lado da amiga e a abraçou.

— Vamos, bote tudo para fora, se isso faz você se sentir melhor. Um coração partido dói demais, eu sei, mas é melhor do que estar vazio a ponto de não ter motivos para chorar.

Mia tinha jurado manter a dignidade sob quaisquer circunstâncias, mas com Daisy era diferente. Elas eram amigas havia tanto tempo, eram praticamente irmãs.

— Como assim, vazio? — ela perguntou, secando as lágrimas.

— Uau. Essa é sua forma de finalmente perguntar como estou?

— Não me diga que também está sozinha? Ah, Daisy, acho que nunca vamos encontrar a felicidade.

— Parece que você chegou bem perto nesses últimos anos. Você é famosa, uma atriz respeitada, ganha mais em um filme do que eu ganharia a vida inteira… e é casada. Quero dizer… dê uma olhada nas notícias, nas coisas terríveis que estão acontecendo no mundo, você vai ver que estamos reclamando de barriga cheia.

— Por quê? O que aconteceu?

— Não faço ideia, mas se tivesse aparecido alguma notícia *boa*, as pessoas sairiam nas ruas para comemorar. O que achou dos meus cogumelos?

— Acho que funcionam melhor que antidepressivos.

— Música para os meus ouvidos. Bom, é hora de ir dormir. Amanhã eu vou ligar para o idiota do seu marido, falar para ele que você sabe de tudo e que ele traiu a mulher mais maravilhosa que eu conheço, e que agora você vai se separar dele não para ficar com outra pessoa, apenas para se livrar dele. É ele quem vai chorar quando eu terminar de falar tudo.

— Você não vai fazer isso de verdade, vai?

— Não, não vou. Você vai.

— Eu não poderia, mesmo se quisesse.

— Por quê? Porque realmente *quer* perder mais tempo chafurdando nesse melodrama?

— Não, porque aquele filme de grande orçamento que estrelamos juntos estreia em um mês, lembra? Não só tenho que fazer a divulgação, mas também representar outro papel fora das telas: o de mulher mais feliz da Inglaterra. Se as pessoas descobrirem a verdade sobre mim e David, a chama se apaga na tela também. Os produtores, meu agente... nunca vão me perdoar. E mesmo que eu não fique parada, negando a traição, não preciso acrescentar humilhação pública a tudo isso.

— Na minha opinião, só uma vadia sem coração poderia fazer um papel desses.

— Por que acha que fugi para Paris?

— Entendo. Por quanto tempo?

— Pelo tempo que conseguir me aguentar.

3

Em Porte de la Chapelle, o Saab conversível cortou três faixas na diagonal, ignorando os faróis piscantes dos outros carros, e saiu da rodovia para pegar a autoestrada na direção de Roissy-Charles de Gaulle.

Por que sempre tenho que ir buscá-lo no aeroporto? Somos amigos há trinta anos, mas Arthur nunca foi me buscar no aeroporto. Eu sou legal demais. Esse é o meu problema. Ele e Lauren nem estariam juntos se não fosse por mim. Seria demais mostrar um pouco de gratidão? Aparentemente, sim! Paul Barton murmurou, dando uma olhada na própria imagem no espelho retrovisor. *Bem, é claro, eles me pediram para ser padrinho do Joe, mas a quem mais pediriam? George Pilguez?* Rá! *Boa sorte com isso. Olha, se esse cara atrás de mim piscar os faróis mais uma vez, vou pisar no freio! Preciso parar de falar sozinho. Mas aí vou falar com quem? Com os personagens dos meus livros? Nossa, estou parecendo um velho. Pelo menos eles podem falar com os filhos ou com os netos. É melhor eu pensar nisso: ter filhos. Antes que eu vire um velho gagá.*

Ele se olhou no espelho retrovisor mais uma vez.

O Saab parou antes da cancela automática e Paul pegou o tíquete na máquina.

— Obrigado — respondeu por hábito, fechando o vidro.

* * *

De acordo com o painel de chegadas, o voo AF83 pousaria no horário previsto. Paul estava inquieto e andava de um lado para o outro, impaciente.

Os primeiros passageiros começaram a entrar na área de retirada de bagagens, mas apenas alguns. Os da primeira classe, provavelmente.

* * *

Depois da publicação de seu primeiro livro, Paul havia decidido dar um tempo em sua carreira de arquiteto. Ele tinha descoberto uma liberdade inimaginável na escrita. Era algo completamente espontâneo; ele simplesmente gostava do processo de preencher página após página – quase trezentas antes de digitar *FIM*. Toda noite, ele se via dominado pela história. Parou quase completamente de sair e passou a jantar na frente do computador.

À noite, Paul tornava-se parte de um mundo imaginário em que se sentia feliz, na companhia de personagens que haviam se tornado seus amigos. Quando estava escrevendo, tudo era possível.

Tudo tinha começado quando aquele primeiro romance não passava de uma pilha de papéis abandonada sobre sua mesa.

A vida de Paul então mudou drasticamente algumas semanas depois, quando Arthur e Lauren se convidaram para jantar em sua casa. Mais para o meio da noite, Lauren recebeu uma ligação da administração do hospital. Ela pediu a Paul para atender em seu escritório, assim ele e Arthur poderiam continuar conversando na sala.

Enquanto falava ao telefone, Lauren avistou o manuscrito e começou a lê-lo. Ficou tão cativada que se perdeu em sua conversa.

Depois de encerrar a ligação com o professor Kraus, Lauren continuou a ler. Uma hora se passou até que Paul foi espiar no escritório para ver se estava tudo bem e a encontrou lá, sorrindo sozinha.

— Ah, desculpe, estou atrapalhando? — ele perguntou, fazendo ela se sobressaltar.

— Você sabe que isso é incrível, não sabe?

— Não passou pela sua cabeça pedir permissão antes de começar a ler?

— Posso levar comigo para terminar?

— Não responda minha pergunta com outra pergunta.

— Você que começou! E então, posso levar para casa?

— Você gostou mesmo? — Paul perguntou, deixando a dúvida transparecer no tom de voz.

— Sim, gostei mesmo! — Lauren respondeu, recolhendo as páginas.

Então apanhou o manuscrito e voltou para a sala, passando por Paul sem dizer nada.

— Não me lembro de ter dito sim! — ele protestou, indo atrás dela.

E então, sussurrando, ele pediu para ela não mencionar nada a Arthur.

— Sim? Sim para quê? — Arthur interrompeu, levantando do sofá.

— Não me lembro mais — Lauren disse a ele. — Vamos embora. Está pronto para ir?

E antes que Paul tivesse tempo de reagir, Arthur e Lauren, já na varanda, do lado de fora, agradeceram pela noite adorável e foram embora.

* * *

Outros passageiros apareceram, desta vez em maior número. Pelo menos trinta, mas ainda não aqueles que ele precisava encontrar.

O que eles estão fazendo? Passando aspirador de pó no avião? Nossa, só de pensar nesses dois tenho tantas lembranças. Me fazem pensar nas coisas de que realmente sinto falta na minha cidade. A casa em Carmel... eu adorava ir para lá nos fins de semana, passar um tempo com eles, ver o sol se pôr na praia. Já faz quase sete anos que me mudei para Paris... Skype é melhor do que nada, mas não é a mesma coisa que visitas ao vivo. Na verdade, eu precisava muito falar com Lauren sobre minhas enxaquecas recorrentes – ela é especialista nisso. Não, ela vai querer que eu faça um monte de exames. São apenas enxaquecas. É ridículo – nem toda dor de cabeça significa tumor no cérebro. E se fosse um tumor, acho que eu acabaria descobrindo de qualquer modo, cedo ou tarde. Será que eles vão sair logo daquele avião?

* * *

Naquela noite fatídica, a Green Street estava deserta. Depois de estacionar o Ford Focus, Arthur abriu a porta para Lauren e, juntos, subiram as escadas até o último andar da pequena casa em estilo vitoriano onde moravam. Era incomum que um casal tivesse compartilhado o mesmo apartamento antes mesmo de se conhecerem, mas essa era outra história.

Arthur precisava terminar uns esboços para um cliente grande. Ele pediu desculpas para Lauren e a beijou antes de sentar diante de sua prancheta de arquiteto. Lauren não perdeu tempo e logo foi para a cama continuar a ler o livro de Paul.

Várias vezes, Arthur pensou ter ouvido risadas do outro lado da parede. Ele olhava no relógio e voltava a pegar o lápis. Mais tarde naquela noite, ouvindo soluços de choro desta vez, levantou-se, abriu a porta do quarto devagar e encontrou sua esposa deitada na cama, lendo algo.

— O que é isso? — perguntou, preocupado.

— Nada — ela respondeu, virando o manuscrito.

Ela pegou um lenço na mesa de cabeceira e se sentou com as costas retas.

— Não vai me dizer por que está tão triste?

— Não estou triste.

— Recebeu más notícias sobre algum paciente?

— Não. Boas notícias, na verdade. Notícias muito boas.

— E está chorando por isso?

— Por que não vem deitar?

— Não até você me dizer por que ainda está acordada.

— Acho que não posso contar.

Arthur ficou parado diante de Lauren, determinado a extrair uma confissão.

— É o Paul — ela finalmente deixou escapar.

— O quê? Ele está doente?

— Não, ele escreveu um…

— Escreveu o quê?

— Eu realmente devo pedir permissão para ele…

— Não existem segredos entre mim e Paul.

— Aparentemente, existem. Não se preocupe com isso. Venha deitar, está tarde.

Na noite seguinte, Paul estava no escritório quando recebeu uma ligação de Lauren.

— Tenho que falar com você. Meu turno termina em meia hora. Você me encontra no café em frente ao hospital?

Perplexo, Paul vestiu a jaqueta e saiu do escritório. Ele encontrou Arthur na frente do elevador.

— Para onde você está indo?

— Pegar minha esposa no trabalho.

— Posso pegar uma carona com você?

— Está doente, ou algo do tipo, Paul?

— Vamos, depois eu explico.

Quando Lauren apareceu no estacionamento do hospital, Paul correu até lá e a encurralou. Arthur observou por um instante, até que resolveu se juntar a eles.

— Encontro você em casa — ela disse a ele. — Paul e eu precisamos conversar.

E, deixando Arthur sozinho, eles entraram no café.

— Você terminou de ler? — Paul perguntou após dispensar a garçonete.

— Sim, ontem à noite.

— E gostou?

— Muito. Notei algumas coisas sobre mim na história, na verdade.

— É, eu sei. Talvez eu devesse… ter pedido sua permissão.

— Não faria mal, tenho que reconhecer.

— De qualquer modo, ninguém vai ler, além de você, então…

— Bem, era sobre isso que eu queria conversar. Você precisa mandar isso para uma editora; tenho certeza de que seria publicado.

Paul não havia considerado aquela hipótese. Em primeiro lugar, ele não acreditava nem por um minuto que seu livro pudesse interessar a um editor. E, mesmo se interessasse, ele não sabia ao certo se gostava da ideia de um estranho lendo o que ele havia escrito.

Lauren usou todos os argumentos possíveis, mas Paul não cedeu. Na hora de ir embora, Lauren perguntou se poderia compartilhar o segredo com Arthur. Paul fingiu não ouvir.

Em casa, ela entregou o manuscrito a Arthur.

— Aqui está — ela disse. — Conversamos depois que você tiver lido.

Então foi a vez de Lauren escutar Arthur rindo sem parar, esperar durante o silêncio que se seguiu até ele ser tomado pela emoção ao ler certas passagens. Várias horas depois, ele a encontrou na sala.

— E…?

— Bem, a história é basicamente inspirada em você e eu, mas eu gostei muito.

— Eu falei que ele deveria enviar para uma editora, mas ele não quis.

— Eu compreendo.

Fazer a história de Paul ser publicada tornou-se uma obsessão para a jovem médica. Sempre que ela o via ou falava com ele ao telefone, fazia a mesma pergunta: já havia enviado o manuscrito? Toda vez, Paul respondia que não e insistia para ela parar de perguntar sobre aquilo.

Então, um domingo no fim da tarde, o telefone de Paul tocou. Não era Lauren, mas um representante de uma editora de Nova York.

— Há-há, muito engraçado, Arthur — Paul disse, irritado.

Surpreso, o interlocutor contou que havia acabado de ler um livro de que tinha gostado muito, e que gostaria de conhecer o autor.

Eles continuaram falando sem se entender por um tempo. Paul fazia cada vez mais piadas. De entretido a exasperado, o editor sugeriu que Paul lhe fizesse uma visita em seu escritório de São Francisco no dia seguinte; assim, veria que ele não estava brincando.

De repente, uma dúvida invadiu a mente de Paul.

— Como você conseguiu meu manuscrito?

— Uma amiga sua me enviou.

E, depois que o editor deu o endereço do local da reunião para Paul, eles desligaram o telefone. Paul ficou zanzando de um lado para o outro em seu apartamento até que não aguentou mais, pulou no carro e atravessou a cidade até o San Francisco Memorial Hospital.

No PS, pediu para falar com Lauren de imediato. A enfermeira observou que ele não parecia estar doente. Paul olhou feio para ela e gritou que nem todas as emergências eram médicas. Se ela não chamasse Lauren em dois segundos, ele faria um escândalo. A enfermeira começou a fazer sinal para o segurança. Um desastre foi evitado por pouco quando Lauren avistou Paul e foi até ele.

— O que está fazendo aqui?

— Você tem algum amigo editor?

— Não — ela respondeu, desviando os olhos.

— E o Arthur?

— Não mesmo — ela murmurou.

— É mais uma de suas brincadeiras?

— Não. Desta vez não.

— O que foi que você fez, Lauren?

— Eu não *fiz* nada. A decisão ainda cabe a você.

— Explique melhor. Por favor.

— Um dos meus colegas tem um amigo que trabalha em uma editora. Eu dei o manuscrito para ele, só para ter uma opinião de fora.

— Você não tinha esse direito.

— Eu me lembro de você ter feito algo por mim que eu não solicitei, e hoje sou grata por isso. Tudo o que fiz foi dar um pequeno empurrãozinho... no destino. Como eu disse, ainda cabe totalmente a você, a decisão é sua.

— Que decisão?

— Se você quer ou não compartilhar com outras pessoas o que escreveu. Sua história pode levar um pouco de alegria à vida dos outros. E, hoje em dia, isso é uma tarefa complicada. Bem, tenho que voltar ao trabalho agora...

Ela se virou para a porta do PS.

— É claro, não me agradeça, independentemente do que fizer — ela acrescentou.

— Agradecer por quê?

— Vá a essa reunião, Paul. Não seja teimoso. E, caso esteja se perguntando, ainda não disse nada para o Arthur.

Paul foi se encontrar com o editor que estava interessado em seu livro, e cedeu à oferta dele. Toda vez que ouvia a palavra *livro*, tinha dificuldade em fazer a conexão com a história que havia preenchido suas noites em uma época de sua vida em que ele não estava muito feliz.

O romance foi publicado seis meses depois. No dia seguinte ao lançamento nas livrarias, Paul estava no elevador do trabalho com dois colegas arquitetos, ambos segurando um exemplar de seu livro. Eles o parabenizaram, e Paul, em estado de choque, esperou até os dois saírem para apertar o botão do térreo. Ele foi até a cafeteria onde tomava café da manhã todos os dias. A barista pediu para ele autografar o exemplar que ela havia comprado. A mão de Paul tremia ao segurar a caneta. Ele pagou a conta, voltou para casa e começou a reler seu romance.

A cada página, afundava um pouco mais na cadeira, desejando se fundir a ela e nunca mais ter que sair. Ele havia colocado uma parte de si no livro, parte de sua infância, seus sonhos, suas esperanças e seus fracassos. Sem nem imaginar, sem se dar conta de que um dia estranhos leriam tudo aquilo. Ou, ainda pior, pessoas com quem encontrava, com quem trabalhava. Paul, cuja voz alta e comportamento amigável disfarçavam uma timidez quase patológica, ficou ali sentado, de olhos arregalados, indefeso, desejando apenas tornar-se invisível, como o personagem de seu livro. Paul entrou em estado de hibernação – e só foi forçado a sair quando Arthur bateu em sua porta e o tirou de seu esconderijo. Diferentemente de Paul, Arthur estava satisfeito com a aceitação do livro, e trazia boas notícias.

A originalidade da história havia atraído a atenção da mídia. Maureen, a assistente do escritório de arquitetura, havia preparado para ele um álbum com recortes do que saíra na imprensa. A maioria dos clientes deles já tinha lido o livro e ligado para dar os parabéns.

Um produtor de cinema havia tentado entrar em contato com ele no escritório e – Arthur guardou o melhor para o final – a livraria City Lights, de que ele era cliente regular, dissera que o livro estava vendendo como água no deserto. Por enquanto, seu sucesso estava confinado à Bay Area, mas naquele ritmo, o livreiro tinha certeza, logo se espalharia pelo país todo.

Na varanda do restaurante para onde tinha arrastado Paul, Arthur disse ao amigo que ele precisava se barbear, prestar mais atenção a sua aparência em geral, retornar as ligações de seu editor (o pobre homem já tinha deixado vinte recados no escritório) e, acima de tudo, aceitar a sorte que havia caído do céu, em vez de ficar se arrastando como se alguém tivesse morrido.

Paul permaneceu em silêncio por um bom tempo, depois respirou fundo e pensou que desmaiar em público só pioraria as coisas. A gota d'água foi quando uma mulher, o reconhecendo, interrompeu o almoço para perguntar se o livro era autobiográfico.

Em tom solene, Paul disse ao amigo que, depois de pensar muito durante a última semana, ele passaria as rédeas do escritório a Arthur. Era a vez de Paul tirar um ano sabático.

— Para fazer o quê? — Arthur perguntou, um pouco abalado.

Para desaparecer, Paul pensou. Para se poupar de um sermão, ele inventou um pretexto incontestável: para escrever um segundo livro, ou pelo menos tentar. Como Arthur poderia se opor àquilo?

— Se é isso mesmo que quer. Bem, você fez a mesma coisa por mim quando eu estava passando por um período difícil e fugi para Paris. Então... para onde exatamente você vai?

Paul não tinha parado para pensar na questão nem por um instante, e se apoderou do comentário do amigo:

— Paris. Você falou tanto. A Cidade Luz, todas as maravilhas, bistrôs, pontes, o burburinho dos *arrondissements*, as mulheres... Quem sabe, com um pouco de sorte, talvez eu possa localizar aquela florista linda de que tanto ouvi falar.

— Talvez — Arthur respondeu de forma sucinta. — Mas nem tudo foi tão mágico como fiz parecer.

— É porque você estava mal naquela época. Eu só preciso de uma mudança de ares... para sacudir as coisas, fazer fluir a criatividade.

— Se é por isso mesmo que está indo, então vamos ficar felizes por você. E quando vai?

— Vamos fazer um jantar na sua casa hoje à noite. Podemos convidar o Pilguez e a esposa, daí a turma toda vai estar presente para se despedir. Então, amanhã eu parto para a França!

O plano de Paul claramente entristeceu Arthur. Paul sabia que seu velho amigo tinha pensado em protestar, ou em tentar insistir que seria melhor para o escritório se ele esperasse alguns meses. Se os papéis estivessem invertidos, é claro, Paul teria feito de tudo para ajudar, sabendo que os assuntos de trabalho acabariam se resolvendo.

Depois de se despedir, Paul foi para casa em um estado de terror absoluto. O que tinha dado nele? Mudar-se para Paris! Sozinho!

Andando de um lado para o outro em seu apartamento, começou a tentar pensar em argumentos a favor dessa fuga maluca e improvável.

Arthur tinha feito isso, então por que não ele? O segundo argumento, ainda mais convincente que o primeiro, dizia respeito aos encantos das parisienses. E o terceiro era que, no fim das contas, ele *poderia* realmente tentar escrever outro livro… que não publicaria… ou publicaria apenas no exterior. Assim, poderia voltar a São Francisco quando as coisas estivessem mais calmas. No fim das contas, havia apenas um argumento retumbante: escritor… americano… *solteiro*… em Paris!

***

E em Paris, onde ele morava havia sete anos, Paul tinha escrito outros cinco livros. Passando a ter cautela com as mulheres parisienses, cujas mudanças de humor achava incompreensíveis, ele havia escolhido o celibato. Ou talvez fosse mais apropriado dizer que o celibato o escolhera.

Seus cinco livros não haviam tido tanto sucesso quanto ele esperava. Pelo menos não na Europa. E nem nos Estados Unidos. Por algum motivo, no entanto, eram muito populares na Ásia, principalmente na Coreia.

Nos últimos anos, Paul se envolvera romanticamente com uma tradutora coreana. Duas vezes por ano, Kyong ia visitá-lo por uma semana, nunca mais do que isso. Ela adorava o silêncio, e Paul tinha pavor dele. Às vezes, imaginava que tinha começado a escrever exatamente para preencher o silêncio, assim como a tinta preenchia uma página em branco. Ele e Kyong passavam catorze dias e meio juntos por ano, incluindo os trajetos para o aeroporto.

Quando Kyong estava lá, ele passava horas olhando para ela sem conseguir dizer se era realmente bonita ou se a beleza estava apenas nos olhos dele. Ela gostava quando Paul a observava com um olhar repleto de desejo, e ele estava muito mais apaixonado por ela do que gostaria de admitir. O único problema era que, quando estavam juntos, ele nunca conseguia encontrar as palavras certas, embora palavras fossem, aparentemente, sua área de especialidade – e dela também.

Embora não se vissem com muita frequência, tinham seus hábitos. Sempre que ela estava em Paris, gostava de ir ao cinema na Rue Apollinaire, como se o local fosse mais importante que o filme; ela gostava de caminhar pela Pont des Arts e de tomar sorvete na Berthillon, mesmo no meio do inverno. Ela parecia gostar de todas essas coisas mais do que da escrita dele, a coisa que os havia unido.

Kyong permanecia na cabeça de Paul mesmo quando não estava lá, tornando-se, talvez, ainda mais presente. Por que será que ele sentia tanto a falta dela?

Assim que ele terminava de escrever um manuscrito, ela iniciava a primeira visita de uma semana. Sem demonstrar a exaustão que dominava qualquer pessoa normal que tivesse acabado de passar doze horas viajando, ela sempre parecia viçosa como uma margarida. Depois de um almoço simples, consistindo invariavelmente de ovo com maionese, uma fatia de pão e um copo de cerveja com limonada (o que talvez fosse uma cura milagrosa para o *jet lag* – ele realmente deveria experimentar qualquer dia), que ela, também invariavelmente, gostava de apreciar no mesmo café, na esquina da Rue Bretagne com a Rue Charlot, eles iam para o apartamento de Paul. Kyong tomava banho e depois se sentava à mesa de Paul para ler o manuscrito. Paul se sentava na beirada da cama e a observava. Sem sombra de dúvida, era uma total perda de tempo, uma vez que seu rosto permanecia impassível enquanto ela lia. Parecia-lhe que saber se ela pularia ou não em seus braços dependia de sua avaliação do romance. Como se sua oferta de "amizade e talvez mais" se traduzisse em "mais se eu gostar de seus capítulos". Por esse motivo, em vez de esperar uma reação explícita da tradutora responsável por uma parte substancial de sua renda (já que ele vivia da renda dos direitos autorais de seus livros vendidos na Coreia), Paul ficava quieto até o momento em que ela se entregasse a ele.

Ele gostava de escrever e de viver no exterior. Gostava das visitas de Kyong duas vezes por ano. Não fosse pelo fato de o preço daquela existência ser uma certa solidão no restante do ano, ele acharia sua nova vida quase perfeita.

* * *

As portas de vidro se abriram e Paul suspirou aliviado.

Arthur empurrava um carrinho com a bagagem e Lauren acenava.

4

Mia abriu os olhos e se espreguiçou. Ela levou alguns minutos para perceber onde estava, geográfica e emocionalmente. Saiu da cama, abriu a porta do quarto e foi procurar Daisy. Mas o apartamento estava vazio.

O café da manhã estava servido sobre a ilha da cozinha, acompanhado por um bilhete em uma vasilha antiga de cerâmica.

Achei que você precisava dormir. Encontre-me no restaurante quando estiver pronta.

Mia ligou a chaleira elétrica e foi até a janela. Durante o dia, a vista era ainda mais impressionante, uma vez que artistas e moradores preenchiam as ruas a caminho do mercado e dava para ver o domo da basílica da Sacré-Coeur sobre os telhados ao longe. Ela ficou pensando no que faria naquele dia, e nos dias que viriam. Olhou para o relógio do forno e tentou imaginar o que David poderia estar fazendo; se estava sozinho ou aproveitando sua ausência. Será que ela tinha feito bem em ir embora, na esperança de que ele sentisse sua falta? Não teria sido melhor ficar e tentar retomar o que havia se perdido?

Mia não sabia o que queria, mas sabia o que não queria mais. A espera, o silêncio, a desconfiança. Ela queria redescobrir o desejo de viver e parar de acordar aflita.

O céu estava cinzento, mas pelo menos não chovia. Era um bom começo. Ela resolveu não encontrar Daisy. Em vez disso, vagaria por Montmartre, daria uma olhada nas lojas, talvez até posasse para um dos muitos caricaturistas. Absolutamente *kitsch*, é claro, mas era exatamente o que ela estava com vontade de fazer. Na França, menos gente a reconhecia. Ela aproveitaria ao máximo essa liberdade.

Mia vasculhou a mala de viagem, encontrou uma roupa e depois fez uma pausa para ceder à tentação de explorar o apartamento de sua melhor amiga. Passou os olhos pela estante branca, as prateleiras envergando com o peso dos livros. Roubou um cigarro do maço que alguém havia deixado sobre a mesa de centro, procurando alguma pista que pudesse revelar a identidade do dono. Era um homem? Um amigo? Um amante? Era estranho Daisy não ter dito nada. Só de pensar que Daisy estava compartilhando a vida com alguém reacendia o desejo de Mia de ligar para David, de voltar no tempo, para antes daquele filme com a atriz coadjuvante que atraiu sua atenção. Aquele nem devia ser o primeiro caso dele, mas ficar parada sem poder fazer nada enquanto aquilo acontecia bem na sua frente tinha sido uma experiência cruel, para dizer o mínimo. Na varanda, ela acendeu o cigarro e ficou vendo enquanto ele queimava entre seus dedos.

Voltou ao apartamento e se sentou à escrivaninha de Daisy. A tela de seu laptop estava bloqueada.

Mia mandou uma mensagem para a amiga:

Qual a sua senha? Preciso olhar meu e-mail.

Não dá para fazer isso pelo celular?

Não no exterior…

Rá! Muquirana.

Essa é a senha?

Está brincando, certo?

Bem, então qual é?

Estou trabalhando. Cebolinha.

????

Essa é a senha.

Estoutrabalhandocebolinha?

Só "cebolinha", besta!

Não é uma senha muito boa.

Não. E nem pense em xeretar meus arquivos.

Nem sonharia com isso.

Mia largou o telefone e digitou a senha. Entrou em sua conta e encontrou uma mensagem de Creston perguntando onde ela estava e por que não estava atendendo o telefone. Uma revista de moda havia solicitado uma sessão de fotos em sua casa, e seu agente precisava do consentimento o mais rápido possível.

Ela começou a responder, fazendo uma pausa para organizar seus pensamentos:

Caro Creston,

Vou passar um tempo fora e estou contando com sua discrição. Por favor, não conte a ninguém – ninguém mesmo. Para manter essa fachada com David, preciso ficar sozinha, sem receber ordens de nenhum diretor, fotógrafo, suas ou de qualquer um de seus assistentes. Então: não vou posar para nenhuma revista de moda porque não estou com vontade. Fiz uma lista de resoluções ontem à noite no Eurostar, e a primeira foi parar de me deixar manipular. Preciso provar para mim mesma que sou capaz disso, pelo menos por alguns dias. Vou sair para passear agora, mas entrarei em contato em breve. E não se preocupe, pode contar com minha total discrição.

Abraços,
Mia

Ela leu tudo e clicou em "Enviar".

Uma aba no alto da tela chamou a atenção de Mia, que clicou sobre ela. Seus olhos se arregalaram quando ela viu que se tratava de um site de relacionamento.

Ela havia concordado em não mexer nos arquivos de Daisy, mas aquilo era diferente... Além disso, Daisy nunca saberia.

Ela olhou os perfis dos homens selecionados por sua amiga, caiu na gargalhada ao ler algumas das mensagens e avistou duas descrições que considerou interessantes. Quando um raio de sol bateu na tela, decidiu que era hora de deixar aquele mundo virtual e ir para o mundo real. Desligou o laptop e pegou uma jaqueta emprestada no cabideiro do corredor.

Depois de sair do prédio, ela subiu a rua na direção da Place du Tertre, parou em frente a uma galeria, então seguiu seu caminho. Um casal de turistas ficou olhando para ela. Ela viu que a mulher apontou e a ouviu dizer ao marido:

— Tenho certeza de que é ela! Vá perguntar!

Mia apertou o passo e entrou no primeiro café que encontrou. O casal ficou esperando do lado de fora. Mia parou perto do balcão e pediu uma garrafa de água Vittel, com os olhos colados no espelho sobre o bar, que refletia a rua. Esperou o casal grosseiro se entediar, então pagou e saiu.

Chegou à Place du Tertre e estava observando os caricaturistas trabalharem quando um jovem se aproximou dela com um sorriso afável. Mia o achou atraente com sua jaqueta e jeans...

— Você é Melissa Barlow, não é? — ele perguntou em um inglês perfeito. — Vi todos os seus filmes. — Melissa Barlow era o nome artístico de Mia Grinberg. — Está aqui para gravar ou apenas visitando?

Mia sorriu para ele.

— Eu não estou aqui. Estou em Londres. Você *acha* que me viu, mas na verdade não sou eu. Apenas uma mulher parecida comigo.

— Perdão? — ele respondeu com cautela.

— Não, se alguém deve se desculpar, essa pessoa sou eu. Percebi que o que acabei de dizer não faz sentido nenhum para você. Então, *eu* peço perdão. Espero não o ter decepcionado.

— Como Melissa Barlow poderia me decepcionar se ela está na Inglaterra? — O jovem acenou respeitosamente com a cabeça e começou a se afastar, depois se virou. — Se tiver a sorte de encontrar com ela em Londres, pois o mundo é pequeno, afinal, poderia dizer que eu a considero uma atriz maravilhosa?

— Pode deixar. Sei que isso a deixaria muito feliz. Muito feliz mesmo.

Mia o viu desaparecer ao longe.

— Tchau — ela sussurrou.

Tirou os óculos escuros da bolsa e caminhou um pouco mais até avistar um salão de cabeleireiro. Ela se deu conta de que Creston lhe daria um belo sermão, e só de pensar naquilo, ficou ainda mais determinada a colocar seu plano em ação. Abriu a porta, sentou em uma das cadeiras, e saiu uma hora depois morena e de cabelos curtos.

Para testar o esquema, sentou-se nos degraus da Sacré-Coeur e esperou. Quando um ônibus turístico com placa do Reino Unido parou na praça, Mia foi até ele enquanto os passageiros desciam e perguntou as horas para o guia. Sessenta pessoas e ninguém a reconheceu! Ela agradeceu ao cabeleireiro que lhe havia dado uma nova identidade. Agora não passava de uma simples turista britânica visitando Paris.

* * *

Paul deu duas voltas no quarteirão antes de, por fim, parar em fila dupla. Virou-se para seus dois passageiros com um grande sorriso.

— Espero que vocês não estejam se sentindo muito mal…

— Por quê? Pelo modo com que dirige? — Arthur respondeu.

— Você já contou sobre aquela noite em que passei duas horas encolhido sob uma mesa de cirurgia por causa dele? — Paul perguntou a Lauren.

— Sim, ela contou. Só umas vinte vezes ou mais — Arthur respondeu. — Por quê?

— Por nada. Aqui estão as chaves. Último andar. Subam com as malas enquanto eu encontro um lugar para estacionar.

Lauren e Arthur estavam ocupados desfazendo as malas no quarto quando Paul entrou.

— Que pena que não deu para trazer o Joe — ele disse, suspirando.

— É uma viagem longa para um menino da idade dele — Lauren explicou. — Ele está na casa da madrinha, e acho que ficou bem feliz com isso.

— Certo, mas ele ficaria muito mais feliz se estivesse na casa do padrinho.

— Nós dois estávamos esperando fazer uma escapadela romântica — Arthur indicou.

— Vocês podem fazer muitas viagens românticas. Têm tempo para isso. Eu, por outro lado, quase nunca vejo meu afilhado.

— Volte a morar em São Francisco e vai poder vê-lo todos os dias!

— Vocês querem comer alguma coisa? Onde coloquei aquele bolo? — Paul murmurou, revirando os armários da cozinha.

Lauren e Arthur trocaram olhares, e ele percebeu.

Sorrindo diante daquele senso de humor silencioso, ele fez café e descreveu a programação que havia traçado.

Como fazia sol, o primeiro dia seria para passeios turísticos: Torre Eiffel, Arco do Triunfo, Île de la Cité, Sacré-Coeur. E, se não desse tempo, continuariam o passeio no dia seguinte.

— Certo... e a parte "romântica" da viagem? — Arthur lembrou.

— Ah... é — Paul disse, um pouco constrangido.

Lauren precisava descansar antes daquela maratona e sugeriu que os dois amigos almoçassem sem ela para colocar a conversa em dia.

Paul se ofereceu para levar Arthur a um café próximo dali, que tinha um terraço aberto.

Arthur vestiu uma camisa limpa e saiu com ele.

Sentados à mesa, os dois se olharam por um instante, sem dizer nada. Como se ambos estivessem esperando para ver quem falaria primeiro...

— Então, você está feliz aqui? — Arthur finalmente perguntou.

— Sim. Bem, acho que sim.

— Você acha que sim?

— Quem pode afirmar que é realmente feliz?

— Belo *koan* zen, ou seja lá o que for isso, mas não fuja da pergunta.

— O que quer que eu diga?

Arthur deu de ombros.

— Apenas a verdade.

— Eu amo meu trabalho, mesmo que às vezes ainda me sinta uma fraude com apenas seis livros. Aparentemente, muitos escritores se sentem assim.

— Então você encontra outros escritores.

— Tem um clube de escrita não muito longe daqui. Vou uma vez por semana. Nós conversamos, falamos sobre bloqueio de escritor e terminamos a noite em um bar. É engraçado; quando me ouço descrever o que fazemos, parece meio bobo.

— Não vou discordar — Arthur respondeu, sorrindo.

— E quanto a você? O escritório está indo bem?

— Estamos falando de você, Paul.

— Eu escrevo. É só o que tenho para contar, na verdade. Vou a algumas feiras literárias. Às vezes marco sessões de autógrafos em livrarias. Ano passado, fui para a Alemanha e para a Itália, onde meus livros estão indo bem. Vou à academia duas vezes por semana, o que detesto, mas não tenho muita escolha, tendo em vista o que como. Fora isso, o que mais posso dizer? Ah, sim. Eu escrevo. O que tenho quase certeza de que já mencionei.

— Parece realmente muito divertido — Arthur disse.

— É, acho que sou mais feliz à noite... na companhia dos meus personagens e tudo mais...

— Está saindo com alguém?

— Sim e não. Ela não está muito por aqui; quase nunca, eu acho, mas estou sempre pensando nela. Você sabe como é.

— Quem é?

— A tradutora dos meus livros para o coreano. Nada mal, né? — Paul disse, esforçando-se um pouco demais para parecer jovial. — É, eu sou famoso na Coreia. É difícil demais visitar, no entanto. Ainda não me recuperei do voo para cá.

— Isso foi há sete anos! — Arthur exclamou.

— Parece que foi ontem. Onze horas de turbulência. Foi um pesadelo.

— Bem, vai ter que voltar um dia. Você sabe.

— Não necessariamente. Já tenho título de residente. Mas acho que poderia voltar de barco...

— E essa tradutora?

— Kyong é maravilhosa, mesmo eu não a conhecendo tão bem. Relacionamentos à distância podem ser bem complicados.

— Você... parece estar meio sozinho aqui, Paul.

— "Sozinho não necessariamente significa solitário." Não foi você que disse isso uma vez? — ele murmurou. Depois afirmou: — Chega de falar de mim! Mostre umas fotos do Joe. Ele já deve estar tão grande...

Uma bela mulher se sentou à mesa próxima à deles. Paul nem olhou para ela direito, o que nitidamente deixou Arthur preocupado, a julgar por sua expressão.

— Não me olhe assim — Paul protestou. — Tive mais "ação" aqui do que você pode imaginar. Além disso, tenho a Kyong. É diferente com ela. Sinto que posso ser eu mesmo, sem fachadas, sem fingimento. Não me sinto forçado a ser encantador. Ela me conheceu por meio de meus livros, o que é irônico, porque acho que não gosta muito deles.

— Bem, ninguém a está obrigando a traduzi-los.

— Talvez seja atuação para me atingir, ou me ajudar a melhorar como escritor. Não sei.

— Mas, entre as visitas dela, você fica sozinho?

— Correndo o risco de parecer que passo a vida toda te parafraseando, não foi você mesmo que disse que era "possível amar alguém, mesmo estando sozinho"?

— Minha situação era meio singular, no entanto, você não acha?

— A minha também é.

— Ouça, você é escritor. Por que não escreve uma lista de coisas que te deixam feliz?

— Eu *estou* feliz, caramba!

— Certo. Você parece mesmo estar explodindo de alegria.

— Que merda, Arthur, não comece a me analisar. Você não sabe nada sobre a minha vida.

— A gente se conhece desde a época do colégio. Não preciso de uma apostila para descobrir o que está acontecendo com você. Lembra o que minha mãe dizia?

— Ela dizia muitas coisas. Na verdade, falando nisso, eu gostaria de usar a casa de Carmel como cenário de meu próximo livro. Faz um século que eu não vou lá.

— E isso é culpa de quem?

— Quer saber do que eu sinto falta de verdade? — Paul sorriu. — Daquelas caminhadas que fazíamos. Até a praça Ghirardelli ou Fort Point, todas aquelas noites que ficávamos à toa, ou brigando no escritório, os planos elaborados para o futuro sem nunca chegar a lugar nenhum... só você e eu.

— Encontrei Onega outro dia desses.

— Ela perguntou de mim?

— Perguntou. Eu falei que você estava morando em Paris.

— Ela ainda está casada?

— Não estava de aliança.

— Ela nunca devia ter terminado comigo. Sabe, acredite ou não... — Paul acrescentou com um sorriso — ... ela sempre teve ciúmes... de mim e você.

* * *

Mia observava os caricaturistas trabalhando na Place du Tertre. Havia apenas um de cuja aparência havia gostado, um cara bonito que usava calças de algodão, camisa branca e paletó de tweed. Ela se sentou na cadeira dobrável diante dele e pediu que fosse o mais fiel possível.

— O único amor fiel é o *amour-propre*, segundo Guitry — disse o caricaturista com a voz rouca.

— Guitry estava certo.

— Teve azar, é?

— Por que acha isso?

— Porque está sozinha e acabou de cortar o cabelo. Sabe o que dizem por aí: "Visual novo, vida nova".

Mia ficou olhando para ele, perplexa.

— Você sempre fala usando citações?

— Faço retratos há vinte e cinco anos. Aprendi a ler algumas coisas no rosto das pessoas. O seu é muito bonito, mas poderia estar um pouco mais animado. Meu lápis pode cuidar disso, se ficar parada.

Mia endireitou o corpo.

— Está passando férias em Paris? — o caricaturista perguntou, apontando o carvão.

— Sim e não. Estou passando uns dias na casa de uma amiga. Ela tem um restaurante aqui perto.

— Aposto que eu conheço. Montmartre parece um vilarejo, sabe.

— La Clamada.

— Ah, a moça adorável da Provença! Ela é corajosa, sua amiga. A comida é criativa, mas o preço é razoável. E, diferente de alguns, ela não se vendeu aos turistas. Eu almoço no restaurante dela de vez em quando; tem muita personalidade.

Mia olhou para as mãos do caricaturista e notou uma aliança de casamento. David, nunca longe de seus pensamentos, voltou a assombrá-la.

— Nunca sentiu atração por uma mulher? Quero dizer… sem ser sua esposa.

— Talvez, mas apenas brevemente. Apenas pelo tempo que se leva para olhar para outra pessoa, e para me lembrar do quanto eu a amava.

— Não está mais com sua esposa?

— Ah, ainda estamos juntos.

— Então por que usou o verbo no passado?

— Pare de falar. Estou desenhando sua boca.

Mia deixou o artista se concentrar. Quando o homem acabou, ele a convidou para ver o produto final no cavalete. Mia sorriu ao ver um rosto que não reconhecia.

— Eu sou mesmo assim?

— Hoje, sim — respondeu o caricaturista. — Espero que logo esteja sorrindo como no desenho.

Ele pegou o celular no bolso, tirou uma foto de Mia e a comparou com o desenho.

— Está muito bom — Mia afirmou. — Você consegue fazer um retrato só com base em uma foto?

— Acho que sim, contanto que esteja nítida.

— Vou trazer uma da Daisy. Tenho certeza de que ela amaria se ver em uma obra de arte, e acho que seu talento faz jus a ela.

O caricaturista se abaixou e vasculhou um dos portfólios apoiados no cavalete. Pegou uma folha de papel rígido e a entregou a Mia.

— Sua amiga é absolutamente arrebatadora — ele disse. — Ela passa por aqui todas as manhãs. Pronto, pode levar. É um presente.

Sobre o papel de textura delicada havia um lindo desenho de Daisy; não era uma caricatura, mas um verdadeiro retrato, capturando sua expressão com habilidade e sensibilidade.

— Nesse caso, vou deixar o meu aqui em troca — ela disse, despedindo-se do caricaturista.

* * *

Paul havia feito um passeio com eles por Paris, parando em vários pontos turísticos, para a alegria de Lauren. Com uma cara de pau de que apenas ele era capaz, furou a fila para subir na Torre Eiffel, economizando pelo menos uma hora. No alto, um pouco de vertigem mantinha Paul a uma distância segura da beirada, segurando nos corrimões com mãos trêmulas, enquanto Lauren e Arthur admiravam a vista. Depois de descer de elevador com os olhos bem fechados, ele recobrou a dignidade e levou os amigos para o Jardin des Tuileries.

Vendo crianças no carrossel, Lauren foi tomada por uma necessidade de ouvir a voz do filho, então ligou para Nathalia, madrinha de Joe. Chamou Arthur para se juntar a ela no banco em que estava sentada. Paul aproveitou a oportunidade para ir comprar doces em uma das barraquinhas. Lauren o observava de longe enquanto Arthur falava com Joe.

Sem tirar os olhos de Paul, Lauren pegou o telefone das mãos do marido, disse muitas palavras de amor a seu menino, prometeu levar um presente de Paris e ficou quase decepcionada ao se dar conta de que ele não parecia sentir muita falta dela. Estava se divertindo muito com a madrinha.

Ela mandou beijos pelo telefone e manteve o aparelho junto ao ouvido quando Paul voltou, esforçando-se para carregar três algodões-doces em uma só mão.

— Como você acha que ele está, de verdade? — ela sussurrou para Arthur.

— Está falando comigo ou com o Joe? — Arthur perguntou.

— Joe já desligou.

— Então por que você está fingindo que ainda está ao telefone?

— Para o Paul não se aproximar.

— Bem… acho que ele está feliz — Arthur respondeu.

— Acho que você é um péssimo mentiroso.

— E isso é ruim?

— Não. Foi apenas uma observação. Você notou que o Paul não para de murmurar?

— Ele é muito sozinho. Só não quer admitir.

— Ele está saindo com alguém?

— Ele contou que está em um relacionamento à distância. Ela mora na Coreia. Está até pensando em tentar ficar com ela por lá. Aparentemente, seus livros têm muito sucesso para os lados dela.

— Na Coreia?

— Sim. Para ser sincero, toda essa história parece um pouco forçada.

— Por quê? E se ele estiver mesmo apaixonado por ela?

— Tenho a impressão de que ela pode não o amar tanto quanto ele a ama. E o cara morre de medo de voar! Se conseguir chegar lá, é capaz de nunca mais voltar. Pode imaginar Paul vivendo sozinho na *Coreia*? Paris já é bem longe de São Francisco.

— Você não pode impedi-lo. Quero dizer... se é isso mesmo que ele quer...

— Mas posso fazer com que mude de ideia.

— Estamos falando do mesmo Paul, não estamos?

Paul, que já estava cansado de esperar, caminhou na direção deles com determinação.

— Por acaso posso falar com meu afilhado?

— Ah, ele acabou de desligar — Lauren respondeu, corando um pouco. Ela guardou o celular e abriu um grande sorriso para Paul.

— O que vocês dois estão tramando?

— Nada — respondeu Arthur.

— Não se preocupem, não vou ficar junto com vocês a viagem inteira. Por mais que goste da companhia, prometo que vou deixá-los em paz logo.

— Mas queremos aproveitar sua companhia também. Por que acha que viemos a Paris?

Paul parecia pensativo. O que Lauren havia dito fazia sentido.

— Ainda acho que estão aprontando alguma coisa. Sobre o que estavam falando?

— Um lugar a que quero levar vocês dois hoje à noite — Arthur disse. — Um restaurante a que eu costumava ir quando morava aqui. Mas você vai ter que deixar a gente voltar para descansar um pouco antes. Acho que já chega de bancarmos os turistas por hoje.

Paul aceitou o convite e os três amigos caminharam pela Rue de Castiglione até chegarem à Rue de Rivoli.

— Tem um ponto de táxi aqui perto — Paul disse, atravessando no cruzamento.

O semáforo ficou verde e Arthur e Lauren não tiveram tempo para acompanhá-lo. Ficaram separados pelo fluxo do trânsito. Um ônibus passou e Lauren viu a propaganda na lateral:

"Você pode conhecer a mulher dos seus sonhos neste ônibus... a menos que ela pegue o metrô...", proclamava um site de relacionamento.

Lauren cutucou Arthur com o cotovelo e os dois ficaram olhando para o ônibus que passava.

— Você não pode estar falando sério — Arthur sussurrou, virando-se para ela.

— Acho que você não precisa sussurrar, ele está lá do outro lado.

— Ele nunca vai concordar com uma coisa dessas!

— Quem disse que ele precisa saber? — ela respondeu com um sorriso irônico. — Às vezes o destino precisa de um empurrãozinho... Parece um pouco familiar?

E ela atravessou a rua sem esperar Arthur.

* * *

Mia colocou os óculos de armação tartaruga que tinha comprado de um vendedor de antiguidades aquela tarde. As lentes grossas embaçavam sua visão. Ela abriu a porta do restaurante.

Mesmo sem enxergar quase nada, dava para ver que o lugar estava lotado. Por uma janelinha na parede dos fundos, Mia conseguiu distinguir Daisy trabalhando sem parar na cozinha, assim como a viam todos os clientes sentados às mesas. O *sous-chef* movimentava-se de um lado para o outro como se não soubesse para onde ir. Daisy liberou alguns pratos e desapareceu. Uma porta se abriu e ela reapareceu, andando rapidamente até uma mesa com quatro pessoas. Ela os serviu e saiu de novo, com a mesma rapidez, passando por Mia sem notá-la. Pouco antes de entrar na cozinha, deu três passos para trás.

— Sinto muito — ela disse —, estamos lotados hoje à noite.

Mia, que estava ficando vesga com aqueles óculos, não desistiu.

— Não pode arrumar um lugar para mim? Posso esperar — ela disse, disfarçando a voz.

Daisy passou os olhos pelo salão, parecendo irritada.

— Aquelas pessoas ali já pediram a conta, mas não param de conversar... Você está sozinha? Posso arrumar um espaço no bar — ela sugeriu.

Mia concordou e foi se sentar em uma banqueta.

Em alguns minutos, Daisy voltou. Ela apareceu do outro lado do bar, arrumou o lugar de Mia e depois se virou para pegar uma taça de vinho na estante. Pegou um cardápio e anunciou que as vieiras tinham acabado. O restaurante utilizava apenas ingredientes comprados no mesmo dia, e elas haviam esgotado.

— Que pena. Vim lá de Londres para experimentar suas vieiras.

Daisy olhou para ela com desconfiança, e então deu um salto.

— Ah, minha nossa! — ela gritou. — Que bom que eu não estava com louça na mão ou teria derrubado tudo. Você é louca!

— Você não me reconheceu?

— Na verdade, não olhei direito. Mas o que diabos deu em você?

— Por quê? Não gostou?

— Não tenho tempo para dar um veredicto; meu garçom me deixou na mão, justo hoje. Olha, se estiver com fome, eu faço alguma coisa para você, mas se não estiver…

— E se eu ajudar? Parece que você está precisando muito de ajuda.

— Melissa Barlow, garçonete? Não consigo nem imaginar.

— Fale baixo! Melissa como garçonete, talvez não. Mas e Mia?

Daisy a olhou de cima a baixo.

— Acha que é capaz de segurar um prato sem derrubar tudo?

— Já tive que representar uma garçonete, e fique sabendo que pratiquei para o papel.

Daisy hesitou. Ouviu seu assistente tocar a campainha. Os clientes estavam ficando impacientes. Eles iam precisar de reforço.

— Tudo bem. Tire esses óculos ridículos e me acompanhe.

Daisy levou Mia para a cozinha, entregou-lhe um avental e apontou para seis pratos que esperavam sob lâmpadas de aquecimento.

— Leve esses pratos para a mesa oito.

— Mesa oito?

— À direita da entrada. A mesa com o cara escandaloso. Mas seja gentil com ele… é um cliente regular.

— Cliente regular — Mia repetiu, pegando os pratos. — Entendi.

— Leve quatro de uma vez até pegar o jeito, por favor.

— Como quiser, chefe — Mia respondeu, equilibrando os pratos nos braços.

Cumprindo a missão, ela voltou rapidamente, pronta para a rodada seguinte.

Não precisando mais servir as mesas, Daisy reassumiu o controle da cozinha. Assim que cada prato ficava pronto, a campainha tocava e Mia corria para lá. Quando não estava servindo, estava limpando as mesas, pegando contas e voltando para receber mais instruções. Daisy a observava, achando graça.

Perto das onze, o restaurante começou a esvaziar.

— Um euro e cinquenta centavos. Foi a gorjeta colossal que seu "cliente regular" me deixou.

— Eu não disse que ele era generoso. — Daisy sorriu.

— Depois ele ficou lá parado... como se estivesse esperando um agradecimento!

— Você o agradeceu, não?

— Você só pode estar brincando!

— Talvez seja seu novo visual. O que deu em você para fazer algo tão estranho?

— Está dizendo que não gostou? É bem útil para permanecer incógnita.

— É só que não parece... você. Preciso de um tempo para me acostumar.

— Deve fazer muito tempo que você não assiste aos meus filmes. Acredite, eu já estive pior.

— Não pense mal de mim. Eu estou ocupada demais com o restaurante para ir ao cinema. Você se importa de servir essas sobremesas? Quero fechar assim que possível para irmos para casa dormir.

Mia representou o papel perfeitamente até o fim da noite. Daisy ficou impressionada: ela nunca imaginou que a amiga fosse capaz de tal façanha.

À meia-noite, os últimos clientes saíram do restaurante. Daisy e seu *chef* limparam a cozinha enquanto Mia arrumava o salão.

Quando Daisy finalmente fechou tudo, elas caminharam de volta para o apartamento pelas ruas íngremes de Montmartre.

— Toda noite é assim? — Mia perguntou.

— Seis dias por semana. É exaustivo, mas eu não mudaria nada. O restaurante é como um lar para mim, mesmo sendo difícil pagar as contas no fim do mês.

— Sério? O salão estava lotado!

— Hoje foi uma noite boa.

— O que você faz aos domingos?

— Durmo.

— E sua vida amorosa? — Mia pensou novamente nos cigarros esquecidos.

— Vejamos... vida amorosa... devo ter perdido entre a cozinha e o refrigerador.

— Está me dizendo que não conheceu ninguém desde que abriu o restaurante?

— Saí com alguns homens, mas nenhum deles capaz de se adequar aos meus horários. Você compartilha sua vida com um homem que tem a mesma profissão que você. Quantos outros homens aceitariam que ficasse viajando para gravar filmes e coisas desse tipo?

— Compartilho minha vida? Não dá para dizer que compartilhamos muita coisa ultimamente.

Os passos delas ecoaram nas ruas vazias.

— Acha que vamos acabar sozinhas? — perguntou Daisy.

— Você, talvez. Eu não.

— Muito obrigada! Então por que tanto choramingo? O que te impede de aproveitar um pouco mais a vida?

— Ainda estou casada, pelo menos por enquanto. O que *te* impede? Você conheceu esses homens com que saiu no restaurante?

— É claro que não. Nunca misturo trabalho e diversão — Daisy respondeu. — Exceto um. O cara ia muito ao restaurante, talvez até demais. No final, percebi que não estava lá só pela comida.

— Como ele era? — Mia perguntou, intrigada.

— Ele não era... nada mal. Nada mal mesmo, na verdade.

Elas chegaram à porta do prédio de Daisy. Ela digitou o código e acendeu a luz antes de subir as escadas.

— Como assim, "nada mal"?

— Charmoso.

— Prossiga...

— O que você quer saber?

— Tudo! Como ele te conquistou, como foi a primeira vez, quanto tempo durou o romance, como terminou... Tudo.

— Se quer mesmo que eu conte, vamos primeiro entrar em casa.

Dentro do apartamento, Daisy se jogou no sofá.

— Estou morta. Pode fazer um pouco de chá? É a única coisa que vocês, ingleses, sabem fazer na cozinha.

Mia mostrou o dedo do meio para ela e foi para trás da ilha da cozinha. Encheu a chaleira e esperou Daisy cumprir a promessa de contar a história.

— Nós nos conhecemos no início de julho do ano passado. O restaurante estava quase vazio, eu estava prestes a desligar os fornos. Foi quando ele entrou. Hesitei, a princípio, mas o que podia fazer? Deixei o *chef* e o garçom irem para casa. Eu podia atender um último cliente sozinha. Quando lhe entreguei o cardápio, ele pegou na minha mão e me pediu para escolher por ele. E, como uma idiota, eu caí no truque e achei tudo aquilo muito charmoso.

— Como uma idiota?

— Sentei de frente para ele enquanto ele comia. Até roubei umas coisinhas do prato. Ele tinha um ótimo senso de humor, era muito otimista. Quis me ajudar a limpar. Achei que seria divertido, então deixei. Depois que fechamos o restaurante, ele me convidou para uma bebida. Eu disse sim. Sentamos do lado de fora de um café. Quando terminamos de conversar, parecia que tínhamos resolvido todos os problemas da humanidade e que o mundo era um lugar lindo. Ele era apaixonado por comida e não estava blefando; sabia do que estava falando. Tenho que admitir, foi como um milagre. Ele me acompanhou até em casa, eu nem pedi para ele subir... só trocamos um beijo de boa-noite. O homem perfeito tinha acabado de cair do céu. Depois disso, nos víamos frequentemente. Ele ia me encontrar no fim do expediente e me ajudava a fechar. Passávamos todos os domingos juntos... até o fim do verão. Então, do nada, ele anunciou que estava tudo acabado entre nós.

— Mas por quê?

— Porque sua esposa e seus filhos tinham voltado das férias de verão. Por favor, não diga nada. Não quero falar sobre isso. Só vou tomar um banho e ir para a cama. — E Daisy fechou a porta do quarto. Mia ficou surpresa não apenas com a história de sua amiga, mas também com a dignidade de Daisy. Se ao menos ela própria fosse capaz de ver as coisas com aquela clareza...

* * *

Saindo do Chez L'Ami Louis, Lauren parou para contemplar as fachadas antigas da Rue du Vertbois.

— Paris está lançando seus encantos sobre você, não está? — Paul perguntou.

— É claro. É isso ou o enorme banquete que acabamos de comer — ela respondeu.

Eles pegaram um táxi para casa, onde Paul deu boa-noite para os amigos e se fechou no escritório para escrever.

Lauren foi para a cama e começou a digitar em seu Mac. Arthur saiu do banheiro dez minutos depois e entrou debaixo dos lençóis.

— Está vendo seus e-mails a essa hora da noite? — perguntou, surpreso.

Ela colocou o laptop no colo dele. Quando Arthur se deu conta do que Lauren estava fazendo, ela gargalhou de sua cara de bobo.

Ele teve que reler as primeiras linhas que Lauren havia escrito:

Escritor, solteiro, hedonista, trabalha à noite com frequência, gosta de humor, vida e serendipidade...

— Acho que você tomou muito vinho hoje.

Quando ele fechou a tela, clicou acidentalmente no botão que dizia "Confirmar cadastro".

— Ele nunca vai te perdoar nem sequer por brincar com uma coisa dessas.

— Me perdoar? É melhor você começar a pensar em suas próprias desculpas, e rápido, porque acho que acabou de clicar no botão errado, querido...

Arthur abriu o laptop rapidamente, aflito com a gafe.

— Relaxa! Somos os únicos com acesso a essa conta, e até você admite que ele precisa de um agito.

— Estou dizendo... isso é bem arriscado — Arthur respondeu.

— E os riscos que ele correu por nós? Lembra daquilo? — ela disse, apagando a luz.

Arthur ficou no escuro com os olhos abertos por um bom tempo. Centenas de lembranças o inundaram – aventuras malucas e truques sujos. Paul poderia ter ido para a cadeia por eles. Arthur devia sua felicidade atual à coragem do amigo.

Paris o fazia se lembrar de tempos tristes, anos de muita solidão. Agora Paul estava passando por algo parecido, e Arthur sabia como podia ser difícil carregar todo aquele peso. Mas devia haver um jeito melhor de ajudá-lo, além de um site de relacionamento.

— Durma — Lauren sussurrou para ele. — Vamos ver se acontece alguma coisa interessante.

Arthur se aconchegou junto à esposa e fechou os olhos.

* * *

Mia ficou se revirando na cama sem conseguir dormir. Os acontecimentos infelizes das últimas semanas não saíam de sua cabeça. Aquele dia tinha sido, sem sombra de dúvida, o mais feliz desde muito tempo, mesmo que ainda sentisse falta de David.

Ela se vestiu e saiu do apartamento.

Do lado de fora, as ruas escuras estavam molhadas pela garoa. Ela subiu a ladeira até chegar à Place du Tertre. O caricaturista estava guardando o cavalete. Ele levantou o olhar enquanto ela se sentava em um banco.

— Noite difícil? — ele perguntou, indo se sentar ao lado dela.

— Insônia — ela respondeu.

— Sei como é. Nunca consigo dormir antes das duas da manhã.

— E sua esposa? Ela te espera acordada todas as noites?

— A qualquer hora do dia, só posso desejar que ela esteja esperando — ele respondeu com sua voz rouca.

— O que isso significa?

— Você entregou o retrato para sua amiga?

— Ainda não tive a oportunidade. Vou entregar amanhã.

— Posso pedir um favor? Não diga que fui eu que fiz. Gosto de comer no restaurante dela e não sei... talvez eu fique constrangido se ela souber.

— Por quê?

— Bem, é um pouco invasivo desenhar o retrato de alguém sem que a pessoa tenha pedido.

— Mas você fez mesmo assim.

— Eu gosto de vê-la passando pelo meu cavalete... então quis capturar a mulher que coloca um sorriso no meu rosto todas as manhãs.

— Eu poderia apoiar a cabeça no seu ombro? Sem complicar as coisas?

— É claro. Meu ombro nunca complica as coisas.

Juntos, eles ficaram olhando para a lua levemente encoberta que brilhava no céu de Paris.

Às duas horas, o caricaturista pigarreou.

— Eu não estava dormindo — Mia disse.

— Nem eu.

Mia se levantou.

— Talvez seja hora de nos despedirmos — ela sugeriu.

— Boa-noite, então — o caricaturista disse ao se levantar.

Eles deixaram a Place du Tertre e cada um seguiu seu caminho.

5

Daisy gostava de caminhar por ruas tranquilas quando o sol surgia no horizonte. O concreto tinha o cheiro da manhã fria. Ela parou na Place du Tertre, olhou para o banco vazio e sacudiu a cabeça antes de seguir seu caminho.

⋆ ⋆ ⋆

Mia acordou uma hora depois. Preparou uma xícara de chá e se sentou diante da janela saliente.

Levou a xícara aos lábios, depois avistou o computador da amiga e foi até a escrivaninha.

Primeiro gole. Ela verificou sua caixa de entrada, passando os olhos por tudo o que lhe pareciam obrigações profissionais.

Segundo gole. Sem encontrar o que esperava, fechou o laptop.

Terceiro gole. Ela se virou para olhar a rua e pensou em seu passeio ao luar da noite anterior.

Quarto gole. Voltou a abrir o laptop e entrou direto no site de relacionamento.

Quinto gole. Mia leu com cuidado as instruções para criar um perfil.

Sexto gole. Pousou a xícara e começou a trabalhar.

COMO CRIAR UM PERFIL

Está em busca de um relacionamento? Com certeza, De jeito nenhum, Vamos ver o que acontece.

Vamos ver.

Seu estado civil: Nunca foi casada, Separada, Divorciada, Viúva, Casada.

Separada.

Tem filhos?

Não.

Sua personalidade: Atenciosa, Aventureira, Calma, Descontraída, Engraçada, Exigente, Orgulhosa, Generosa, Reservada, Sensível, Sociável, Espontânea, Tímida, Confiável, Outros.

Todas acima.

Por favor, escolha apenas uma.

Descontraída.

Cor dos olhos.

Certo. Eu seria perfeita para você se meus olhos fossem de outra cor. "Cega" conta como cor?

Tipo físico: Normal, Atlética, Magra. Alguns quilos acima do peso, *Plus-Size*, Gordinha.

Parece o formulário de uma feira de gado! Normal.

Altura.

Em centímetros. Não faço ideia. Digamos... 1,75. Se colocar mais, vou parecer uma girafa.

Nacionalidade.

Britânica. Péssima ideia: nós repelimos os franceses com toda aquela história de Waterloo. Americana? Não é muito melhor, na visão dos franceses. Dinamarquesa? Logo me faz pensar em raça de cachorro. Mexicana? Eu não falo espanhol. Irlandesa? Minha mãe me mataria se descobrisse. Islandesa? Não, vão esperar que eu fique cantando Björk o dia todo. Letã? Parece bom, só que nunca vou ter tempo de aprender o idioma. Mas seria divertido criar um sotaque e falar uma língua inventada, já que a probabilidade de encontrar um letão de verdade em Paris é muito baixa. Tailandesa? Não vamos exagerar. Neozelandesa? Sempre fui boa com sotaques!

Origem étnica.

Não aprendemos nada com a Segunda Guerra Mundial? Para que fazer esse tipo de pergunta?

Visão e valores: religião.

Certo, porque religião é a única forma de definir visão e valores? Agnóstica – isso vai ensinar uma lição a eles!

Opinião sobre casamento.

Indistinta.

Quer ter filhos?

Prefiro conhecer um homem que queira ter filhos comigo do que um homem que simplesmente queira ter filhos.

Escolaridade.

Ah, droga! Se for para mentir, vou dizer que tenho doutorado... Não, vou acabar com um bando de nerds chatos. Certo, superior completo me parece melhor...

Profissão.

Atriz, mas responder isso seria brincar com fogo. Agente de seguros? Não. Agente de viagens? Isso também não. Enfermeira? Pior ainda. Soldado? Definitivamente não. Fisioterapeuta? Não, eles vão querer massagens o tempo todo. Música? Mas eu nem sei cantar. Dona de restaurante? Humm, como a Daisy... Boa ideia.

Descreva seu trabalho.

Eu cozinho...

É um certo exagero, considerando que nunca fiz nem uma omelete, mas que se dane!

Esportes: Natação, Caminhada, Corrida, Sinuca e Dardos...

Humm. Jogar dardos conta mesmo como esporte?

... Yoga, Artes Marciais, Golfe, Iatismo, Boliche, Futebol, Boxe...

Eu me pergunto quantas mulheres colocam "boxe".

Você fuma?

De vez em quando.

É melhor ser sincera, ou posso acabar com algum fanático antitabagista.

Animais de estimação.

Meu futuro-ex-marido.

Interesses: Música, Esportes, Cozinha, Compras...

Compras? Boa escolha, destila inteligência! Combinaria perfeitamente com "boxe" ali em cima. Dança? Não, vão esperar que eu me esprema em uma saia de balé. Não vamos arriscar a decepção. Escrita? Sim, escrever é bom. Ler também. Cinema? Não. Não. Não! De jeito nenhum. A última coisa de que preciso é um cinéfilo. Museus e exposições? Depende. Animais? Negativo. Não quero passar os fins de semana visitando zoológicos. Videogames, pesca e caça? Eca. Escolhas criativas de lazer? Tenho que saber o que isso significa?

Sair: Cinema

Sim. Mas eu simplesmente vou ter que dizer não.

Comer fora.

Sim.

Noite com amigos.

Já cansei disso.

Família.

O mínimo possível, muito obrigada.

Bares.

Isso sim.

Casas noturnas.

Um grande não.

Eventos esportivos.

Dupla negativa.

Gosto musical e para filmes.

Sinto que estou sendo investigada aqui! Já chega de interrogatório.

O QUE **VOCÊ** ESTÁ PROCURANDO EM UM HOMEM

Altura e tipo físico: Normal, Atlético, Magro, Alguns quilos acima do peso.
Não ligo a mínima!

Estado civil: Nunca foi casado, Viúvo, Solteiro.
Os três.

Ele tem filhos.
Isso é problema dele.

Ele quer ter filhos.
Temos tempo.

Personalidade.
Finalmente! Achei que nunca fosse perguntar...

Atencioso, Aventureiro, Calmo, Desencanado, Engraçado, Generoso, Reservado, Sensível, Sociável, Espontâneo, Confiável.
Todas acima!

DESCREVA A SI MESMA

Os dedos de Mia pairavam sobre o teclado, incapazes de digitar uma palavra sequer. Ela voltou para a página inicial, digitou o e-mail de Daisy no campo "nome de usuário" e *cebolinha* no lugar da senha para ler seu perfil.

Jovem, ama a vida e dar risadas, mas tem um horário de trabalho complicado. *Chef* de restaurante, apaixonada pelo trabalho...

Ela copiou e colou o perfil da amiga, depois clicou no botão para confirmar o cadastro.

Daisy abriu a porta do apartamento. Mia fechou o laptop e deu um salto.

— O que você está aprontando?

— Nada. Só estou vendo meu e-mail. Onde você estava? Ainda é cedo, não é?

— São nove horas e eu voltei do mercado. Vista-se. Preciso de uma mão no restaurante.

Mia compreendeu, pelo tom de voz, que a questão não estava aberta a discussão.

Depois que elas terminaram de descarregar os caixotes da van, Daisy pediu para a amiga ajudá-la com o inventário. Ela fez uma lista dos itens comprados em um caderno enquanto Mia, seguindo ordens, distribuía a comida.

— Não acha que está me explorando um pouco? — ela disse, esfregando a lombar.

— Ah, coitadinha. Faço isso sozinha todo dia, então é bom ter uma ajudinha para variar. Você saiu ontem à noite?

— Não consegui dormir.

— Venha servir as mesas comigo hoje à noite. Isso vai acabar com sua insônia, pode acreditar.

Mia entrou na sala refrigerada com uma caixa de berinjelas. Daisy a chamou de volta.

— Espere! Deixamos os legumes em temperatura ambiente, senão eles perdem o sabor.

— Já cansei disso! — Mia disse, virando-se.

— Mas o peixe vai no refrigerador.

— *Argh*. — Mia se virou novamente. — Fico me perguntando se a Cate Blanchett já teve que guardar peixe no refrigerador de algum restaurante — ela gritou lá de dentro.

— Conversamos sobre isso depois que você ganhar um Oscar.

Mia apareceu com uma barra de manteiga, pegou uma baguete na cesta de pães e se sentou no bar. Daisy terminou de guardar o restante dos alimentos.

— Vi uma coisa engraçada por acidente enquanto verificava meus e-mails — disse Mia com a boca cheia.

— O que foi?

— Um site de relacionamento.

— Por acidente, você disse?

— Eu juro! — disse Mia.

— Eu falei para você não xeretar minhas coisas.

— Me diga uma coisa. Você chegou a conhecer alguém dessa forma?

— Você é minha mãe, por acaso? Não fique tão chocada. Não é um site de pornografia, sabia?

— Eu sei, mas ainda assim…

— Ainda assim o quê? No ônibus ou no metrô, e até mesmo andando na rua, as pessoas passam mais tempo olhando para o telefone celular do que para o que está acontecendo à sua volta. O único jeito de chamar a atenção de alguém nos dias de hoje é on-line.

— Você não respondeu à minha pergunta — disse Mia. — Isso funciona mesmo?

— Não sou atriz, não tenho agente, não tenho fãs, não vou a eventos com tapete vermelho, e não tem nenhuma foto minha em capas de revista. Tendo em vista que passo a maior parte da vida em uma cozinha, não correspondo ao perfil de mulher desejável. Então, sim, eu me cadastrei em um site de relacionamento e, sim, conheci homens assim.

— Algum legal?

— Os legais são raros, mas não se pode culpar a internet por isso.

— Como você faz?

— O quê?

— O primeiro encontro, por exemplo. Como funciona?

— Do mesmo jeito que funcionaria se você conhecesse o cara em um café, só que você já vai sabendo um pouco mais sobre ele.

— Bem, você sabe o que ele escolhe te contar.

— Quando se aprende a ler nas entrelinhas de um perfil, normalmente dá para diferenciar.

— E como se aprende a ler nas entrelinhas?

— E por que você quer saber?

Mia parou para pensar.

— Para um papel — ela disse de maneira evasiva.

— Para um papel — Daisy murmurou. — É claro.

Ela suspirou e se sentou ao lado de Mia.

— O nome de usuário normalmente diz muito sobre a personalidade de um homem. "Mamãe, gostaria de lhe apresentar Ursinhodepelucia21, que é muito mais carinhoso e gentil do que Maximo_Perigo, seu preferido". E que tal Senhorgrandao; sutil, né? ElBello? Talvez só um pouquinho vaidoso... e que tal isso: uma vez recebi uma mensagem de um cara que atendia pelo nome de Gazpacho2000. Consegue imaginar uma relação quente com um Gazpacho?

Mia caiu na gargalhada.

— Depois você tem que ver o que eles escrevem sobre si mesmos. Você não acreditaria em algumas das coisas que dizem, sem mencionar os erros de ortografia. Sinceramente, chega a dar pena.

— Nossa. É tão ruim assim?

— Meu *chef* só chega daqui a uma hora. Por que não vamos para casa e você vê com os próprios olhos?

De volta ao apartamento, Daisy entrou no site de relacionamento e mostrou a Mia.

— Aqui está. Dê uma olhada nisso.

Oi, você é linda e divertida? Se a resposta é sim, sou o homem para você. Não apenas sou extremamente divertido, mas também charmoso e apaixonado...

— Sinto muito, não vai dar, Hervé51, já que sou feia e chata... Mas, sério, de onde eles tiram essas porcarias? E, olha só — ela continuou —, aqui você pode ver os caras que visitaram seu perfil.

Uma nova janela abriu e Daisy desceu a tela pela lista de possíveis pretendentes.

— Este aqui se descreve como calmo, e eu acredito nele; parece que fumou maconha antes de tirar a foto! E ela foi tirada em uma *lan house*, ainda por cima... passa "muita" segurança. E veja este outro: "Estou procurando alguém para posar para mim...". Não precisa dizer mais nada.

Ela foi descendo a tela.

— Aquele parece razoável — Mia disse. — "Nunca foi casado, aventureiro, executivo, gosta de música e de ir a restaurantes".

— Não tire conclusões precipitadas — Daisy disse, apontando para a outra linha. — "Aposto uma caixa de chocolates que você vai ler meu perfil até o fim." Pode pegar seus chocolates e enfiá-los *naquele lugar*, Dandy26.

— E o que são aqueles ali? — Mia perguntou.

— Os perfis selecionados automaticamente pelo site. Com base nas informações que você coloca, eles têm algoritmos que sugerem perfis compatíveis. É o equivalente digital de um casamenteiro, com uma pitada de acaso.

— Vamos tentar!

Outros perfis apareceram, alguns deles provocando enormes acessos de riso. Mia parou em um deles.

— Espere, este aqui parece interessante. Olha só!

Mia se aproximou da tela.

— Humm… — Daisy disse.

— O que tem de errado com ele?

— Escritor?

— E daí? Não é algo ruim.

— Quero ver o que ele publicou primeiro. Qualquer um que diz que é escritor e ainda está trabalhando na primeira página de seu livro é o tipo de cara que faz uma dúzia de aulas de atuação e já acha que é o Kevin Spacey, ou que dedilha três cordas de uma guitarra e se sente o John Lennon. Só estão procurando uma idiota para sustentá-los enquanto marinam no caldo de suas carreiras artísticas. E, acredite em mim, existem muitos homens assim por aí.

— Acho que você está sendo extremamente dura. E cética. Além disso, para sua informação, *eu* fiz aulas de atuação.

— Talvez, mas já saí com alguns desses babacas. Embora eu deva admitir que esse seu escritor aqui parece um cara legal, pela foto, segurando esses três algodões-doces enormes… Ele deve ter três filhos.

— Ou isso, ou ele gosta muito de doce!

— Bem, eu acho que vou te deixar aqui se preparando para o seu "papel". Preciso ajeitar as coisas no restaurante para o almoço.

— Espere um segundo. Aquele pequeno ícone de envelope e o balãozinho de conversa sob a foto… o que são?

— No envelope ficam as mensagens que ele mandar. E se o balãozinho estiver verde, significa que você pode conversar com ele. Mas não comece a mexer nisso, principalmente se estiver usando o meu computador. Também existem certos… códigos e costumes que você precisa conhecer.

— Tipo o quê?

— Se ele pedir para encontrá-lo em um café no *início* da noite, significa que ele espera transar primeiro e jantar em seguida. Se mencionar "restaurante", pode ser melhor, mas você precisa descobrir onde ele mora. Se ficar a menos de quinhentos metros do lugar que escolheu, isso diz muito sobre suas intenções. Se não pedir entrada, é muquirana. Se pedir *para* você, é um supermuquirana. Se ficar falando apenas dele mesmo nos primeiros quinze minutos, pode sair correndo. Se mencionar a ex na primeira meia hora, ainda não superou a separação. Se ele começar a fazer muitas perguntas sobre o seu passado, é do tipo ciumento. Se perguntar sobre seus planos a curto prazo, está tentando avaliar se vai dormir com ele naquela mesma noite. Se ficar olhando o celular, está em contato com várias mulheres ao mesmo tempo. Se disser que está muito infeliz, está procurando uma mãe, e não uma amante. Se não parar de falar sobre o vinho que escolheu e de como ele é ótimo, é um exibido. Se tentar dividir a conta, o cavalheirismo morreu juntamente com suas chances de conseguir um segundo encontro. E se disser que esqueceu o cartão de crédito, seu Romeu pode simplesmente ser um golpista.

— E nós? Existem regras para o que devemos dizer ou não dizer?

— *Nós?*

— Você, nós, tanto faz. O que estou querendo saber é: o que se espera que *alguém* faça?

— Mia, eu preciso trabalhar. Podemos conversar sobre isso depois. — Daisy se levantou e saiu. — E não faça nada idiota no meu computador! Estou falando sério. Isso não é um jogo.

— Isso nunca me passou pela cabeça.

— Minha nossa, você é uma péssima mentirosa!

A porta do apartamento se fechou.

6

Logo pela manhã, ele recebeu uma ligação de seu editor, que disse que tinha notícias importantes. Ele se recusou a dar detalhes pelo telefone, no entanto, exigiu falar pessoalmente com Paul assim que possível.

Gaetano Cristoneli nunca havia sugerido encontrar Paul para tomar café da manhã antes, e certamente nunca tinha marcado nada antes das dez da manhã.

Um homem erudito, totalmente apaixonado pelo trabalho, ele havia – apesar de ser italiano – se dedicado à literatura francesa. No final da adolescência, se é que ela algum dia termina, quando estava de férias em Menton, ele encontrou um exemplar de *La Promesse de l'Aube*, de Romain Gary, em uma estante da casa que sua mãe estava alugando. Ler aquele livro mudou o curso de sua vida. Gaetano tinha um relacionamento conturbado com a mãe, e aquele livro foi como uma tábua de salvação. Quando virou a última página, tudo estava claro para ele – exceto sua visão, que ficou embaçada de lágrimas diante do desfecho do livro. Gaetano passou a dedicar a vida à literatura e não quis viver em nenhum outro lugar senão na França. Anos depois, em uma estranha reviravolta do destino, as cinzas de Romain Gary foram espalhadas no mesmo lugar em que Gaetano havia se apaixonado pela literatura. Ele tomou aquilo como um sinal inquestionável de que havia feito a escolha certa.

Ele havia começado como estagiário em uma editora de Paris, onde vivia uma vida de luxo, protegido por uma mulher rica dez anos mais velha que o transformou em seu amante. Inúmeras conquistas a sucederam, todas igualmente ricas, porém a diferença de idade diminuiu com o passar dos anos. As mulheres gostavam de Gaetano em parte por sua erudição, mas talvez também por sua excepcional semelhança com Marcello Mastroianni, o que, é preciso reconhecer, é uma vantagem bastante considerável na vida sexual de um jovem. Assim, ele podia ser descrito como um homem original e culto, e certamente era preciso ter muita originalidade e talento para ser um editor italiano que publica um autor americano na França.

Apesar de ser capaz de ler em francês com a mesma clareza que lia em sua língua nativa, e apesar da capacidade aguçada de avistar um único erro de ortografia em um manuscrito de quinhentas páginas, Gaetano tinha muita dificuldade quando se tratava de falar francês. Ele misturava e confundia as palavras, às vezes chegando a inventar termos totalmente novos. Segundo seu analista, isso acontecia porque seu cérebro funcionava mais rápido que a boca, um diagnóstico que Gaetano usava como uma medalha de honra oferecida pelo próprio Deus.

Às nove e meia, Gaetano Cristoneli estava sentado no Deux Magots, esperando Paul com um prato de *croissants*.

— O que aconteceu? Nada sério, eu espero — Paul disse, sentando-se diante do editor.

O garçom trouxe o café que Gaetano havia pedido para Paul.

— Meu caro amigo — disse Gaetano, abrindo bem os braços. — Hoje, bem cedo, recebi um telefonema extraordinário.

Gaetano acrescentou tantos *os* na palavra *extraordinário* que Paul teve tempo de tomar todo o *espresso* antes que o editor terminasse a frase.

— Você vai querer outro? — o editor perguntou, um pouco surpreso. — Sabe... na Itália, o café costuma ser saboreado em dois ou às vezes três goles, mesmo quando é *ristretto*. A melhor parte fica no fundo da xícara. Mas estou divagando. Vamos voltar ao que interessa, meu caro Paolo.

— Paul.

— Sim, sim. Então, hoje de manhã recebi um telefonema maluuuuuuuuco.

— Fico muito feliz em ouvir isso.

— Nós vendemos, ou melhor, *eles* venderam trezentos mil exemplares de seu último livro... sobre os infortúnios de um americano vivendo em Paris. É uma coisa iiin-crííí-veeeel!

— Trezentos mil? Na França?

— Ah, não. Aqui vendemos setecentos e cinquenta exemplares. Mas isso também é, salvo as devidas proporções, espetacular.

— Então onde? Itália?

— Com os números que temos hoje, os italianos não querem publicar você no momento. Mas não se preocupe, meus conterrâneos idiotas vão mudar de ideia no final.

— Tenho que continuar chutando? Alemanha?

Gaetano não disse nada.

— Espanha?

— Receio que o mercado espanhol esteja sentindo o impacto da crise financeira.

— Certo, eu desisto. Onde foi?

— Coreia. Você sabe, cuja capital é Seul, logo abaixo da China. Seu sucesso por lá só aumenta, meu amigo. Acredita nisso? Trezentos mil exemplares, é *expressionante*! Vamos mandar imprimir cintas para a capa dos livros aqui, para informar aos leitores, e aos livreiros, é claro.

— Você acha que isso vai fazer alguma diferença?

— Talvez sim, talvez não, mas mal não faz.

— Você não podia ter me contado isso por telefone?

— Você está certo, podia. Mas tem outra coisa completamente *maravilinda*, e para isso eu precisava te encontrar pessoalmente.

— Ganhei o *Prix de Flore* coreano?

— Não! Imagine o Café de Flore abrindo uma filial na Coreia, onde começariam a distribuir vinho francês e prêmios literários? Muito original!

— Uma crítica boa na *Elle* coreana?

— É possível, mas eu não leio coreano, então, infelizmente, não sei dizer.

— Certo, Gaetano, então me diga: o que é essa outra notícia *maravilinda*?

— Você foi convidado para a Feira Literária de Seul.

— Na Coreia.

— Bem, sim. É onde fica Seul, não é?

— A treze horas de voo daqui.

— Não, não, não exagere. São onze, talvez doze, no máximo!

— É um convite adorável, mas você vai ter que se desculpar e dizer que eu não posso ir.

— E por que não? Qual o motivo? — Gaetano perguntou, abanando os braços.

Paul ficou se perguntando o que o assustava mais: o voo ou a ideia de encontrar Kyong em seu território natal. Eles nunca haviam se visto em nenhum outro lugar além de Paris, onde tinham seus pontos de referência. O que ele faria em um país cuja língua não falava, cujos costumes não entendia? Como ela reagiria diante de sua total ignorância?

Outro motivo era o fato de o plano de um dia ir morar com ela lá ser, em sua cabeça, uma espécie de ilusão. E essa possibilidade era precisamente o que ele queria evitar, pelo menos por ora.

Obrigar seus sonhos a irem de encontro com a realidade era arriscar a própria existência deles.

— Kyong é como... o oceano em minha vida. E eu sou um cara com medo de nadar. Ridículo, não é?

— Não, nem um pouco. É uma frase muito bonita, mesmo eu não sabendo do que você está falando. Poderia ser a primeira linha de seu próximo livro. O leitor vai querer saber imediatamente o que acontece em seguida.

— Não sei se é criação minha. Posso ter lido em algum lugar.

— Ah, nesse caso... vamos voltar a nossos queridos amigos coreanos. Comprei uma passagem de classe econômica especial para você: mais espaço para as pernas e um assento especial que reclina.

— Nem me fale em reclinar. As inclinações e curvas são exatamente o que me fazem odiar voar.

— Como todo mundo. Ainda assim, é o único jeito de chegar lá.

— Então eu não vou.

— Meu caro autor – e você deve saber o quanto me é caro, com os adiantamentos que te pago –, nós não podemos viver apenas dos *royalties* europeus. Se quiser que eu publique sua próxima obra-prima, tem que me ajudar um pouco, fazer a sua parte.

— E isso significa ir para a Coreia?

— Isso significa encontrar os leitores que realmente te leem. Você vai ser recebido por lá como um astro. Vai ser *fantásmico*!

— A palavra "fantásmico" não existe. E nem "maravilinda", por sinal.

— Bem, agora existem, não é?

— Só consigo ver uma forma de fazer isso — Paul disse, suspirando. — Tomando um remédio para dormir na sala VIP, você me carregando para o avião em uma cadeira de rodas e me colocando no meu lugar, e eu sem acordar até pousarmos em Seul.

— Acho que a passagem de classe econômica não te dá direito a usar a sala VIP. Além disso, não posso ir com você.

— Está querendo me mandar para lá *sozinho*?

— Estou muito ocupado nesses dias.

— Espere, quando seria isso?

— Você parte em três semanas. Então vai ter muito tempo para se preparar.

— Não. De jeito nenhum. Impossível — Paul respondeu, sacudindo a cabeça.

Embora as mesas vizinhas estivessem vazias, Gaetano chegou mais perto de seu autor e disse em tom insistente:

— Seu futuro está na Coreia. Se fortalecer seu sucesso por lá, vamos conseguir deixar toda a Ásia interessada em seu trabalho. Pense nisso: Japão, China... se fizermos tudo direitinho, podemos até conseguir convencer sua editora americana a entrar na onda. Quando você desbravar o mercado americano, vai ser um sucesso na França e os críticos vão te adorar.

— Mas eu já desbravei o mercado americano!

— Com seu primeiro livro, sim. Mas desde então...

— Isso é absurdo. Eu moro aqui na França! Por que tenho que fazer sucesso na Ásia e nos Estados Unidos para as pessoas em Caen ou Noirmoutier começarem a ler meus livros?

— Cá entre nós? Não sei dizer, não faço a mínima ideia. Mas é assim que as coisas são. Nenhum profeta é bem-recebido em sua própria terra, principalmente um estrangeiro.

Paul enterrou o rosto nas mãos. Ele pensou em Kyong, sorrindo quando ele estivesse chegando ao aeroporto, viu-se deslizando na direção dela com a tranquilidade casual de um viajante experiente. Imaginou o apartamento dela, o quarto, a cama, e se lembrou de como ela era quando se despia e do perfume de sua pele, e sonhou com os momentos ternos que haviam compartilhado. Então, de repente, Kyong se transformou em uma comissária de bordo, anunciando friamente que haveria turbulência em todo o voo. Seus olhos se abriram e ele estremeceu só de pensar.

— Está tudo bem? — o editor perguntou.

— Sim — Paul murmurou. — Preciso de um tempo para pensar. Aviso assim que possível.

— Aqui está sua passagem — disse Gaetano, entregando um envelope a ele. — E quem sabe você não encontra um material fantástico para seu novo livro enquanto estiver por lá! Vai conhecer centenas de leitores, eles vão dizer o quanto amam seus livros. Vai ser uma experiência ainda mais *fantasticosa* do que a publicação de seu primeiro romance.

— Meu editor francês é italiano, eu sou um escritor americano que mora em Paris, e cuja maior parte dos leitores está na Coreia. Por que minha vida tem que ser tão complicada?

— É você, meu caro amigo. Acredite em mim. Pegue esse avião e pare de se comportar como uma criança mimada. Trabalho com outros autores que morreriam para estar em seu lugar.

Gaetano pagou a conta e deixou Paul sozinho na mesa.

Arthur e Lauren o encontraram na frente da igreja da Place Saint-Germain-des-Prés, meia hora depois que Paul ligou para eles.

— Qual é a emergência? — Arthur perguntou.

— Não sei nem por onde começar. Parece que alguém com um senso de humor cruel está mexendo com meu… destino — Paul respondeu com uma expressão extremamente séria.

Lauren soltou uma risada atrás de Paul, e ele se virou para ela. Ela tentou disfarçar rapidamente com um olhar preocupado.

— Qual é a graça?

— Nada. Estou com alergia. É o pólen. Continue… alguém com um senso de humor cruel…?

— Talvez cruel seja pouco. É melhor dizer *distorcido* — Paul prosseguiu, suspirando.

Lauren riu mais uma vez, ainda mais alto.

— Por favor, informe sua esposa que ela está começando a me irritar — Paul resmungou, virando-se para Arthur.

Ele foi até um banco e se sentou. Arthur e Lauren o acompanharam e se sentaram cada um de um lado dele.

— É tão ruim assim? — Lauren perguntou.

— Bem... não a coisa em si, eu acho.

Então contou a eles sobre a conversa com o editor.

— Você não precisa ir, se não quiser — Arthur disse a ele, olhando para Lauren de um jeito que Paul não foi capaz de interpretar.

— Bem, eu não quero. Não mesmo.

— Então está resolvido — Arthur disse.

— Não, não está resolvido! — Lauren exclamou.

— O quê? — os dois homens perguntaram em coro.

— Diga-me: qual, exatamente, é sua ideia de felicidade? Uma ida à lavanderia? Sentar na frente da TV com um prato de queijos e uma taça de vinho? É assim que imagina a vida de um grande escritor? — Lauren disse, espumando. — Como pode desistir sem nem mesmo tentar? É como se gostasse de se decepcionar. Ou talvez simplesmente seja mais fácil assim. A menos que algo mais importante aconteça nesse meio-tempo, o senhor vai entrar nesse avião! Finalmente vai ser obrigado a descobrir o que realmente sente por aquela mulher, e o que ela sente por você. E se voltar sozinho, pelo menos não vai ter a preocupação de superar o relacionamento, porque vai saber que o relacionamento nunca existiu, para começo de conversa.

— E você vai estar lá para me consolar, vai me esperar na lavanderia com um sanduíche, não é? — Paul deu um sorriso forçado.

— Quer a verdade, Paul? — Lauren perguntou. — Arthur está com mais medo dessa viagem do que você, porque a distância entre vocês dois já o incomoda mais do que tudo. Ele sente a sua falta, nós dois sentimos. Mas, por ser seu amigo, ele vai falar que você deve ir. Se houver a mínima chance de que você encontre a felicidade verdadeira nessa viagem, tem que aproveitar a chance.

Paul se virou para Arthur, que – nitidamente com grande relutância – fez um gesto com a cabeça, concordando.

— Trezentas mil cópias vendidas... de um único livro... acho que é bem importante, não é? — Paul assoviou, olhando para dois pombos que se aproximavam. — *Fantasticoso!* Como diria meu editor.

* * *

Ela estava sentada em um banco, olhos colados à tela do telefone. David tinha ligado meia hora antes. Mia não havia atendido.

O caricaturista deixou sua cadeira e foi se sentar ao lado dela.

— O importante é tomar uma decisão — ele disse.

— Tomar qual decisão?

— Uma que lhe permita viver no presente em vez de ficar se perguntando constantemente como seria o futuro.

— Olha, sei que está tentando ser legal, e é muito gentil de sua parte, mas agora não é um bom momento. Preciso pensar.

— Se eu te dissesse que, em uma hora, seu coração pararia de bater, o que você faria?

— E eu que achei que você fosse um caricaturista, não um vidente.

— Responda à pergunta! — o caricaturista ordenou em um tom autoritário que deixou Mia assustada.

— Eu ligaria para o David e diria que ele é um cretino, que ele estragou tudo, que não tem mais como voltarmos a ser como antes, que eu nunca mais quero vê-lo, mesmo ainda o amando, e que preciso que ele saiba de tudo isso, mesmo que seja nos meus últimos minutos de vida.

— Pronto — disse o caricaturista em um tom mais suave. — Não foi tão difícil, foi? Ligue para ele e fale exatamente o que acabou de me dizer… menos a última parte. Porque eu não sou vidente de verdade.

E, com essas palavras, o caricaturista voltou a seu cavalete. Mia foi atrás dele.

— Mas e se ele tiver mudado? E se, de alguma forma, ele voltou a ser o homem que conheci quando nos encontramos pela primeira vez?

— Vai continuar fugindo dele ou sofrendo em silêncio? Por quanto tempo?

— Eu não sei.

— Você gosta de fazer cena, não é?

— O que isso quer dizer?

— Você sabe exatamente o que quer dizer. E fale baixo, vai assustar meus clientes.

— Não tem mais ninguém aqui! — Mia gritou.

O caricaturista olhou ao redor. Era verdade: a praça estava praticamente vazia. Ele fez sinal para Mia se aproximar.

— Aquele cara não te merece — ele sussurrou.

— Como você sabe? Talvez eu seja uma pessoa insuportável!

— Por que as mulheres sempre se apaixonam perdidamente por homens que só as fazem sofrer e mal olham para aqueles que moveriam montanhas por elas?

— Ah, entendi... Porque você é James Stewart de *A felicidade não se compra*, não é?

— Não, porque minha esposa era exatamente como você quando a conheci. Perdidamente apaixonada por um idiota bonitão que não parava de partir seu coração. E ela levou dois anos para acordar e seguir com a vida. Foram dois anos inteiros que perdemos. E eu fico furioso só de lembrar. Porque podíamos ter passado aquele tempo juntos.

— Furioso por causa de dois anos? Que diferença isso faz agora que têm a vida toda para ficarem juntos?

— Quer mesmo saber? Vá perguntar a ela. Desça a Rue Lepic até o final da ladeira até chegar ao Cemitério de Montmartre e pergunte pessoalmente.

— O quê?

— Um belo dia, assim como hoje, um caminhão saiu do nada e fechou nossa moto.

— Sinto muito — Mia sussurrou, baixando os olhos.

— Por quê? Você nem estava dirigindo o caminhão.

Mia concordou, deu um passo para trás e começou a andar na direção do banco.

— Senhorita!

— Sim? — ela disse, virando-se.

— Cada dia conta.

Ela foi até uma passagem estreita com degraus de pedra, sentou-se na metade da escadaria e digitou o número de David. Caiu direto na caixa postal.

— Estou ligando para dizer que acabou, David. Eu não quero te ver nunca mais, porque... — *Eu te amo muito... Merda, foi tão mais fácil no banco, as palavras pareciam fluir... É ridículo fazer uma pausa tão longa. É tarde demais para parar, apenas continue...* — Porque você me deixa infeliz. Você estragou tudo e eu preciso que saiba de tudo isso, mesmo que seja nos meus últimos minu... — Mia interrompeu a frase. *Por que ainda te amo tanto...?*

Ela desligou, imaginando se seria possível apagar uma mensagem remotamente. Depois respirou fundo e ligou de novo.

— Um dia desses eu vou conhecer um James Stewart... — *Argh, não faz o menor sentido... eu disse mesmo isso em voz alta?* — Um homem capaz de mover montanhas por mim. Não vou deixar o que sinto por você me atrapalhar. Então vou apagar esses sentimentos da minha vida, assim como você provavelmente vai apagar essa mensagem... — *Ah, pare, isso é ridículo.* — Não me ligue... — *A menos que seja nos próximos cinco minutos para dizer que você mudou e que vai pegar o próximo trem para me encontrar... Não! Por favor, por favor, não me ligue...* — Eu te vejo na estreia e durante a divulgação, e vamos desempenhar nossos papéis. O show deve continuar, afinal... — *Isso, assim está melhor, profissional e determinada. Agora chega, não diga nem mais uma palavra, está perfeito.* — Bem, vou desligar agora... — *Ótimo. Totalmente sem sentido, apenas para encher linguiça.* — Adeus, David. Huum... e aqui é a Mia, aliás.

Ela esperou dez minutos. Então, suspirando, guardou o celular no bolso do casaco impermeável.

O restaurante ficava a apenas alguns metros de distância. Durante a caminhada até lá, apesar do coração pesado, seus passos ficaram mais leves.

— Você de novo? Se eu tiver dinheiro para fazer uma viagem a Londres, não espere que eu vá perder tempo visitando seus *sets* de filmagem — Daisy disse quando Mia entrou no restaurante. — O que está fazendo aqui? Deveria estar explorando a cidade!

— Não precisa de garçonete para o almoço?

Sem esperar a resposta, Mia entrou na cozinha. Daisy foi atrás dela, tirando o avental que Mia estava tentando amarrar na cintura.

— Quer conversar sobre alguma coisa?

— Agora não.

Daisy voltou para o fogão e passou pratos para Mia. Não era necessário dar instruções: apenas uma mesa estava ocupada.

* * *

Depois do almoço, Paul deixou Arthur e Lauren perambularem por Paris. Ele ia fazer uma leitura em uma livraria no nono *arrondissement* naquela noite e havia se recusado a dar o endereço a eles, temendo que aparecessem de surpresa. Deixou com eles uma cópia das chaves de seu apartamento e disse que os veria no dia seguinte.

Arthur mostrou a Lauren o bairro em que havia morado, apontando para a janela de seu antigo apartamento no caminho. Pararam para tomar café no bistrô em que ele passara muitas horas pensando nela antes que a vida os reunisse novamente. Depois caminharam pelas margens do rio e voltaram para o apartamento de Paul.

Lauren estava tão exausta que pegou no sono sem comer. Arthur ficou observando a esposa por um instante, e então pegou seu laptop. Depois de verificar seu e-mail, passou um bom tempo pensando na conversa entre Paul e Lauren na pracinha em Saint-Germain-des-Prés.

A felicidade de seu amigo de infância era mais importante do que qualquer outra coisa. Arthur faria qualquer sacrifício em nome dele, incluindo vê-lo ir para o outro lado do mundo. Mas certamente aquela tal Kyong não era a única pessoa capaz de fazer Paul feliz. Talvez valesse a pena dar "um empurrãozinho" no destino. Ele se lembrou da história de um senhor que entrou em uma igreja um dia para repreender Deus por nunca o ter ajudado a ganhar na loteria – nem uma vez, nem um único premiozinho, e ele estava prestes a comemorar seu aniversário de noventa e sete anos. E então, de um raio de luz celestial, a voz de Deus lhe disse: "Que tal comprar um bilhete primeiro?".

7

Daisy não sabia que horas havia pegado no sono, mas sabia que o dia seria longo. Tentou se lembrar do que restava no refrigerador do restaurante para decidir se teria que ir ao mercado e resolveu que, como estava se sentindo cansada, precisava dormir um pouco mais. Às dez horas, abriu um olho, praguejou e pulou da cama, xingando novamente enquanto lavava o rosto e, mais uma vez, enquanto se vestia. Ainda praguejava quando deixou o apartamento e saiu na rua calçando os sapatos. Na noite anterior, Mia havia falado sem parar. Tinha repassado todo seu relacionamento com David, desde o dia em que se conheceram até o telefonema que havia feito, terminando tudo.

Mia acordou com a avalanche de palavrões e não ousou mostrar a cara até que a saraivada tivesse passado.

Ficou pelo apartamento, ligou o computador, decidiu que não olharia seus e-mails, mas acabou verificando mesmo assim e encontrou outra mensagem de Creston – uma mensagem bem curta e simples, implorando que ela entrasse em contato.

Por diversão – e apenas por diversão –, ela entrou no site de relacionamento. Não viu nada interessante e estava prestes a desligar quando resolveu dar uma olhada naquela pastinha estranha de perfis escolhidos pelo algoritmo, e não pelo acaso. Só apareceu um candidato e Mia até que o achou atraente. Teve quase certeza de que conhecia seu rosto. Será que o havia visto pela vizinhança? O apelido que usava não era vulgar e nem tinha a intenção de ser engraçado. Ela ficou surpresa ao ver que o pequeno envelope sob a foto dele estava piscando. A mensagem que ele havia mandado para ela não tinha nada a ver com aquelas que tinha visto com Daisy. Na verdade, era simples e educada. E até a fez sorrir.

Eu era arquiteto em São Francisco quando tive a ideia maluca de escrever um livro, que acabou sendo publicado. Sou americano – mas, ei, ninguém é perfeito – e agora moro em Paris. Ainda escrevo. Nunca entrei em um desses sites de relacionamento, então não sei o que devo ou não dizer. Você é *chef* de cozinha, o que é um trabalho interessante e significa que temos algo em comum: ambos passamos nossos dias e noites trabalhando para proporcionar um pouco de alegria aos outros. O que leva alguém a fazer esse tipo de trabalho não sei dizer, mas admito que amo o desafio.

Não tenho ideia de como reuni coragem para escrever para você, ou se algum dia receberei uma resposta. Por que meus personagens têm muito mais coragem do que eu? Por que eles ousam fazer tanta coisa, e nós ousamos tão pouco? Então vou fazer uma tentativa: hoje à noite vou jantar, às oito, no restaurante Uma, na Rue du 29 Juillet. Ouvi dizer coisas maravilhosas sobre um prato de lá, um pargo assado com ervas exóticas. Além disso, adoro aquela rua – sempre que passo por lá, parece estar quente e ensolarada. Se essa experiência culinária lhe parecer tentadora, por favor, venha como minha convidada – sem compromisso, é claro.

Abraços,
Paul

Mia fechou rapidamente a mensagem como se tivesse queimado seus olhos. Ainda assim, continuou olhando para a tela. Tentou se conter para não a ler novamente, mas logo cedeu à tentação. Acabou imprimindo-a e dobrando a folha em quatro. Se sua mãe descobrisse que ela estava sequer pensando em ir a um encontro às cegas – e, pior, com alguém que conheceu pela internet –, a atormentaria, e Creston ajudaria a colocar lenha na fogueira.

Por que meus personagens têm muito mais coragem do que eu?

Quantos papéis ela já tinha representado, sonhando com a liberdade que lhe ofereciam? Quantas vezes David havia lembrado que seus fãs não estavam apaixonados por ela, mas pelo personagem? Por que não dar um passo corajoso como Paul fizera?

Ela pousou os dedos sobre o teclado.

Caro Paul,

Gostei muito da sua mensagem. Sou nova nesse tipo de site também. Na verdade, acho que zombaria dos meus amigos se algum me contasse que havia aceitado jantar com um estranho que enviou uma mensagem em um site de relacionamento! Mas o que você disse é tão verdadeiro. É a liberdade dos personagens da ficção que achamos tão inspiradora, ou a forma com que aquela liberdade os transforma? Por que eles ousam fazer tanta coisa, e nós ousamos tão pouco? (Peço desculpas pela repetição – não sou muito de escrever!)

Como é improvável que eu encontre esses personagens na vida real, ficaria feliz em conversar com alguém que dá vida a eles. Deve ser maravilhoso fazer seus personagens realizarem algo que você deseja para eles. É mesmo tão simples assim? Você deve ser muito ocupado, então acho que podemos deixar esse detalhe para quando estivermos frente a frente.

Vejo você hoje à noite – sem compromisso!
Mia

PS: Sou britânica, e também estou bem longe de ser perfeita.

* * *

— Inacreditável. Simplesmente inacreditável! — Lauren exclamou.

Ela esperou o garçom se afastar da mesa e tomou a limonada em um único gole, limpando a boca com o dorso da mão.

— Minha mensagem não foi nada mal, não é?

— Foi boa o suficiente para que ela respondesse. Arthur, sei que faria de tudo para impedir que Paul vá para a Coreia, mas você precisa ficar fora disso.

— Tudo isso foi ideia sua, lembra?

— Mas foi antes do encontro com o editor…

— Não me importo que ele vá à Feira Literária, só quero ter certeza de que vai voltar.

— E quanto ao outro motivo da viagem?

— Mais motivo ainda para um empurrãozinho! — Arthur sorriu.

— E como pretende convencê-lo a aparecer nesse restaurante?

— É aí que preciso de você.

— Você sempre precisa de mim.

— Vou inventar um jantar com um cliente importante e convidar Paul para ir junto para me ajudar.

— Vocês dois não trabalham juntos como arquitetos há sete anos. Como ele poderia te ajudar?

— Como tradutor, talvez?

— Você fala francês tão bem quanto ele, talvez até melhor.

— Ele conhece Paris melhor que eu.

— E do que se trata o projeto?

— Boa pergunta. Preciso inventar algo convincente.

— Diga que é o projeto de um restaurante — Lauren disse.

— Não seria grande o suficiente para a firma, ainda mais tão longe de casa.

— Um restaurante bem grande?

— Ah. Que tal um adorado restaurante americano considerando abrir uma filial em Paris?

— É convincente?

— É perfeito! Vou dizer que o Alioto's decidiu abrir um restaurante aqui. É o preferido dele em São Francisco.

— E qual é o meu papel nessa pequena trama?

— Se eu pedir, ele pode achar que tem algo errado, ou simplesmente recusar, mas se você insistir, ele vai dizer sim. Vai fazer isso por você.

— É um truque bem sujo, Arthur.

— Talvez, mas é para o próprio bem dele. Ele vai agradecer.

— Ah, eu duvido muito que isso aconteça quando ele perceber que você o enganou. E desse momento em diante a noite vai ser um desastre. Sobre o que nós devemos conversar durante a refeição?

— Sobre o que "nós" devemos conversar? Sobre nada. Nós não vamos estar lá!

— Então está planejando mandá-lo sozinho para um jantar com uma estranha que aceitou um convite em um site de relacionamento, enquanto ele acha que vai conversar sobre arquitetura com um cliente? — Lauren caiu na gargalhada. — Eu adoraria ser uma mosquinha na parede durante esse jantar.

— Eu também, mas não vamos abusar da sorte.

— Isso nunca vai dar certo. Eles vão descobrir o que aconteceu antes do primeiro prato.

— Talvez. Mas, imagine: e se houver uma chance de funcionar, mesmo sendo bem pequena? Quantas vezes já tentou fazer algo impossível na sala de cirurgia, quando todo mundo dizia para jogar a toalha?

— Não tente me convencer inflando meu ego. Sinceramente, não consigo decidir se esse seu plano é totalmente perverso ou totalmente hilário.

— Provavelmente um pouco dos dois. A menos que funcione...

Lauren pediu a conta para o garçom.

— Para onde vamos? — Arthur perguntou.

— Fazer as malas e encontrar um hotel. Receio que Paul nos expulse amanhã cedo.

— Boa ideia. Vamos embora de Paris hoje à noite. Vou te levar para a Normandia.

* * *

Paul achou um pouco arrogante da parte de Arthur ter reservado a mesa no nome de Paul, e ficou ainda mais irritado por ser o primeiro a chegar. A garçonete o acompanhou até uma mesa para quatro pessoas, com apenas dois lugares arrumados. Ele indicou o erro, mas ela saiu sem responder.

Mia chegou quase na hora. Ela cumprimentou Paul e se sentou diante dele.

— Eu pensava que escritores fossem todos velhos — ela disse com um sorriso.

— Contanto que não morram jovens, é inevitável que todos acabem assim.

— É uma fala de Holly Golightly.

— Ah. *Bonequinha de luxo*.

— Um dos meus filmes preferidos.

— Truman Capote — disse Paul. — Um grande homem, um homem que odeio com todas as forças.

— Sério? Por quê?

— Tanto talento em uma só pessoa? É suficiente para deixar alguém louco de inveja. Ele não podia ter compartilhado um pouco com o restante de nós?

— Acho que sim.

— Peço desculpas. Esse atraso não é comum...

— Cinco minutos nem é atraso para uma mulher — Mia respondeu.

— Não, eu não estava falando de você. Eu nunca diria uma coisa dessas. Estou falando deles. Não sei o que estão fazendo. Já era para estarem aqui.

— Hum... Certo... Se está dizendo...

— Desculpe, eu não me apresentei. Meu nome e Paul, e você é...

— Mia, é claro.

— Prefiro esperar eles chegarem antes de começarmos, mas não significa que você precisa ficar em silêncio. Você tem um sotaque... é britânica?

— Bem, sim. Eu mencionei isso na mensagem, não mencionei?

— Não, ele não me disse nada sobre isso! Eu sou americano, mas vamos continuar falando na língua de Molière. Os franceses odeiam quando as pessoas falam inglês no país deles.

— Tudo bem, vamos falar francês.

— Desculpe, eu não quis te assustar com o que disse. Os franceses adoram restaurantes estrangeiros. E é uma excelente ideia abrir um aqui em Paris.

— O que eu cozinho é mais provençal, na verdade — disse Mia, imitando Daisy.

— Certo. Então não está pretendendo continuar fiel ao original?

— Você não tem ideia de como eu gostaria de permanecer fiel. Mas e se for possível ser fiel e original ao mesmo tempo?

— Certo. É claro. Por que não? — respondeu Paul, confuso.

— Sobre o que você escreve?

— Romances, mas isso não me impede de continuar com meu outro trabalho.

— Arquitetura, não é?

— Isso mesmo. Senão por que eu estaria aqui? — Paul perguntou, suscitando um olhar confuso no rosto de Mia. — O que ele te disse, exatamente?

Mia se viu murmurando em voz baixa:

— *Referindo-se a si mesmo na terceira pessoa! Meu Deus, eu sei mesmo escolher...*

— Você disse alguma coisa? Não consegui entender — Paul afirmou.

— Ah, nada, desculpe. Tenho o péssimo hábito de falar sozinha.

Paul abriu um grande sorriso.

— Posso contar um segredo?

— Vai fundo.

— Eu faço isso também. Bem, pelo menos é o que eles me dizem. Sabe, eles foram longe demais. Vou brigar por estarem tão atrasados. Eu estou completamente estupefato.

— Sei como é — Mia disse.

— Isso não é nem um pouco profissional. Preciso reiterar que eles não costumam fazer isso.

Mia murmurou mais uma vez:

— *E agora ele enlouqueceu completamente... Nossa, o que eu estou fazendo aqui?*

— *Ela está resmungando baixinho. Isso é péssimo. Eu vou matar o Arthur e cortá-lo em pedacinhos. Você dá a mão e as pessoas logo querem o braço inteiro. Onde raios eles estão?*

— Você estava falando sozinho agora — disse Mia.

— Eu... acho que não. Você estava, com certeza.

— Talvez não tenha sido uma boa ideia vir aqui. Como eu disse, é minha primeira vez e é... bem, é ainda mais estranho do que eu esperava.

— Está me dizendo que é sua primeira vez em Paris? Seu francês é impressionante. Onde aprendeu?

— O quê? Não, não foi isso que eu quis dizer. Essa não é minha primeira vez em Paris. Minha melhor amiga é francesa, nós nos conhecemos desde crianças. Ela foi morar com a minha família para aprender inglês e depois eu fui para a Provença passar as férias com a família dela.

— Ah, por isso que a comida do seu restaurante é provençal?

— Exatamente.

Um silêncio se seguiu. Durou apenas alguns minutos, mas para eles pareceu uma eternidade. A garçonete voltou com os cardápios.

— Se não aparecerem logo, é melhor pedirmos sem eles — Paul exclamou. — Eles que se virem depois.

— Acho que perdi o apetite — Mia disse, colocando o cardápio sobre a mesa.

— É uma pena, a comida daqui é muito boa. Li críticas ótimas sobre este lugar.

— Certo. "Pargo assado com ervas exóticas", como me disse na mensagem.

— Mensagem? Que mensagem? — Paul perguntou. — Quando eu te mandei uma mensagem?

— Você está tomando algum remédio?

— Não. Por quê? Você está?

— Ai, minha nossa. Certo. Já entendi... — Mia suspirou. — Você está tentando me fazer rir para eu relaxar. Mas pode parar, porque não está funcionado. Na verdade, tudo *isso* me deixou um pouco assustada. Quero dizer... é válido, tudo bem. Agora eu entendi e você pode parar.

— Eu não estava fazendo nenhuma brincadeira... E o que eu fiz para te assustar?

Certo, confirmado, esse cara é completamente louco da cabeça. É melhor não contrariar. Na pior das hipóteses, eu peço só uma entrada e saio daqui em quinze minutos.

— Você tem razão, não vamos mais esperar; a culpa é deles por não chegarem na hora.

— Exatamente! Vamos pedir, e você pode me falar sobre seu projeto.

— Que projeto?

— Seu restaurante!

— Não tenho muita coisa para dizer... cozinha do sul da França. De Nice, para ser mais precisa.

— Eu amo Nice! Fui convidado para a Feira Literária de lá junho passado. O calor estava meio insuportável, mas as pessoas são realmente amigáveis. Bem, as poucas que quiseram que eu autografasse seus livros.

— Quantos livros escreveu?

— Seis. Incluindo o primeiro, é claro.

— Por que ele não seria incluído?

— Por nada... Bem, na verdade é porque eu não sabia direito o que estava fazendo quando estava escrevendo.

— *Esse cara está me irritando demais. Qual é o problema dele?* — Os balbucios estavam começando a ficar altos. — Hum, e o que achou que estava fazendo? Construindo um castelo de areia?

Ou ela é completamente idiota ou está ali sentada, pensando que eu é que sou...

— Não, o que quis dizer é que na época eu não conseguia conceber a ideia de que seria publicado. Nem me passou pela cabeça mandar para uma editora.

— Mas foi publicado?

— Foi. Lauren mandou em meu nome, sem pedir minha permissão, na verdade, mas, ei, acho que não posso reclamar com ela. Não foi fácil no início, só que foi graças ao que ela fez que eu acabei vindo morar aqui.

— Posso fazer uma pergunta estranha?

— Pode. Bem, não posso garantir que vou responder.

— Você mora longe daqui?

— No terceiro *arrondissement*.

— O que fica a mais de quinhentos metros de onde estamos.

— Estamos no primeiro, então, sim, fica bem longe. Por quê?

— Por nada.

— E você?

— Eu moro em Montmartre.

— É uma área linda. Vamos pedir?

Paul chamou a garçonete.

— Então... o pargo? — Paul sugeriu, olhando para Mia.

— Demora muito para ficar pronto? — ela perguntou à garçonete, que respondeu que não e saiu.

Paul se inclinou na direção de Mia, abrindo um sorriso.

— Não quero meter o nariz onde não fui chamado, mas se você vai abrir um restaurante especializado em frutos do mar, pode ser útil saber quanto tempo demora para um pargo ficar pronto. É apenas uma sugestão — ele disse, rindo.

Dessa vez, o silêncio se estendeu. Paul olhou para Mia e Mia olhou para Paul.

— Então, você gosta de São Francisco? — Paul perguntou. — Você morava lá?

— Não, mas já visitei várias vezes a trabalho. E é uma cidade linda, amo a luz de lá.

— Agora eu entendi! Você foi *chef* do Alioto's e é por isso que resolveu trazer o conceito deles para cá.

— O que é Alioto's?

— Eu vou matar ele. Eu vou matar aqueles dois — Paul murmurou, dessa vez, infelizmente, alto o bastante para Mia ouvir. — Isso é culpa dele, só dele. Quero dizer... o mínimo que podia fazer é me passar informações corretas.

— Então, esse duplo assassinato... você falou de maneira simbólica, eu espero?

Minha nossa, que mulher grossa! O que eu estou fazendo aqui? Sério, por que estou aqui quando poderia muito bem estar em casa?

— Sim, posso garantir sem sombra de dúvida que não tenho intenção de assassinar ninguém, mas você tem que admitir que a situação é um pouco estranha! Eu estou passando a ideia de ser um idiota incompetente que nem conhece os detalhes do projeto em que está trabalhando...

— Certo. Então eu sou um "projeto"?

— Está fazendo isso de propósito? Não estou falando de você, pessoalmente, mas daquilo que nos trouxe aqui.

— Bem — disse Mia em tom firme, com as duas mãos sobre a mesa. — Acho que já tratamos do essencial, e como não estou mais com fome... — *Não, não estou com fome. Estou absolutamente faminta.* — Vou deixar você desfrutar do pargo sem mim.

— Compreendo que ficou parecendo outra coisa — Paul disse, corando. — Foi um descuido. Por favor, aceite minhas desculpas. Em minha defesa, faz muito tempo que não faço esse tipo de coisa. Acho que devo ter perdido o jeito. Avisei a ele que eu não seria de grande ajuda. Eu deveria ter recusado logo de cara. E, é claro, ele não devia ter me deixado sozinho dessa forma. Foi uma coisa muito injusta da parte dele. Deles dois.

— Está sendo assombrado por fantasmas ou as pessoas que você não para de mencionar existem mesmo?

— Ela é completamente maluca! Estou preso em um restaurante com uma louca. Acho que o tal projeto nem existe.

— Você está balbuciando de novo.

— A "eles" me refiro a meu ex-sócio, Arthur, e sua esposa, Lauren. Você está em contato com eles para ajudar a projetar seu novo restaurante...?

— Acho que não — ela respondeu com cuidado.

— Bem, obviamente não mais. Mas antes desse nosso encontro desastroso, era isso que você estava planejando, certo?

— Não tenho a mínima ideia do que você está falando.

— Agora eu estou confuso. Então por que está aqui?

— Sabe, por um instante eu não tive certeza absoluta. Mas agora tenho. Você é completamente maluco. Daisy me alertou; eu devia ter escutado.

— Ah, que coisa encantadora! Não sei como Daisy pode ter alertado você que sou maluco, porque não conheço nenhuma Daisy. Bem, uma Daisy, para ser sincero, mas era uma ambulância, e não uma pessoa. Esqueça, longa história. Quem é sua Daisy?

Mia olhou ao redor à procura da garçonete para que pudesse ir embora. Aquele louco não ousaria segui-la pela rua com os funcionários do restaurante olhando para ele. Assim que se livrasse dele, ela voltaria a Montmartre, apagaria o perfil naquele site maldito e tudo voltaria ao normal. Depois disso, ela jantaria no La Clamada, porque estava morrendo de fome.

— Por que acha que sou louco? — Paul perguntou.

— Ouça, isso não está dando certo. Eu estava enrolando, fazendo joguinho e me arrependo disso.

Paul soltou um longo suspiro de alívio.

— É claro! Eu deveria saber. Você estava me provocando esse tempo todo. Vocês três devem ter planejado isso juntos. Ótimo, vocês me pegaram. Bravo! — Ele aplaudiu. — Certo, onde eles estão escondidos? Pode pedir para eles aparecerem. Aceito a derrota. Tenho que admitir, vocês foram muito bons!

Sorrindo, Paul percorreu o restaurante com os olhos à procura de Arthur e Lauren. Mia ficou olhando para a cozinha.

— Você é... mesmo escritor? — ela perguntou, horrorizada.

— É claro que sou — ele disse, voltando a olhar para ela.

— Bem, deve ser por isso. Os personagens se apoderam do autor e acabam se tornando parte de sua vida. Isso não é necessariamente uma coisa ruim. Acho que existe até certa poesia em uma loucura leve como essa. E sua mensagem foi adorável. Mas agora, se não se importar, vou deixar você com "eles" e ir embora.

Mensagem?

— O que dizia mesmo essa "mensagem"?

Mia tirou a folha de papel do bolso, desdobrou e entregou a Paul.

— São suas palavras, certo?

Paul leu o texto com atenção e olhou para Mia, confuso.

— É verdade que tenho muito em comum com esse cara, poderia até ter escrito mais ou menos a mesma coisa, para ser sincero, mas eu já descobri o esquema, pode parar de fingir.

— Não estou fingindo. Tinha uma foto sua no perfil!

— Que perfil?

— O perfil que postou no site de relacionamento, com a *sua* foto.

— Eu nunca entrei em um site de relacionamento na vida. Não tenho ideia sobre o que está falando. A única explicação possível é que *nós dois* estamos aqui para encontrar outras pessoas.

— Olhe em volta. Não estou vendo o seu sósia em lugar nenhum.

— Talvez nós dois tenhamos errado o endereço? — Paul disse, mas logo se deu conta do absurdo que estava sugerindo.

— A menos... que o homem com quem marquei o encontro tenha começado com essa brincadeira de identidades trocadas... por ter mudado de ideia depois que me viu pessoalmente.

— Impossível. Ele teria que ser cego.

— Obrigada por isso, pelo menos. Vi tanta sinceridade em sua mensagem. É uma pena não ser do mesmo jeito ao vivo.

Mia se levantou. Paul fez o mesmo e pegou na mão dela.

— Espere um pouco. Por favor, sente-se. Tem que haver uma explicação lógica para tudo isso, a não ser que... Não, não pode ser. Eles não fariam algo tão sujo.

— Está falando dos seus amigos invisíveis?

— Você não sabe nem da metade. Não é a primeira vez que fico em uma saia justa por causa da Lauren e depois tenho que enfrentar as consequências.

— Se está dizendo... Agora eu vou embora. Promete que não vai... me seguir?

— Por que eu te seguiria?

Mia deu de ombros. Ela estava prestes a sair quando a garçonete apareceu. O pargo estava com aparência e aroma divinos e o estômago de Mia começou a roncar tão alto que a moça sorriu ao colocar o prato no centro da mesa.

— Parece que cheguei bem na hora! — ela disse. — *Bon appétit*.

Paul cortou o peixe em filés e colocou dois no prato de Mia. Ele tinha recebido uma mensagem no celular e parou para ler.

— Certo. Agora estou realmente me desculpando com você; de todo coração e com seriedade — ele disse, colocando o celular sobre a mesa.

— Desculpas aceitas. Mas, assim que terminarmos de comer, vou embora.

— Não quer saber por que estou me desculpando?

— Não muito, mas imagino que estou prestes a descobrir...

— Admito, achei mesmo que você fosse louca. Agora tenho provas de que não é.

— Que alívio. Infelizmente, não posso dizer o mesmo a seu respeito...

Paul entregou o telefone a Mia.

Paul,

Quisemos dar um empurrãozinho no destino, como já deve ter imaginado a essa altura, e pregamos uma peça em você. Espero que a noite tenha sido boa assim mesmo. Devo admitir que nossa noite foi uma mistura estonteante de culpa e gargalhadas histéricas. Sua vingança vai ter que esperar, porque partimos para Honfleur hoje à tarde. Na verdade, estou escrevendo do restaurante em que estamos jantando. O peixe é excelente, a cidade parece a foto de um cartão-postal, e Lauren se apaixonou perdidamente. Além disso, a pousada em que nos hospedamos é perfeita. Voltamos em dois dias, talvez mais, a depender do tempo que você vai demorar para nos perdoar. Tenho certeza de que está furioso, mas em alguns anos vamos rir disso juntos. E, quem sabe? Se essa tal Mia se tornar o amor da sua vida, será eternamente grato a nós!

Diante de todas as peças que me pregou... agora estamos quites. Bem, quase...

Com amor,

Arthur e Lauren

Mia colocou o celular sobre a mesa e tomou a taça de vinho de uma só vez. Paul achou aquilo surpreendente, mas estava se acostumando àquela sensação.

— Bem — ela disse —, a boa notícia é que pelo menos não estou jantando com um doido.

— E a má notícia? — Paul perguntou.

— Seus amigos têm um senso de humor muito perverso, particularmente para as vítimas de suas brincadeiras. Tudo isso foi bastante humilhante para mim.

— Tenho que discordar. Se alguém está parecendo um idiota aqui, sou eu!

— Pelo menos você não chegou a entrar em nenhum site de relacionamento. Estou me sentindo uma idiota.

— Já pensei em entrar algumas vezes — Paul admitiu. — Juro que é verdade... Não estou falando só por educação. Eu poderia muito bem ter entrado.

— Mas não entrou.

— A intenção é que conta, certo?

Paul encheu a taça de Mia e sugeriu que fizessem um brinde.

— E a que, exatamente, vamos brindar?

— A um jantar sobre o qual nunca poderemos contar a ninguém. Só isso já o torna completamente singular. Tenho uma proposta para você, sem compromisso.

— Se for sobremesa, estou dentro. Esse peixe não matou minha fome.

— Sobremesa. Com certeza!

— Mas o que tinha em mente?

— Pode me mostrar a mensagem que eu supostamente havia escrito? Só quero reler uma parte.

Mia entregou o papel a ele.

— Aqui está a frase. Vamos provar que somos mais corajosos que os personagens de ficção. Pelo menos vamos ter coragem o bastante para não sair desta mesa nos sentindo completamente humilhados. Vamos apagar tudo o que aconteceu até agora, todas as palavras que dissemos. É fácil. Pense nisso como apertar uma tecla do computador e apagar o texto. Vamos reescrever a cena juntos, a começar pelo instante em que você entrou.

Mia sorriu ao ouvir aquelas palavras.

— Bem, de uma coisa eu tenho certeza: você é mesmo escritor.

— Está vendo? Essa é uma ótima frase de abertura para um capítulo. Podemos continuar com sua citação de Truman Capote.

— Eu pensava que escritores fossem todos velhos — ela repetiu.

— Contanto que não morram jovens, é inevitável que todos acabem assim. E então, gostou da mensagem que escrevi?

— Algumas coisas me atraíram. O suficiente para eu aparecer aqui hoje.

— Levei horas para escrever.

— Acho que demorei o mesmo tempo para responder.

— Eu adoraria ter a oportunidade de "reler" aquela resposta. Então quer dizer que você tem um restaurante que serve comida provençal? É bem original para uma britânica.

— Passei muitos verões na Provença durante a infância. É engraçado como as lembranças da infância são capazes de definir nossos gostos, o que queremos. E você? Onde passou a infância?

— São Francisco.

— Como um escritor americano acaba virando parisiense?

— É uma longa história. Mas não gosto de ficar falando sobre mim; é um assunto chato.

— Acho que também não me considero um bom assunto para conversa.

— Cuidado. Corremos o risco de ficar com bloqueio de escritor.

— Que tal uma descrição deste lugar? Certamente encheria algumas páginas.

— Dois ou três detalhes bastam para descrever o cenário. Com mais do que isso, o leitor pode perder o interesse.

— Pensei que não houvesse fórmula para uma boa escrita.

— Eu estava falando como leitor, não escritor. Você gosta de descrições longas?

— Não, você tem razão, elas podem ser um tanto maçantes. E o que vamos escrever agora? O que os dois protagonistas fazem em seguida?

— Pedem uma sobremesa?

— Só uma?

— Boa pergunta. Duas. É o primeiro encontro deles, lembra? Temos que manter certa distância entre os dois.

— Como coautora, devo apontar o fato de que a taça da moça está vazia e ela adoraria que o rapaz lhe servisse mais um pouco de vinho.

— Excelente ideia! Embora ele devesse ter visto isso antes de ela ter que pedir.

— Só que ela poderia pensar que ele estava tentando embebedá-la.

— Ah. Esqueci que ela é britânica.

— Fora isso, o que mais te desagrada nas mulheres?

— Se não se importa que eu diga, e se ela reformulasse a pergunta de uma maneira positiva? Por exemplo: do que você mais gosta em uma mulher?

— Ah, não, não tão rápido; não é a mesma coisa. E se a pergunta tivesse sido feita assim, poderia parecer que ela está tentando dar em cima dele.

— Isso é discutível, mas tudo bem. E, respondendo, o que mais me desagrada são mentiras. Mas, colocando de maneira positiva, minha resposta seria "honestidade".

Mia ficou olhando para ele por um longo tempo e depois disse:

— Eu não vou dormir com você.

— O quê?

— Só estou sendo honesta.

— Obrigado, eu acho. Isso foi mais brutal do que sincero. E o que você procura em um homem?

— Sinceridade.

— Eu sinceramente não tenho intenção nenhuma de dormir com você.

— Você não me acha atraente?

— Eu te acho linda. Então devo inferir que você não *me* acha atraente?

— Eu não disse isso. Certamente é estranho, o que você mesmo admitiu, e isso é uma coisa bem rara, e talvez até um pouco tocante. Não vim para esse encontro esperando um recomeço, só queria fechar uma porta no passado.

— O que me trouxe aqui foi meu medo de voar.

— Desculpe, não consigo enxergar a relação.

— Considere isso uma elipse; uma espécie de mistério que será esclarecido em um capítulo mais adiante.

— Ah, então vamos ter outro capítulo?

— Por que não? Se ambos já sabemos que não vamos dormir juntos, nada nos impede de tentarmos ser amigos.

— Isso é original. As pessoas não fazem esse tipo de declaração, "vamos ser amigos", quando estão terminando um relacionamento?

— Exatamente. O que torna essa ideia incrivelmente singular. — Paul riu.

— Corte o "incrivelmente".

— Por quê?

— Falta certa elegância aos advérbios. Gosto mais dos adjetivos, mas nunca mais de um na mesma frase.

— Certo, então me deixe começar de novo... Já que não sou seu tipo de homem, acha que posso ser seu tipo de amigo?

— Contanto que seu nome verdadeiro não seja Gazpacho2000.

— Não me diga que esse foi o apelido que colocaram para mim?

— Não, não se preocupe — Mia respondeu, rindo. — Só estou brincando. É algo que amigos fazem, não é?

— Acho que sim — Paul respondeu.

— Se eu fosse ler um dos seus livros, qual recomendaria?

— Eu recomendaria um livro de outro autor.

— Ah, para com isso. Responda à minha pergunta.

— Escolha um em que o resumo da quarta capa te faça querer conhecer os personagens.

— Eu estava pensando em começar pelo primeiro.

— De jeito nenhum. Não faça isso.

— Por que não?

— Porque é o primeiro. Gostaria que as pessoas que vão ao seu restaurante te julgassem com base no primeiro prato que preparou?

— Amigos não se julgam. Aprendem gradualmente a se compreender melhor.

A garçonete trouxe as duas sobremesas.

— Um *éclair* de lúcuma e calamansi e uma torta de figo com sorvete de *fromage blanc* — ela anunciou. — Com os cumprimentos do *chef*.

E se retirou tão rápido quanto chegou.

— O que acha que são lúcuma e calamansi?

— Claramente não fazem parte de seu repertório provençal. Uma é uma fruta peruana — Paul explicou. — A outra é uma fruta cítrica, como se fosse o cruzamento de tangerina e quincã.

— Impressionante!

— Na verdade, eu li antes de você chegar. Eles explicam no cardápio.

Mia revirou os olhos.

— Você deveria ser atriz — disse Paul.

— O que te faz dizer isso?

— Seu rosto é tão... expressivo quando você fala.

— Você gosta de cinema?

— Gosto. Mas nunca vou. É terrível, não vejo um filme desde que me mudei para Paris. Mas eu escrevo à noite, e ir ao cinema sozinho não é muito divertido.

— Eu gosto de ir sozinha, de me misturar com as pessoas, observar o cinema...

— Está solteira há muito tempo?

— Desde ontem.

— Uau. É bem recente. Então nem estava solteira quando entrou no site de relacionamento?

— Achei que essa parte tinha sido cortada na cena que reescrevemos. Ontem as coisas foram oficializadas. Na verdade, estou solteira há alguns meses. E você?

— Bem... para falar a verdade, eu não estou solteiro. A mulher com quem estou envolvido mora do outro lado do mundo. Mas, para ser sincero, nem sei mais o que há entre nós. Então, na verdade, acho que estou solteiro desde a última vez em que ela veio me visitar, seis meses atrás.

— Você nunca a visita?

— Tenho medo de avião.

— As pessoas não dizem que o amor dá asas?

— Sim, por mais brega que seja. Sem querer ofender. As asas não parecem estar funcionando.

— O que ela faz?

— É tradutora. Na verdade, ela é minha tradutora, embora eu duvide que sejamos exclusivos nesse sentido. E seu cara-metade, o que faz?

— Ele é *chef* como eu. Bem... é mais um *sous-chef*, na verdade.

— Vocês trabalhavam juntos?

— Às vezes. Péssima ideia.

— Como assim?

— Ele acabou dormindo com a moça que lava a louça.

— Ai! É no mínimo uma falta de tato.

— Você sempre foi fiel à sua tradutora?

A garçonete trouxe a conta para a mesa deles. Paul a pegou automaticamente, evitando que houvesse aquele constrangimento comum.

— Vamos dividir — Mia protestou —, já que somos apenas amigos.

— Você já teve que aguentar muita coisa durante este jantar. Não use isso contra mim; sou desajeitado e antiquado.

Paul acompanhou Mia até o ponto de táxi.

— Espero que sua noite não tenha sido muito ruim, considerando tudo.

— Posso fazer uma pergunta? — Mia quis saber.

— Você acabou de fazer.

— Acha que um homem e uma mulher podem realmente ser amigos sem nenhuma segunda intenção? Sem ambiguidades?

— Sim. Claro. Imagine que um deles tenha acabado de sair de um relacionamento e o outro esteja apaixonado por outra pessoa, por exemplo. É bom ser capaz de expor a alma a um estranho sem nenhum medo de ser julgado.

Ela baixou os olhos e acrescentou:

— Tenho que admitir... estou precisando mesmo de um amigo neste momento.

— Tive uma ideia — Paul disse. — Em alguns dias, se sentirmos vontade de nos encontrarmos de novo, como amigos, entraremos em contato. Mas só se sentirmos vontade. Sem obrigação.

— Certo — Mia concordou, entrando no táxi. — Posso te deixar em algum lugar?

— Meu carro está ali na esquina. Desculpe, devia ter oferecido uma carona, mas agora é tarde demais.

— Bem, eu te vejo logo mais. Talvez... — Mia sorriu, fechando a porta do táxi. — Rue Poulbot, Montmartre — ela disse ao motorista.

* * *

Paul ficou observando o táxi se afastar e caminhou até a Rue du 29 Juillet. A noite estava clara, ele estava animado e seu carro havia sido guinchado.

* * *

— Certo, então a noite terminou melhor do que começou, mas é bom manter suas decisões. Assim que voltar para o apartamento de Daisy, apague seu perfil; chega de encontros com estranhos. Espero que tenha aprendido a lição.

— Sou motorista de táxi há vinte anos, *mademoiselle* — disse o chofer. — Não preciso de instruções, então pode parar de murmurar.

— Mesmo ele não sendo louco, poderia muito bem ser. O que você teria feito, nesse caso? E, minha nossa, se alguém te reconhecesse naquele restaurante? Certo, calma, fique calma. Ninguém deve ter te reconhecido... É melhor não contar para ninguém o que aconteceu hoje, nem para a Daisy... na verdade, principalmente para a Daisy, porque ela vai te matar. Não conte a ninguém. Vai ser o seu segredinho. Talvez conte aos seus netos quando ficar velha. Mas bem *velha!*

* * *

— Por que nunca consigo encontrar um táxi nesta cidade? — resmungou Paul enquanto caminhava pela Rua de Rivoli. — Que noite! Eu achei mesmo que ela fosse pirada. Arthur e Lauren devem ter rido muito esta noite. Acham que estamos quites? Rá! Vocês não me conhecem tão bem quanto pensam. Acham que preciso de ajuda para sair com alguém? Eu saio com quem eu quiser, quando eu quiser! Quem vocês pensam que eu sou? E ela era meio louca, não era? Talvez seja um pouco injusto; só estou irritado, a culpa não é dela. De qualquer modo, ela nunca vai me ligar e eu nunca vou ligar para ela. Seria muito constrangedor depois do que aconteceu hoje à noite. E meu carro! Os pneus mal estavam encostando na faixa de pedestre. Que droga. Os policiais desta cidade são irritantes... — Táxi! — Paul gritou, acenando com os braços.

* * *

O táxi a deixou na esquina da Rue Poulbot e ela entrou no prédio.

— Eu nem tenho o número dele, e ele não tem o meu — ela balbuciou enquanto subia as escadas, procurando as chaves na bolsa, sem olhar. — Quero dizer... imagine a fórmula do fracasso, se ele tivesse o meu... — Sua mão roçou em um objeto desconhecido dentro da bolsa. Ela o apanhou: — Ah, merda, eu estou com o telefone dele!

Dentro do apartamento, ela encontrou Daisy sentada à mesa da cozinha, segurando uma caneta.

— Já está em casa? — Mia perguntou.

— Já é meia-noite e meia — Daisy respondeu, olhando para um caderno. — Esse filme que você foi ver era bem comprido.

— É... bem, não exatamente. Eu perdi a sessão das oito horas, então fui a uma mais tarde.

— O filme é bom, pelo menos?

— Começou de um jeito bem estranho, mas foi melhorando.

— Sobre o que é?

— Um jantar em que os convidados não se conhecem.

— Parece bem sueco.

— O que está fazendo?

— Contabilidade. Você está estranha — Daisy disse, olhando para a amiga.

Evitando fazer contato visual, Mia bocejou e fugiu para o quarto.

* * *

Quando chegou em casa, Paul se sentou à escrivaninha e ligou o computador, pronto para começar a trabalhar. Colado à tela havia um bilhete com a letra de Arthur com o nome de usuário e a senha do perfil de Paul no site de relacionamento.

8

Depois do café da manhã, Paul se deu conta de que havia perdido o celular. Olhou nos bolsos do casaco, levantou as várias pilhas de papel que cobriam sua mesa, passou os olhos sobre as prateleiras da estante, conferiu se o aparelho não estava no banheiro e tentou se lembrar da última vez em que o usara. Lembrou-se de ter entregado o aparelho a Mia para que ela pudesse ler a mensagem de Arthur. Agora, estava certo de que o havia deixado sobre a mesa. Furioso consigo mesmo, ligou para o restaurante, mas caiu direto na caixa de mensagens. Ainda não estava aberto.

Se a garçonete tivesse encontrado, poderia ter levado consigo. Afinal, ele havia deixado uma gorjeta bem generosa. Então digitou o próprio número. Nunca se sabe… poderia dar sorte…

* * *

Mia estava tomando café da manhã com Daisy quando, de repente, ouviram "I will survive", de Gloria Gaynor, tocar em algum lugar próximo à janela.

Ambas levantaram os olhos, surpresas.

— Parece que está vindo do sofá — Daisy disse com indiferença.

— Você tem um sofá musical?

— Na verdade, acho que pode ser sua bolsa fazendo exercícios matinais.

Mia arregalou os olhos e correu para a fonte da música. Estava remexendo na bolsa quando parou de tocar.

— Gloria se cansou? — Daisy perguntou com sarcasmo, da cozinha.

O som voltou a tocar, ainda mais alto desta vez.

— Não — ela continuou —, estava apenas se poupando para o bis. Essa Gloria sabe mesmo como cativar o público!

Desta vez, Mia conseguiu pegar o telefone a tempo e atendeu.

— Alô — ela sussurrou. — Não, não é a garçonete… Sim, é ela, em carne e osso. Não esperava que fosse ligar tão cedo… Eu sei, é claro, só estou brincando… Sim, posso fazer isso… Onde? Não tenho ideia de onde fica... Na frente da Ópera, à uma da tarde... Certo, entendi, vejo você mais tarde... Sim, tchau... De nada... Tchau.

Mia guardou o telefone na bolsa e voltou para a mesa. Daisy serviu um pouco mais de chá e ficou olhando fixamente para ela.

— Parece que o lanterninha também era sueco.

— Como?

— Me fale sobre essa música da Gloria Gaynor.

— Alguém esqueceu o celular no cinema. Eu encontrei e o dono estava ligando para combinar de pegar de volta.

— Vocês, ingleses, são tão civilizados! Você vai até a Ópera para devolver o celular para um estranho?

— Por que não? Se fosse meu celular, eu ficaria aliviada ao saber que está nas mãos de alguém honesto.

— E essa garçonete?

— Que garçonete?

— Esqueça. Prefiro não saber do que ser tratada como idiota.

— Tudo bem, tudo bem... — Mia suspirou, pensando em como sair daquela saia justa. — O filme estava uma chatice, então eu saí, e o cara que estava sentado ao meu lado saiu também. Nós nos esbarramos do lado de fora e acabamos tomando um drinque em um café. Ele esqueceu o telefone sem querer, eu peguei e então vou devolver. Agora já sabe toda a história. Está feliz?

— E como ele era, esse cara do cinema?

— Não tenho muito o que contar, ele era normal. Bem legal.

— Normal *e* bem legal!

— Pode parar, Daisy. Tomamos um drinque, só isso.

— Só achei um pouco estranho você ter se esquecido de mencionar isso quando voltou para casa ontem à noite. Você estava bem mais faladeira na noite anterior.

— Eu estava muito entediada e senti vontade de tomar alguma coisa. Pode imaginar o que quiser. Vou devolver o telefone para ele e acabou.

— Se está dizendo... Você vai me ajudar no restaurante hoje à noite?

— É claro. Por que não ajudaria?

— Não sei. Só achei que poderia querer ir ao cinema de novo...

Mia se levantou, colocou o prato na máquina de lavar louça e foi tomar banho sem dizer mais nada.

* * *

Paul estava esperando na calçada, em frente à casa de ópera, que estava lotada. Ele reconheceu seu rosto quando ela saiu do metrô. Ela estava usando óculos de sol e um lenço na cabeça e carregava a bolsa no braço.

Ele acenou para ela. Ela sorriu com timidez e foi na direção dele.

— Não me pergunte como isso aconteceu, não faço ideia — ela disse logo que se aproximou.

— Como aconteceu o quê? — Paul respondeu.

— Não faço ideia. Acho que ele entrou na minha bolsa.

— Diga que não começou a beber a essa hora...

— Espere um segundo — ela disse, enfiando a mão na bolsa.

Procurou em vão, levantando uma perna para poder apoiar a bolsa sobre o joelho, e continuou a busca, equilibrando-se de uma forma precária.

— Você é um flamingo?

Com olhar de reprovação, ela tirou o telefone com um floreio.

— Não sou ladra. Não tenho ideia de como ele foi parar na minha bolsa.

— Isso nem me passou pela cabeça.

— Então estamos de acordo que esta vez não conta?

— Como assim, não conta?

— Você não ligou porque queria me ver, e eu não vim porque queria te ver. Seu telefone foi a única razão deste encontro.

— Certo, tudo bem. Não conta. Pode me devolver agora?

Ela entregou o telefone a ele.

— Por que a Ópera?

Paul se virou e olhou para o belo prédio atrás dele.

— Meu próximo livro se passa aqui. Você já foi lá dentro?

— Você já?

— Dezenas de vezes, mesmo quando estava fechado ao público.

— Exibido!

— Nem um pouco. É que eu conheço o diretor.

— Então me conte: o que exatamente acontece dentro desse teatro?

— Ópera, é claro, mas na minha história a personagem principal é uma cantora de ópera que perde a voz e acaba ficando no teatro, meio que assombrando o lugar.

— Ah.

— Como assim, "ah"?

— Nada.

— Você não vai me deixar apenas com "ah" e "nada", vai?

— O que quer que eu diga?

— Não faço ideia. Mas é melhor pensar em alguma coisa.

— E se admirarmos a fachada juntos por um minuto?

— Escrever é uma coisa frágil, inimaginavelmente frágil. Seu "ah" é suficiente para eu ficar três dias inteiros com bloqueio de escritor.

— Sério? Meu "ah" é tão poderoso assim? Garanto que foi um "ah" perfeitamente inofensivo.

— A descrição de um livro é tudo, menos inofensiva. Isso pode alavancar um livro ou acabar com ele. Pode até decidir seu destino em vários sentidos.

— Espere. Está dizendo que o que acabou de me contar é realmente a sinopse da história?

— Ah, fantástico! Agora aumentamos para pelo menos uma semana de bloqueio do escritor.

— Acho que é melhor eu simplesmente parar de falar.

— Tarde demais. O estrago já está feito.

— Ah, você está pegando no meu pé!

— Não, estou falando sério. As pessoas acham que escrever é um trabalho fácil. E, em alguns sentidos, é mesmo. Horário flexível, sem chefe, sem a necessidade de uma estrutura específica... mas trabalhar sem nenhuma estrutura é mais ou menos como velejar no meio do oceano. Basta uma onda inesperada e se morre na água. Tente perguntar a um ator se alguém tossindo no meio da plateia pode fazer com que ele esqueça as falas. Talvez, para você, seja difícil imaginar...

— Certo, talvez seja — Mia respondeu abruptamente. — Sinto muito. Realmente não queria que meu "ah" te deixasse tão chateado.

— Não, a culpa não é sua. É que estou meio em pânico. Não consegui escrever uma única palavra ontem à noite, e fiquei acordado até bem tarde.

— Por causa do nosso jantar?

— Não foi isso que eu quis dizer.

Mia olhava atentamente para Paul.

— Está muito cheio aqui — ela anunciou.

E, como Paul pareceu confuso, ela o pegou pela mão e o levou na direção da escadaria da casa de ópera.

— Sente-se — ela ordenou, e depois se sentou dois degraus acima dele. — Diga o que acontece com sua personagem principal. A garota.

— Está mesmo interessada?

— Não perguntaria se não estivesse.

— Ninguém consegue descobrir o que há de errado com ela. Ela não está doente. Gasta tudo o que tem com uma série de tratamentos que não resolvem nada, e acaba vivendo reclusa em seu apartamento. Porque a ópera era sua vida e porque agora está pobre demais para frequentá-la até mesmo como espectadora, ela arruma um emprego como lanterninha. As mesmas pessoas que antes pagavam uma fortuna para ouvi-la cantar agora dão uns trocados de gorjeta quando ela lhes mostra seus lugares. Então, um dia, um crítico de música a avista e tem certeza de tê-la reconhecido.

— Papel interessante. Parece promissor. E o que acontece depois?

— Não sei. Ainda não escrevi.

— Tem um final feliz?

— Como vou saber?

— Ah, o que é isso… diga que tem um final feliz.

— Pode parar um pouco com o "ah"? Ainda não sei como vai ser o final.

— Não acha que já temos tragédias o suficiente na vida real? As pessoas já têm desventuras demais, decepções, covardia e crueldade. Por que quer piorar ainda mais as coisas escrevendo histórias com finais tristes?

— Os livros devem refletir a realidade, em certa medida, senão correm o risco de serem piegas.

— E daí? Por mim, quem não gosta de finais felizes pode chafurdar em seu próprio pessimismo.

— É uma forma de encarar as coisas.

— Bem, é tudo uma questão de bom senso e coragem. Qual é a razão de se atuar, escrever, pintar ou esculpir, de correr qualquer um desses riscos, se não for para fazer as pessoas felizes? Por que escrever coisas tristes só porque rendem críticas melhores? Sabe o que é preciso fazer para ganhar um Oscar hoje em dia? O papel de um personagem que perdeu um braço, ou uma perna, ou a mãe, ou o pai, ou, de preferência, todos os anteriores. Faça alguém infeliz e esquálido e humilde, assim as pessoas vão chorar descontroladamente e te chamar de gênio. Mas se inspirar as pessoas ou as fizer rir? Não é nem levado em consideração quando chega a temporada dos prêmios. Estou cansada dessa hegemonia cultural da depressão. Seu livro precisa de um final feliz. Ponto final!

— Certo, tudo bem — Paul respondeu com hesitação. Um pouco surpreso pela emoção em seu rosto e em seu tom de voz, ele não queria perturbá-la ainda mais.

— Então ela vai recuperar a voz, não vai?

— Vamos ver.

— É melhor que recupere. Ou eu não vou comprar o livro.

— Não precisa comprar. Eu te dou um exemplar.

— Não vou ler.

— Certo. Vou ver o que posso fazer.

— Estou contando com você. Agora, vamos tomar um café e você pode me dizer o que esse crítico faz depois que a reconhece. Ele é um cara legal ou um cretino? — Sem dar tempo para Paul responder, ela continuou com o mesmo tom inflamado: — Sei o que seria excelente: se ele fosse um cretino no começo e depois se tornasse um cara legal por causa dela, e ela recuperasse a voz por causa dele. Não é uma ideia boa?

Paul tirou uma caneta do bolso e a entregou a Mia.

— Aqui vai uma ideia. Você escreve meu livro enquanto caminhamos até o café e depois eu posso cozinhar um *bouillabaisse*.

— Vai ficar rabugento?

— Não. Por quê?

— Porque não estou com vontade de tomar café com alguém rabugento.

— Então não vou ficar.

— Certo. Mas esta vez ainda não conta.

— Aposto que elas se divertem muito, as pessoas que trabalham para você em sua cozinha.

— Devo aceitar como elogio ou está sendo sarcástico?

— Cuidado! — ele gritou, puxando-a pelo braço quando ela foi para o meio da rua. — Você vai ser atropelada! Estamos em Paris, não em Londres, sabia? As pessoas dirigem do outro lado aqui.

Eles se sentaram em uma mesa externa no Café de la Paix.

— Na verdade, estou com um pouco de fome — Mia disse.

Paul lhe entregou o cardápio.

— Seu restaurante está fechado no almoço?

— Não.

— Quem está cuidando das coisas?

— Minha sócia — Mia disse, desviando o olhar.

— Deve ser prático ter um parceiro de negócios. Seria um pouco complicado na minha área de trabalho.

— Sua tradutora é uma espécie de parceira, não é?

— Mas ela não pode escrever meus livros por mim enquanto saio para almoçar. E então, o que te fez deixar a Inglaterra por uma nova vida na França?

— Só tive que atravessar o Canal da Mancha, e não cruzar um oceano. Por que você veio, já que tem medo de voar?

— Eu perguntei primeiro.

— Vamos chamar de... um desejo de estar em outro lugar. De mudar minha vida.

— Por causa do ex-namorado? Embora eu imagine que você não chegou aqui antes de ontem.

— Prefiro não entrar em detalhes. Que tal me contar por que saiu de São Francisco?

— Depois de pedirmos. Também estou com fome.

Quando o garçom saiu, Paul contou o episódio que seguiu a publicação de seu primeiro livro, e de como tinha achado difícil seu primeiro contato com a fama.

— Então se tornar uma celebridade acabou te derrubando? — Mia perguntou, achando graça.

— Bem, não vamos exagerar. Um escritor nunca vai ser tão famoso quanto uma estrela do rock ou do cinema. Eu não estava interpretando um papel; realmente coloquei minha alma naquele livro, metaforicamente falando. E sou tímido em um nível quase patológico. Quando estava no colégio, tomava banho de cueca. Era tímido demais.

— Mas a fama não dura — Mia observou. — Sua foto está na primeira página do jornal um dia, e no dia seguinte as pessoas usam o mesmo jornal para embrulhar peixe com batata frita.

— Você serve peixe com batata frita no seu restaurante?

— Voltou à moda, acredite se quiser — ela respondeu com um sorriso. — Muito obrigada, por sinal, agora fiquei com vontade!

— Sente saudade de casa?

— É mais... do que ficou por lá.

— Uau. Ele te magoou tanto assim, é?

— Acho que a pior parte foi não ter percebido, diferentemente de todo mundo.

— Você sabe o que se diz por aí: o amor é cego.

— No meu caso, o clichê acabou sendo verdadeiro. Mas, diga, o que realmente te impede de viver com sua tradutora? Escritores podem trabalhar onde quiserem, não é?

— Não tenho certeza de que é isso que ela quer. Se quisesse, acho que teria me falado.

— Não necessariamente. Vocês se falam sempre?

— Conversamos pelo Skype todo fim de semana e trocamos e-mails de vez em quando. Só conheço um cantinho de seu apartamento, a parte visível atrás do computador. O restante eu apenas imagino.

— Quando tinha vinte anos, eu me apaixonei por um cara de Nova York. Acho que a distância intensificou o que eu sentia por ele. A impossibilidade de vê-lo, de tocar nele... tudo se desenvolvia na minha imaginação. Um dia, peguei todo o dinheiro que tinha e fui para lá. Foi uma das melhores semanas da minha vida. Voltei animada e cheia de esperança e resolvi encontrar um jeito de me mudar para lá permanentemente.

— E se mudou?

— Não. Assim que contei meus planos a ele, tudo mudou. Ele começou a parecer distante sempre que conversávamos, e nosso relacionamento foi esfriando. Demorei muito para superar, mas nunca me arrependi da experiência.

— Talvez seja por isso que continuo aqui... para me poupar de ter que superar.

— Então seu medo de avião não é exatamente o que te impede.

— Bem, todos precisamos de uma boa desculpa para manter a cabeça enfiada na areia. Qual é a sua?

Mia empurrou o prato, tomou a água de uma só vez e apoiou o copo sobre a mesa.

— No momento, eu diria que a única desculpa em que precisamos pensar seria a que vai justificar nosso próximo encontro — ela disse, sorrindo enquanto fugia da última pergunta dele.

— Acha mesmo que vamos precisar?

— Sim, a menos que você queira ser o primeiro a "ter vontade" de telefonar.

— Não, não, não, assim seria fácil demais. Não existem leis que determinam que o homem tem que dar o primeiro passo, principalmente entre amigos. Na verdade, no espírito do tratamento igualitário, acho que as mulheres deviam assumir essa função.

— Não concordo nem um pouco.

— É claro que não, porque não funciona a seu favor.

Eles ficaram em silêncio por alguns instantes, observando os pedestres.

— Gostaria de fazer uma excursão particular pela Ópera? Quando estiver fechada ao público? — Paul perguntou.

— É verdade que tem um lago subterrâneo?

— E colmeias no teto...

— Eu gostaria muito.

— Ótimo. Vou marcar e telefono com os detalhes.

— Primeiro preciso te dar meu número.

Paul pegou a caneta e abriu o caderno.

— Pode falar.

— Você precisa pedir primeiro. Não é porque somos só amigos que essas coisas não importam.

— Pode, por favor, me passar seu número de telefone? — Paul suspirou.

Mia pegou a caneta e começou a rabiscar no caderno dele. Paul olhou para ela, surpresa.

— Você manteve o número da Inglaterra?

— Sim — ela admitiu, corando um pouco.

— Você tem que reconhecer que é um pouco complicada.

— Eu em particular, ou as mulheres em geral?

— As mulheres em geral — Paul murmurou.

— Imagine como a vida dos homens seria entediante se não fôssemos. Ah, e desta vez eu pago. Não aceito desculpas.

— Não sei se o garçom vai aceitar. Almoço aqui todos os dias e ele recebeu ordens estritas. Além disso, não sei se aceitam cartões de crédito britânicos…

Mia foi obrigada a aceitar.

— Até logo, então — ela disse, apertando a mão dele.

— Certo. Até logo — Paul respondeu.

Ele a viu descer as escadas do metrô e desaparecer.

9

Arthur estava esperando por Paul no patamar da escada.

— Adivinha? Parece que perdi sua chave reserva — ele disse.

— As coisas só melhoram — Paul respondeu, abrindo a porta. — O que acharam de Honfleur?

— Lindo, charmoso.

Paul entrou no apartamento sem dizer mais nada.

— Ainda está bravo comigo de verdade? Foi só uma brincadeira.

— Onde está sua esposa?

— Visitando um colega que está fazendo residência no Hospital Americano.

— Planejaram algo para hoje à noite? — Paul perguntou, começando a fazer café.

— Vai me deixar no suspense? Essa é sua doce vingança?

— Deixe de ser criança. Não vou gastar saliva.

— Foi tão ruim assim?

— Está se referindo à meia hora que aquela mulher adorável achou que estava jantando com um psicopata? Ou depois, quando eu me dei conta de quanto vocês me fizeram de ridículo?

— Ela parecia legal. Vocês poderiam ter se divertido juntos.

Paul entregou uma xícara de café para Arthur.

— Diga como ela poderia se divertir quando o melhor amigo do cara com quem ela estava havia zombado dela de um jeito que nenhum homem deveria ter permissão para zombar de uma mulher.

— Você gostou dela! — Arthur exclamou. — Gostou sim! Se está defendendo sua honra, deve ter gostado dessa mulher!

Ele bateu palmas, foi até a escrivaninha de Paul e se sentou em sua cadeira.

— Por que não fica à vontade?

— Sei que está tramando sua vingança. Mas, por enquanto, coloque-a em banho-maria. Conte o que aconteceu.

— Não tenho nada para contar. A farsa durou cerca de dez minutos. Quanto tempo achou que demoraria para duas pessoas relativamente inteligentes perceberem que haviam sido vítimas de uma pegadinha maldosa? Eu me desculpei em nome de vocês. Expliquei a ela que meu melhor amigo era um cara legal, mas um belo de um cretino, e cada um seguiu seu caminho. Não lembro nem do nome dela.

— E foi só isso?

— Sim, foi só isso!

— Então não foi tão ruim assim.

— Não, não foi tão ruim assim. Mas você acertou uma coisa: eu vou me vingar de vocês por isso.

⋆ ⋆ ⋆

Saindo do metrô, Mia foi até uma livraria. Ficou vagando entre as estantes e, sem encontrar o que procurava, pediu ajuda a um funcionário. O homem digitou algo no computador e depois foi para os fundos procurar em uma das estantes.

— Acho que temos um em estoque — ele disse a ela, equilibrando-se na ponta dos pés. — Sim, aqui está. É o único que temos.

— Pode encomendar os outros?

— Sim, é claro. Mas eu poderia recomendar alguns outros autores, se a senhora for uma leitora ávida.

— Por quê? Esse autor não é para leitores ávidos?

— Bem, acho que eu poderia recomendar obras mais... *literárias*, digamos assim.

— Você chegou a ler alguns dos livros dele?

— Infelizmente, não tenho tempo de ler tudo. — O vendedor deu de ombros.

— Então como pode julgar o que escreve?

O homem olhou para ela de cima a baixo e voltou para trás do balcão.

— Gostaria que eu encomendasse os outros? — ele perguntou, registrando a compra dela.

— Não — respondeu Mia. — Acho que vou começar por esse e depois encomendar os outros em uma livraria menos... *literária*.

— Não tive a intenção de ser depreciativo. Ele é um autor americano. Normalmente os livros perdem muito na tradução.

— Eu trabalho com tradução — Mia disse com as mãos na cintura.

Por alguns segundos, o vendedor perdeu a fala.

— Bem, depois de um *faux pas* desses, acho que vou ter que dar um desconto!

Mia saiu pela rua, folheando o livro. Virou-o e leu a quarta capa, sorrindo ao ver a fotografia de Paul. Era a primeira vez que segurava um livro escrito por um conhecido seu, embora não o conhecesse muito bem. Lembrou-se da conversa que havia tido com o vendedor e se perguntou por que sua reação havia sido tão irascível. Ela não costumava ser assim, mas ficou feliz por ter expressado seus sentimentos sobre a questão. Algo estava mudando dentro de si, e ela gostava da nova voz interior que lhe dizia para ser mais assertiva. Chamou um táxi e pediu para o motorista deixá-la na Rue de Rivoli, em frente à livraria inglesa.

Saiu depois de alguns minutos com a edição americana original do primeiro livro de Paul. Começou a ler a caminho de Montmartre, continuou ao subir a Rue Lepic e depois se sentou em um banco na Place du Tertre para ler um pouco mais.

O caricaturista estava sentado atrás de seu cavalete. Ele sorriu para Mia, mas ela nem notou.

Era fim de tarde quando ela chegou ao restaurante e encontrou Daisy trabalhando duro na cozinha. Passando as rédeas para Robert, seu *sous-chef*, ela chamou Mia de lado.

— Sei que não tem o currículo certo para esse tipo de trabalho, mas minha garçonete pediu demissão e vou demorar uns dias para encontrar uma substituta. Você foi muito bem naquela noite. Sei que é pedir muito, mas...

— Sim — Mia disse antes que Daisy terminasse a frase.

— Você topa?

— Como eu disse: sim.

— O que Cate Blanchett acharia?

— Deixe-a fora disso. De qualquer modo, se eu fosse ela, investiria em um restaurante. Você tem problemas com dinheiro, eu não.

Poderíamos dar uma melhorada na decoração e você poderia contratar uma garçonete confiável e pagar o suficiente para ela ficar de vez...

— A decoração do meu restaurante não precisa ser melhorada — Daisy interrompeu. — No momento, só estou precisando de uma mão.

— Você não precisa responder agora. Pense a respeito.

— Como foi na Ópera?

— Devolvi o telefone e fui embora.

— Só isso?

— Sim.

— Ele é gay?

— Nem pensei em perguntar.

— Você atravessa Paris para devolver o telefone dele e só recebe um "obrigado e tchau"?

Mia não deu trela a ela. Colocou o avental e começou a arrumar as mesas.

* * *

Paul havia jantado com Arthur e Lauren em um bistrô na Rue de Bourgogne. O vinho fluíra livremente, ajudando a transformar a peça que o casal havia pregado nele em uma lembrança distante. No dia seguinte, seus amigos partiriam para a Provença e ele queria aproveitar ao máximo o tempo que ainda tinha com eles.

— Acho que ela estava certa — Paul disse enquanto caminhavam pela Esplanade des Invalides.

— Quem? — perguntou Lauren.

— Minha... editora.

— Achei que seu editor fosse homem — Arthur afirmou.

— É claro que é — Paul respondeu.

— E ele estava certo sobre o quê? — Lauren continuou.

— É melhor eu ir para a Coreia e colocar as coisas em ordem de uma vez por todas. Esse meu medo de avião é ridículo.

— Ou... você poderia aproveitar essa nova onda de coragem e voltar para São Francisco — Arthur sugeriu.

— Deixe ele — Lauren disse. — Se ele quer ir para Seul, você deveria apoiá-lo.

Arthur segurou nos ombros de Paul, virando-o de frente para ele.

— Se acha que vai encontrar a felicidade lá, tudo bem. Só vai colocar mais alguns milhares de quilômetros entre nós.

— Sem querer ofender, mas você é péssimo em geografia, Arthur. Ou talvez tenha esquecido que, se viajar pelo oeste, na verdade ficaríamos mais próximos? Notícia bombástica: o mundo é redondo!

De volta a seu apartamento, Paul se sentou, sem inspiração, na frente do computador. Por volta de uma hora da manhã, escreveu um e-mail.

Kyong,

Eu devia ter ido te visitar há muito tempo. Penso em você quando acordo, o dia todo, e tarde da noite, mas nunca dei voz a esses pensamentos. Basta eu fechar os olhos para visualizar seu rosto. Você está aqui, debruçada sobre minha mesa, lendo-me e traduzindo-me ao mesmo tempo em seus pensamentos, sem dizer uma palavra. Sabe que estou te observando, então mantém seus sentimentos ocultos.

Se dor no coração fosse algo contagioso, você me amaria na mesma intensidade em que te amo.

Quando sentimentos são difíceis de definir, esperamos que tomem forma conforme crescem. Os meus já estão totalmente crescidos, mas venho tentando com afinco não os demonstrar. Eu e você podemos fazer qualquer coisa com as palavras. Criamos belas histórias. Então por que é tão complicado criarmos nossa própria história na vida real?

Estou indo a Seul, não só pela Feira Literária, mas também por você. Se quiser, podemos passar algum tempo juntos. Você pode me apresentar à sua cidade e aos seus amigos. Ou posso simplesmente sentar e escrever e, desta vez, é você que ficará me observando.

Estou contando os dias, sem nem respirar... enquanto meu desejo por você faz o tempo passar bem devagar.

Paul

Quando terminou de escrever a mensagem, ocorreu-lhe que Kyong já estaria acordada. Quando será que leria as palavras que ele havia enviado a ela? O pensamento o manteve acordado quase a noite toda.

* * *

Arthur se sentou com o laptop no colo. Digitou o endereço do site de relacionamento, colocou o nome de usuário e a senha, e acessou o perfil que havia criado, desta vez com a única intenção de apagá-lo. Um envelopinho estava piscando sob a imagem do rosto de seu melhor amigo. Arthur se virou para Lauren, mas ela estava dormindo. Ele hesitou – dois segundos, talvez menos – e clicou no envelope.

Caro Paul,

Falamos sobre telefonemas, mas não mencionamos mensagens, então isso não conta.

Meu endereço de e-mail está no fim da mensagem, porque prefiro evitar esse site de agora em diante, em uma tentativa de esquecer o quanto todo aquele desastre foi humilhante...

Gostaria de agradecer por nosso almoço improvisado e dizer para não se preocupar com meu "ah". Andei pensando em sua história e realmente queria saber o que acontece depois – então estou torcendo para que supere logo o bloqueio do escritor.

Estou empolgada com a ideia de visitar a Ópera, principalmente quando estiver fechada ao público. Coisas fora de nosso alcance são sempre mais desejáveis.

A noite foi cansativa hoje no restaurante. Muita gente – gente demais, quase –, mas esse é o preço do sucesso. Parece que minha cozinha é absolutamente irresistível!

Boa noite, e até breve...

Mia

* * *

— Pode me devolver meu laptop? — Daisy perguntou, aparecendo no quarto de Mia.

— É claro. Já terminei.

— Para quem estava escrevendo? Ouvi você digitando como uma louca.

— Tenho dificuldade para escrever no teclado francês, com as letras todas nos lugares errados.

— E então? Para quem estava escrevendo? — Daisy insistiu, sentando-se ao pé da cama.

— Creston. Estava mandando uma atualização para ele.

— Só coisas boas, presumo?

— Sim, eu estou gostando de minha vida em Paris. Gosto até do meu trabalho no restaurante.

— Não tinha muita gente hoje. Se continuar assim, vou ser obrigada a fechar.

Mia fechou o laptop e concentrou toda a atenção em Daisy.

— É só uma fase. As pessoas estão sem dinheiro no momento, mas a crise não vai durar para sempre.

— Você pode me incluir entre as pessoas sem dinheiro. E, nesse ritmo, meu restaurante não vai durar até o fim da crise.

— Daisy, se não me quer como sócia, pelo menos me deixe te emprestar algum dinheiro.

— Obrigada, mas não. Posso estar sem um tostão, mas ainda tenho minha dignidade.

Daisy se deitou ao lado de Mia. O travesseiro estava estranhamente desconfortável; ela colocou a mão por baixo e descobriu um livro. Virou-o para ler a sinopse.

— Por que tenho a impressão de que reconheço esse rosto? — ela perguntou, olhando para a foto do autor.

— É um escritor americano muito conhecido.

— Nunca tenho tempo para ler. Mas tenho certeza de que já vi esse rosto antes. Talvez ele tenha ido ao restaurante.

— Quem sabe? — Mia respondeu, ficando vermelha.

— Você comprou esse livro hoje? Do que fala?

— Não comecei ainda.

— Comprou um livro sem saber do que se trata?

— Foi recomendação do vendedor.

— Certo. Bem, vou te deixar com sua leitura. Estou indo deitar.

Daisy se levantou e saiu.

— Hum, o livro? — Mia disse com timidez.

Ainda estava na mão de Daisy. Ela olhou mais uma vez para a fotografia e jogou o livro na cama.

— Até amanhã.

Ela fechou a porta, mas quase imediatamente a abriu de novo.

— Você está estranha.

— Estanha como?

— Não sei. Foi aquele estranho do telefone que te deu esse livro?

— Bem, se tivesse sido, não estaria escrito em sueco?

Daisy franziu a testa para Mia e saiu do quarto.

— Você definitivamente está estranha — Mia a ouviu balbuciar do outro lado da porta.

10

O despertador tocou. Lauren se espreguiçou como um gato e voltou a se encolher ao lado de Arthur.

— Você dormiu bem? — ela perguntou, dando um beijo nele.

— Melhor do que nunca.

— O que te deixou de tão bom humor?

— Você precisa ver uma coisa — ele disse com um sorriso, sentando-se.

Arthur pegou o laptop debaixo da cama e o abriu.

— Para um encontro que só durou dez minutos, essa é uma resposta e tanto!

Lauren revirou os olhos.

— Então eles se deram bem, apesar da sua brincadeira sem graça Que bom para eles. Mas não tire conclusões precipitadas.

— Só estou fazendo um comentário depois do que li, apenas isso.

— Ele está apaixonado pela tradutora coreana, então não sei se essa estranha misteriosa vai fazer alguma diferença. Ou mesmo se é isso que ela deseja.

— Por enquanto, vou imprimir a mensagem e deixá-la na mesa dele, bem à vista.

— Por que vai fazer isso?

— Apenas para ele saber que não sou idiota.

Lauren leu a mensagem novamente.

— Ela só quer amizade.

— E você sabe disso porque...?

— Porque sou mulher e há muitos sinais, escritos em branco e preto. Mensagens não contam. Traduzindo em linguagem de mulher: "não estou tentando te levar para a cama". E ela fala de alguma coisa que pode ser bem importante acontecendo no restaurante, mas Paul não parece ter nada a ver com isso.

— E quanto ao "coisas fora de nosso alcance são sempre mais desejáveis"? Vamos, não acha que ela está dando em cima dele aí? Nem que seja só um pouquinho?

— Acho que a sua mente está te pregando peças porque está desesperado para que Paul continue em Paris. Se quer minha opinião, eu acho que essa mulher acabou de terminar um relacionamento e está buscando um estepe. Ela parece estar mesmo procurando um amigo, e só isso.

— Você devia ter estudado Psicologia em vez de Neurocirurgia.

— Nem vou me dar ao trabalho de responder. Mas mesmo presumindo que a mensagem dê margem a outras interpretações... se quer que Paul morda a isca, a última coisa que deveria fazer é tocar no assunto.

— Você acha?

— Por que às vezes sinto que conheço seu melhor amigo melhor do que você? Ou pelo menos o modo como sua mente funciona.

Com isso, Lauren saiu para preparar o café da manhã.

Na sala, viu Paul adormecido no sofá. Assim que ela entrou, ele abriu os olhos e bocejou, então se levantou lentamente.

— Não conseguiu chegar até a cama?

— Trabalhei até tarde. Só ia fazer um intervalo, mas parece que apaguei.

— Sempre trabalha até tão tarde?

— É, quase sempre.

— Você está péssimo. Precisa parar de fazer tanta coisa ao mesmo tempo.

— Está falando como minha médica?

— Não. Como sua amiga.

Enquanto Lauren lhe servia uma xícara de café, Paul verificava seus e-mails, mesmo sabendo que Kyong quase nunca respondia rápido. Ainda assim, foi para o quarto chateado.

Naquele mesmo momento, Arthur chegou. Lauren fez sinal para ele se aproximar.

— O que foi? — ele sussurrou.

— Talvez devêssemos adiar alguns dias nossa volta.

— O que aconteceu com ele?

— Não sei. Ele parece chateado.

— Ele estava de bom humor ontem à noite.

— Isso foi ontem à noite.

— Ei! Meu humor está ótimo! — Paul gritou do quarto. — E consigo ouvir tudo o que estão dizendo — acrescentou, juntando-se a eles. Arthur e Lauren ficaram em silêncio por um tempo.

— Por que não vai conosco passar alguns dias no sul? — Arthur sugeriu.

— Porque estou escrevendo um livro. Viajo em três semanas e quero ter pelo menos cem páginas para levar para Kyong. E, o mais importante, quero que ela *goste* dessas páginas. Quero que tenha orgulho de mim.

— Você precisa parar de viver em seus livros, cara, e tentar viver um pouco no mundo real. Precisa sair e conhecer gente, e não estou falando apenas de outros escritores.

— Eu conheço muita gente nos eventos para divulgar os livros.

— E tenho certeza de que tem conversas muito significativas com essas pessoas, indo do "oi" e do "obrigado", até coisas mais profundas como "tchau" — Arthur disse. — Você liga para elas quando se sente sozinho?

— Não, tenho vocês para isso, mesmo que o fuso horário atrapalhe às vezes. Por favor, parem de se preocupar comigo. Se eu continuar dando ouvidos a vocês, vou acabar acreditando que tenho um problema, e não tenho. Gosto da minha vida, gosto do meu trabalho, gosto de passar a noite mergulhado em minhas histórias, gosto da sensação. Você sabe como é, Lauren. Você gosta da sensação de passar a noite na sala de cirurgia às vezes, não gosta?

— *Eu* é que não gosto... — Arthur suspirou.

— Mas a vida é dela, e você não tenta impedir, porque a ama do jeito que ela é — Paul respondeu. — Não somos tão diferentes. Aproveitem sua viagem romântica, e se minha viagem à Coreia me curar da fobia de voar, vou visitar vocês em São Francisco no outono. Esse seria um bom título para um livro: *Outono em São Francisco.*

— Verdade. Mas só se você for o personagem principal.

Arthur e Lauren fizeram as malas. Paul os acompanhou até a estação e, quando o trem partiu da plataforma, apesar de tudo o que havia dito a eles, sentiu o peso da solidão nos ombros.

Ele permaneceu um tempo no local em que havia se despedido de seus amigos. Então, com as mãos no bolso, deu meia-volta.

Quando pegou o carro no estacionamento, encontrou um bilhete no para-brisa.

Se você se mudar para Seul, vou te visitar no outono – prometo.
Outono em Seul também pode ser um bom título.
Vou sentir sua falta, cara.
Arthur

Ele leu o bilhete duas vezes e o guardou na carteira.

Depois de se perguntar como poderia iluminar sua manhã, decidiu ir à Ópera. Precisava pedir um favor ao diretor.

* * *

Mia estava sentada em um banco na Place du Tertre, perdida nas palavras de Paul. O caricaturista a estava observando. Deve tê-la visto abrir a bolsa e pegar um lenço, porque se afastou do cavalete e foi se sentar ao lado dela.

— Dia ruim? — perguntou.

— Não, livro bom.

— Um verdadeiro... como se diz? Melodrama?

— Na verdade, até agora está bem engraçado. Mas o personagem principal acabou de receber uma carta da mãe depois de sua morte. Sei que é ridículo, mas realmente me emocionou.

— Não há nada ridículo em expressar as emoções. Você perdeu sua mãe?

— Ah, não, ela está bem viva. Mas eu ia adorar se ela me escrevesse alguma coisa assim.

— Talvez um dia ela escreva.

— Seria muito surpreendente, tendo em vista nosso relacionamento.

— Você tem filhos?

— Não.

— Então espere até ser mãe. Vai enxergar sua infância de maneira muito diferente, e sua mãe com outros olhos.

— Não sei como seria possível.

— Não existem pai e mãe perfeitos, assim como não existe filho perfeito. Preciso ir, tem um turista rondando meu cavalete. Ah, por sinal, o que sua amiga achou do retrato?

— Ainda não entreguei a ela. Desculpe, esqueci completamente. Vou entregar hoje à noite.

— Não tem pressa. Estava parado no meu portfólio.

E o caricaturista voltou ao cavalete.

* * *

Paul entrou disfarçadamente pelo local reservado aos artistas. Havia contrarregras ocupados, movimentando partes do cenário. Ele desviou deles, subiu as escadas e bateu na porta do diretor.

— Desculpe. Marcamos alguma reunião?

— Não, mas não vou demorar. Preciso pedir um favorzinho.

— Outro?

— Sim, mas esse é bem pequeno.

Paul fez o pedido e o diretor disse que não. Ele já havia aberto uma exceção para ele, mas apenas para ele. Porque a Ópera estava sendo usada como pano de fundo para o livro de Paul, o diretor queria que as coisas fossem descritas exatamente como eram, e não de acordo com a imaginação do escritor. Mas as áreas proibidas ao público continuavam proibidas.

— Compreendo — disse Paul —, mas essa mulher é minha assistente.

— Ela já era sua assistente quando entrou aqui em minha sala?

— É claro que sim. Eu não a contratei nos últimos trinta segundos.

— Você disse que era "uma amiga"!

— Ela é minha amiga e minha assistente. As duas coisas não são mutuamente excludentes.

O diretor ficou olhando para o teto enquanto pensava.

— Não, sinto muito. Não posso permitir. E, por favor, não insista.

— Então não me culpe se eu descrever errado alguma coisa de sua Ópera.

— Você só precisa dedicar mais tempo à pesquisa. Agora, vou te pedir para sair. Esse horário é muito agitado aqui no teatro.

Paul saiu, mas estava determinado a não desistir. Promessa era promessa, e ele já havia desafiado autoridades mais poderosas na vida. Parou na bilheteria, comprou dois ingressos para a apresentação daquela noite e saiu para esboçar seu plano.

Do lado de fora, começou a discar o número de Mia, mas mudou de ideia e mandou uma mensagem de texto:

> Nosso passeio pela Ópera vai acontecer hoje à noite. Leve um suéter e um casaco impermeável. Não use salto alto de jeito nenhum (embora eu nunca tenha visto você de salto até agora). Vai entender quando chegarmos lá. Não posso dizer mais nada – é surpresa.

> Oito e meia, no quinto degrau.

> Paul

> P.S.: Mensagens de texto não contam

⋆ ⋆ ⋆

O celular de Mia vibrou. Ela leu a mensagem e sorriu. Depois, lembrou-se da promessa que havia feito a Daisy e o sorriso rapidamente desapareceu.

⋆ ⋆ ⋆

Gaetano Cristoneli estava esperando por Paul em uma mesa do lado de fora do Le Bonaparte.

— Você está atrasado!

— Meu escritório não fica na esquina, como o seu. Fiquei preso no trânsito.

— Sério? — o editor disse com ceticismo. — O que é esse assunto urgente que mencionou ao telefone? Está com algum problema?

— Agora virou moda todos acharem que estou com problemas? Vai começar com isso também?

— O que queria me dizer?

— Resolvi ir à Feira Literária em Seul.

— Que notícia fantásmica! Não que você tivesse realmente escolha.

— Sempre há escolha. E ainda posso mudar de ideia. Falando nisso, tenho um pedido pessoal para fazer. Se eu resolvesse passar um ou dois anos em Seul, você conseguiria me dar um pequeno adiantamento? Só o suficiente para eu me estabelecer por lá. Não posso sair do meu apartamento em Paris antes de ter certeza.

— Certeza do quê?

— Certeza de que quero ficar por lá.

— Por que você iria morar na Coreia? Nem sabe falar coreano.

— Boa pergunta. Não tinha pensado nisso. Acho que vou ter que aprender.

— Você? Você vai aprender coreano?

— *Nan niga naie palkarakeul parajmdoultaiga nomou djoa.*

— O que está dizendo.

— Significa "gosto quando você chupa meus dedos do pé".

— Sabia! Você enlouqueceu completamente!

— Não vim aqui para saber o que acha de meu estado mental. Vim pedir um adiantamento.

— Então está falando sério?

— Foi você que disse que o sucesso por lá faria meus números decolarem nos Estados Unidos e, então, na Europa. Pelo que entendi, se eu entrar naquele avião, ganhamos uma fortuna. Certo? Portanto, de acordo com sua própria lógica, um adiantamento não seria um problema.

— Apenas em teoria... Só o tempo dirá se estou certo ou não. — Cristoneli pareceu pensativo e finalmente acrescentou: — Mas se você dissesse à mídia coreana que vai se mudar para o país, o efeito seria enorme. Se você estiver disponível para sua editora de lá, eles ficariam mais inclinados a redobrar os esforços para promover seus livros.

— Blá-blá-blá — murmurou Paul. — Então temos um acordo?

— Com uma condição! Independentemente do que acontecer lá, eu continuo sendo seu editor principal. Não quero saber de nenhum contrato de livro novo assinado entre você e um editor coreano, ficou claro? Alavanquei sua carreira sozinho até agora!

— Na verdade, não alavancou tanto assim.

— Que ingratidão! Quer o adiantamento ou não?

Paul parou de discutir. Rabiscou a quantia que esperava receber de Cristoneli em um guardanapo de papel. O editor revirou os olhos, riscou o número e cortou pela metade.

Eles selaram o acordo com um aperto de mão, que vale tanto quanto um contrato no mundo editorial.

— Eu te entrego o cheque quando estiver a caminho do aeroporto. Assim, posso garantir que realmente pegou o voo.

Paul foi embora e deixou a conta para Cristoneli pagar.

⋆ ⋆ ⋆

De volta em casa depois do turno do almoço, Daisy encontrou Mia deitada no sofá, usando um roupão de banho, com uma caixa de lenços ao lado e uma toalha úmida sobre os olhos.

— O que aconteceu?

— Enxaqueca — Mia disse. — Parece que minha cabeça vai explodir.

— Quer que eu ligue para um médico?

— Não adianta. Eu já tive isso. Normalmente dura umas dez horas e depois desaparece sozinha.

— E quando começou?

— No meio da tarde.

Daisy olhou para o relógio e voltou a olhar para a amiga.

— Bem, não adianta nada você ir trabalhar nesse estado. Esqueça o restaurante, você pode me ajudar amanhã.

— Não, não — Mia protestou. — Eu consigo. — Ela imediatamente levou a mão à testa e soltou um pequeno gemido.

— Desse jeito? Vai assustar todos os clientes! Vá deitar na cama.

— Não, está tudo bem — Mia disse, ainda deitada no sofá, com um braço encostado no chão. — Não quero te deixar na mão!

— Robert vai ter que se virar na cozinha enquanto eu atendo as mesas. Já fizemos isso antes. Agora, vá para a cama. Isso é uma ordem.

Pegando a caixa de lenços e segurando a toalha sobre os olhos, Mia se levantou e foi tateando as paredes até o quarto.

Ela saiu assim que Daisy deixou o apartamento. Encostou o ouvido na porta da frente e escutou o som dos passos da amiga desaparecendo. Então correu para a janela e viu Daisy virar a esquina e sumir de vista.

Correu para o banheiro e lavou o rosto para remover o talco das bochechas e o delineador da parte de baixo dos olhos. Se tinha aprendido algo útil em sua profissão, havia sido a arte da maquiagem. Procurando um casaco impermeável no guarda-roupa de Daisy, ela ficou surpresa ao perceber que não se sentia nem um pouco culpada. Na verdade, estava com ótimo humor, e fazia muito tempo que não se sentia assim. Precisava aproveitar.

Resolveu ir de tênis, ao mesmo tempo se perguntando por que deveria se vestir assim para uma noite na ópera. Na Inglaterra, as pessoas costumavam se arrumar bastante para essas ocasiões.

Olhando-se no espelho, achou que estava um pouco parecida com Audrey Hepburn, o que lhe agradou. Considerou acrescentar um par de óculos ao traje, mas no fim decidiu mantê-los na bolsa.

Abriu um pouco a porta, verificando se o caminho estava livre, e correu para o táxi que a esperava do outro lado da rua.

Paul estava esperando no quinto degrau da Ópera.

— Você está parecendo o inspetor Clouseau — ele disse quando Mia se aproximou.

— Que cavalheiro! Você que me disse para usar casaco impermeável e sapatos baixos.

Paul olhou para ela.

— Retiro o que disse. Você está adorável. Venha comigo.

Eles foram para a fila para entrar na Ópera. Depois de passar por uma série de saguões, Mia parou para admirar a enorme escadaria. Ela insistiu para chegarem mais perto da estátua de Pítia.

— Lindíssima! — ela exclamou.

— Sim, incrível — Paul concordou —, mas temos que nos apressar agora.

— Estou me sentindo ridícula com essa roupa, cercada por tanta beleza. Devia estar usando um vestido.

— Não, confie em mim, é melhor assim. Venha!

— Não entendo. Pensei que você ia me mostrar o teatro quando estivesse fechado ao público. Estamos aqui para assistir a um espetáculo?

— Você vai ver.

Chegando ao mezanino, eles atravessaram a galeria da orquestra.

— Qual é o espetáculo de hoje? — Mia perguntou quando se aproximaram da entrada do auditório.

— Não faço ideia. Olá, senhores! — ele disse, passando por duas estátuas.

— Com quem está falando? — Mia sussurrou.

— Bach e Haydn. Ouço os dois quando estou escrevendo, então o mínimo que posso fazer é dizer "oi", não é?

— Vai me dizer para onde estamos indo? — Mia perguntou enquanto Paul guiava o caminho.

— Para nossos lugares.

O lanterninha mostrou a eles duas cadeiras. Paul indicou a primeira a Mia e se sentou ao lado dela.

O assento era duro e desconfortável, e dava para ver apenas o lado direito do palco. Era bem diferente das estreias de filmes a que Mia estava acostumada a comparecer, onde sempre ficava nos melhores lugares da casa.

Engraçado, ele não me parece um homem muquirana, ela pensou quando as cortinas se ergueram.

Dez minutos se passaram. Mia estava inquieta em seu lugar, tentando encontrar a posição menos desconfortável. Paul deu um tapinha no ombro dela.

— Desculpe por eu ficar me mexendo, mas meu bumbum está doendo nessa cadeira — ela sussurrou.

Fazendo o possível para não rir, Paul chegou mais perto e sussurrou em seu ouvido:

— Por favor, transmita minhas sinceras desculpas a seu traseiro. Mas agora temos que ir. Siga-me.

Ele foi, abaixado, na direção da saída de emergência, que ficava bem na frente de onde estavam. Mia o observou, espantada.

Talvez ele seja realmente louco...

— Vamos! — Paul sussurrou, ainda abaixado em frente à porta.

Mia obedeceu, imitando a postura peculiar dele.

Ele empurrou a porta com cuidado e a levou por um corredor.

— Suas costas travaram ou temos que continuar andando assim?

Paul pediu para ela ficar quieta, pegou em sua mão e prosseguiu pelo corredor.

Quanto mais adentravam o prédio labiríntico, mais ela se perguntava o que estaria acontecendo.

No final de outra passagem, eles chegaram a uma escadaria em espiral. Paul sugeriu que Mia fosse na frente, para o caso de tropeçar, mas ao mesmo tempo a aconselhou a não fazer isso.

— Onde estamos? — Mia sussurrou, começando a entrar no espírito da brincadeira.

— Precisamos atravessar esse passadiço. Mas, por favor, faça silêncio absoluto: vamos passar bem por cima do palco. Vou na frente desta vez.

Paul fez o sinal da cruz e, em resposta ao olhar surpreso de Mia, sussurrou que sofria de vertigem.

Quando Paul chegou ao outro lado, virou-se e a viu, imóvel, no meio da passagem, olhando fixamente para o auditório lá embaixo. Ele sentiu que estava tendo uma visão de como ela era quando criança; até o casaco de repente pareceu grande demais. Ela não era mais a mulher que ele tinha encontrado na escadaria da Ópera, mas uma garotinha suspensa no ar, completamente encantada pela vista mágica sob seus pés.

Ele esperou alguns instantes, depois arriscou tossir baixinho para chamar a atenção dela.

Mia abriu um sorriso amplo e caminhou até ele.

— Foi incrível — ela sussurrou.

— Eu sei. Mas, acredite, o melhor ainda está por vir.

Ele pegou novamente na mão dela e a conduziu na direção de uma porta que dava para outra escadaria.

— Vamos ver o lago?

— Vocês, britânicos, são muito estranhos. Acha mesmo que alguém colocaria o lago no último andar?

Mia olhou pela porta.

— Essas escadas poderiam levar para baixo!

— Bem, não levam. Nós vamos subir. E não tem lago nenhum, é só um reservatório de água em um tanque de concreto. Senão eu teria trazido meu snorkel e meus pés de pato.

— Nesse caso, para que o casaco impermeável? — Mia perguntou, irritada.

— Eu já disse: você vai ver.

Enquanto subiam uma velha escadaria de madeira, eles ouviram um barulho ensurdecedor. Mia ficou paralisada de medo.

— Não se preocupe. É só o maquinário de palco — Paul garantiu a ela.

Quando chegaram ao último patamar, Paul empurrou a barra da porta de metal e a abriu para Mia.

Ela se viu diante de uma plataforma que atravessava a cobertura da Ópera e proporcionava uma vista deslumbrante de Paris.

Ela praguejou em voz alta e depois se virou para Paul.

— Vá em frente — ele disse a ela. — É perfeitamente seguro.

— Você não vem?

— Vou, só preciso de um minuto.

— Por que veio até aqui se não consegue nem olhar?

— Para que você possa. Não existe outra vista como essa em nenhum lugar do mundo. Pode ir, eu te espero aqui. Dê uma boa olhada. São poucas as pessoas que têm a sorte de ver a Cidade Luz desse ponto de vista. Em uma noite de inverno, você vai estar sentada diante da lareia em uma antiga mansão inglesa e vai poder falar para seus bisnetos sobre a noite em que viu Paris do alto da cobertura da Ópera. Estará tão velha que nem vai se lembrar do meu nome, mas vai se lembrar de que teve um amigo em Paris.

Mia observou Paul, que segurava na maçaneta da porta. Então saiu para a cobertura. De onde estava, dava para ver a Igreja de la Madeleine e a Torre Eiffel com seus refletores. Mia olhava para cima como uma criança, certa de que poderia contar todas as estrelas do céu. Depois olhou para os arranha-céus de Beaugrenelle. Quantas pessoas estavam comendo, rindo ou chorando atrás daquelas janelas, cada uma delas tão minúscula quanto as estrelas que brilhavam no vasto firmamento acima? Virando-se, viu a Sacré-Coeur sobre a colina de Montmartre e parou para pensar em Daisy. Toda Paris se estendia diante dela. Ela nunca havia visto algo tão lindo na vida.

— Você não pode perder isso.

— Não consigo ir até aí de jeito nenhum…

Ela voltou para onde Paul estava, tirou a echarpe e a amarrou sobre a cabeça dele, cobrindo seus olhos. Então, segurando sua mão, ela o conduziu pela plataforma. Paul caminhava como se estivesse na corda bamba, mas não resistiu.

— Sei que é egoísta — ela disse, retirando a venda —, mas como posso contar aos meus bisnetos sobre este momento sem tê-lo realmente compartilhado com meu amigo parisiense?

Paul e Mia sentaram-se na viga e admiraram a vista juntos.

Uma chuva fina começou a cair. Mia tirou o casaco impermeável e o estendeu sobre os ombros dos dois.

— Você sempre pensa em tudo?

— Eu tento. Agora... pode, por favor, me levar de volta? — ele perguntou, puxando de leve a echarpe.

Dois seguranças os aguardavam ao pé das escadas. Eles escoltaram Paul e Mia até a sala do diretor, onde encontraram três policiais de braços cruzados.

— Eu sei, eu desobedeci às regras — Paul disse ao diretor. — Mas não fizemos nada de errado.

— Desculpe... o senhor conhece esse homem? — perguntou o policial Moulard, o de posto mais alto na sala.

— Não conheço mais — respondeu o direto. — Pode levá-lo.

O policial Moulard fez sinal para os colegas, que pegaram dois pares de algemas.

— Acho que isso não é necessário — Paul protestou.

— Discordo — disse o diretor. — Esses indivíduos me parecem a personificação exata da desobediência.

Quando Mia estendeu os pulsos para o policial, olhou no relógio. Vendo como já estava tarde, sentiu um nervosismo repentino.

O policial tomou o depoimento dos dois. Paul reconheceu as acusações feitas contra eles, assumindo toda a responsabilidade e ao mesmo tempo minimizando a seriedade do comportamento dos dois. Ele jurou solenemente que nunca mais fariam aquilo se fossem liberados. Certamente não passariam a noite na delegacia, não é?

O policial suspirou.

— Vocês são cidadãos estrangeiros. Até eu conseguir entrar em contato com seus respectivos consulados e verificar suas identidades, não posso liberá-los.

— Eu tenho documento de residente — Paul disse. — Deixei em casa, mas garanto que tenho visto de residência.

— E eu devo simplesmente confiar em sua palavra?

— Eles vão me matar — Mia murmurou.

— Alguém está te ameaçando, *mademoiselle*? — o policial perguntou a ela.

— Não. É apenas modo de dizer.

— Por favor, tome cuidado com o vocabulário. Estamos em uma delegacia de polícia.

— Quem vai te matar? — Paul perguntou, aproximando-se de Mia.

— O que eu acabei de dizer? — o policial perguntou.

— Eu ouvi! Não estamos na escola! Aparentemente, essa situação colocou minha amiga em uma posição estranha em termos profissionais. Poderia demonstrar um pouco de flexibilidade?

— Deviam ter pensado nisso antes de invadirem um prédio público.

— Não houve invasão. Todas as portas estavam abertas, incluindo a que levava à cobertura.

— E você acha que andar na cobertura do Palais Garnier não é uma violação de segurança? Você acharia normal se eu fizesse isso em seu país?

— Se quisesse muito, policial, eu não teria nenhuma objeção. Poderia até recomendar alguns locais com vistas de tirar o fôlego.

— Já ouvi o bastante... — o policial suspirou. — Prendam esses dois palhaços. E processem o comediante primeiro.

— Espere! — Paul suplicou. — Se um cidadão francês viesse aqui atestar minha identidade, e trouxesse provas, consideraria nos deixar ir?

— Se o seu cidadão chegar aqui em uma hora, eu poderia considerar. Depois disso, meu turno termina e vocês vão ter que esperar até amanhã de manhã.

— Posso usar o telefone?

O policial entregou a Paul o telefone de sua mesa.

— Não pode estar falando sério.

— Estou falando sério.

— A essa hora da noite?

— Não dá muito para escolher a que horas esse tipo de coisa acontece.

— Posso saber por quê?

— Apenas me escute, Cristoneli, porque estamos ficando sem tempo. Se você não for ao seu escritório, tirar cópias de todos os meus documentos e vier à delegacia do nono *arrondissement* em uma hora, vou fechar o contrato de meu próximo livro com o sr. Park.

— Quem é o sr. Park?

— Não faço a mínima ideia. Mas deve ter alguém com um nome parecido em minha editora coreana! — Paul gritou.

Cristoneli desligou na cara dele.

— Ele vem? — Mia perguntou em tom de voz suplicante.

— Tudo é possível com ele — Paul respondeu com incerteza, devolvendo o telefone para a base.

— Bem — disse o policial, levantando-se —, se esse homem com quem estava gritando for idiota o bastante para te ajudar, vocês vão dormir em casa hoje. Caso contrário, temos cobertores aqui. A França é um país civilizado.

Paul e Mia foram levados para as celas. Por cortesia, não foram colocados com os dois bêbados que estavam detidos até recuperarem a sobriedade.

O policial bateu a porta. Mia se sentou no banco e apoiou a cabeça entre as mãos.

— Minha sócia nunca vai me perdoar.

— Por quê? Nós não atropelamos uma velhinha, nem nada parecido. De qualquer modo, com o que está tão preocupada? Ela não vai descobrir que estamos aqui.

— Eu também divido apartamento com ela. Quando voltar do restaurante, vai ver que não estou lá. E também não vou estar amanhã de manhã.

— Na sua idade, você pode dormir fora de casa, não? Ela está me parecendo uma sócia muito controladora. A menos que ela seja...

— Que ela seja o quê?

— Nada, esqueça.

— Eu fingi que estava com enxaqueca para não ter que trabalhar hoje à noite, mesmo sabendo que ela precisava de mim.

— Ah. Isso não foi muito legal.

— Obrigada por piorar as coisas.

Paul se sentou ao lado dela e não disse nada.

Finalmente, pigarreou.

— Tenho uma ideia. Talvez seja melhor você não mencionar a prisão, a delegacia e as algemas para os seus bisnetos...

— Está falando sério? Essa seria a parte preferida deles. Imaginar a bisa passando a noite no xadrez!

Eles ouviram o som de uma chave na fechadura. A porta da cela se abriu e um policial ordenou que saíssem. Ele os conduziu para outra sala, onde Cristoneli, depois de entregar uma cópia do visto de residência de Paul, assinou um cheque para pagar sua fiança.

— Perfeito — o policial disse. — Você pode levá-lo.

Virando-se, Cristoneli viu Mia e encarou Paul de maneira acusatória.

— O que significa isso? — ele exclamou com raiva, virando-se novamente para o policial. — Eu deveria poder levar os dois por esse valor!

— A *mademoiselle* não está com os documentos.

— A *mademoiselle* é minha sobrinha! — Cristoneli disse. — Eu dou minha palavra.

— Você é italiano e sua sobrinha é inglesa? Sua família é bem internacional!

— Sou naturalizado francês, senhor — Cristoneli respondeu. — E, sim, minha família é uma mistura de nacionalidades há três gerações. Pode nos chamar de imigrantes, ou de futuro do continente, a depender do quanto tem a cabeça aberta ou não.

— Está bem, está bem, apenas deem o fora daqui! E você, *mademoiselle*, quero vê-la novamente amanhã à tarde, com seu passaporte. Entendido?

Mia assentiu.

Fora da delegacia, Mia agradeceu Cristoneli, que fez uma reverência respeitosa.

— O prazer foi meu, *mademoiselle*. É estranho, mas eu já a vi antes? Seu rosto é muito familiar.

— Acho difícil — Mia respondeu, corando. — Talvez conheça alguém parecido comigo?

— Pode ser. Mas... eu poderia jurar que...

— Ridículo! — Paul resmungou, interrompendo-o.

— Qual é o seu problema? — Cristoneli perguntou, virando-se para ele.

— É assim que tenta seduzir mulheres? Usando clichês ultrapassados como esse? "Eu já a vi antes?" — ele repetiu em tom de zombaria. — Lastimável!

— Lastimável é você, meu amigo. Eu estava sendo totalmente sincero. Tenho quase certeza de que já a vi em algum lugar antes.

— Veja, estamos com pressa: a carruagem da *mademoiselle* está prestes a se transformar em abóbora, então vamos encurtar os elogios. Pode ser?

— Então é esse o meu agradecimento? — Cristoneli murmurou.

— Não preciso nem dizer que seremos eternamente gratos. Boa noite!

— Também não preciso nem dizer que a fiança vai ser descontada de seu adiantamento.

— Vocês dois parecem um casal de velhos rabugentos — Mia disse, achando graça, enquanto Cristoneli voltava para seu carro esportivo.

— Bem, ele certamente é um "velho". Venha, temos que nos apressar. A que horas sua sócia chega do restaurante?

— Normalmente entre onze e meia e meia-noite.

— Então, na pior das hipóteses: vinte minutos. Na melhor: cinquenta. Vamos!

E ele saiu correndo com Mia até o carro.

Depois de abrir a porta e pedir para ela colocar o cinto de segurança, ele arrancou.

— Onde você mora?

— Rue Poulbot, em Montmartre.

O Saab acelerou pelas ruas de Paris, entrando em faixas de ônibus e ziguezagueando entre táxis, suscitando ofensas de um motociclista na Place de Clichy e de um grupo de pedestres em um cruzamento na Rue Caulaincourt, e virando na Rue Joseph-de-Maistre cantando os pneus.

— Não acha que já tivemos problemas o bastante com a lei hoje? Talvez seja melhor ir mais devagar — Mia sugeriu.

— E se chegarmos depois da sua sócia?

— Boa observação. Continue.

O carro acelerou, subindo rapidamente a Rue Lepic. Na Rue Norvins, Mia se encolheu no assento.

— O restaurante fica por aqui?

— Acabamos de passar por ele — ela sussurrou.

Finalmente, viraram na Rue Poulbot. Mia apontou para o prédio. Paul pisou no freio.

— Rápido! — ele a apressou. — Nós nos despedimos uma outra hora.

Eles trocaram um olhar e Mia correu para a porta do prédio. Paul ficou esperando para ter certeza de que ela havia entrado, olhando para as janelas do prédio, e depois sorriu quando as luzes do último andar se acenderam rapidamente e logo voltaram a se apagar. Estava prestes a ir embora quando viu uma mulher subindo a rua e entrando no prédio. Ele buzinou três vezes e se foi.

* * *

Daisy entrou no apartamento, completamente exausta. A sala estava escura. Ela acendeu as luzes e se jogou no sofá. Passou os olhos pela mesa de centro, onde viu um livro. Pegou-o e olhou mais uma vez para a foto do autor.

Levantou-se e bateu de leve na porta de Mia, abrindo uma fresta.

Mia fingiu acordar.

— Como você está se sentindo?

— Melhor. Devo estar bem amanhã.

— Fico feliz em saber!

— Espero que não tenha sido muito complicado hoje lá no restaurante.

— Estava bem lotado, acredite se quiser. Apesar da chuva.

— Choveu muito?

— Demais. E aqui? Choveu dentro do apartamento também?

— Hum, não… como assim?

— Nada. Não é nada.

Daisy fechou a porta sem dizer mais nada.

* * *

Paul estacionou o carro e subiu para seu apartamento. Sentou-se à escrivaninha e estava prestes a iniciar um novo capítulo, no qual sua cantora de ópera muda se aventura na cobertura do teatro, quando a tela de seu telefone se acendeu.

Meus bisnetos e eu gostaríamos de te agradecer por proporcionar à sua futura bisavó uma noite inesquecível.

Conseguiu chegar a tempo?

Dois minutos depois e eu estaria perdida!

Eu buzinei para te avisar.

Eu ouvi.

Sua amiga não desconfiou de nada?

Talvez ela tenha visto meu casaco impermeável aparecendo debaixo do edredom!

Você dorme de casaco?

Não deu tempo de tirar.

Sinto muito pela delegacia...

Acho que temos que dividir o valor da fiança.

De jeito nenhum – você era minha convidada.

Pode me levar para ver as Catacumbas semana que vem?

Depende. Esse dia contaria ou não?

É claro que não contaria.

Por que não?

Porque não!

Não posso discutir com esse argumento.

Então está marcado?

Não prefere ver uma exposição no Grand Palais? Não tem tanta gente morta.

Que exposição?

Espere um pouco, vou olhar.

Certo.

Os Tudor.

Ah, não. Já me cansei dos Tudor.

Musée d'Orsay?

Jardin du Luxembourg?

Fechado. Estamos combinados.

Está trabalhando?

Tentando.

Nesse caso, vou te deixar em paz. Depois de amanhã, às três da tarde?

Certo. Em frente à entrada, na Rue Guynemer.

A tela ficou preta, e Paul voltou ao seu livro. A cantora estava prestes a começar a caminhada pela cobertura quando seu telefone se acendeu novamente.

Estou morrendo de fome.

Eu também.

Mas eu estou presa em meu quarto.

Tire o casaco e vá até a cozinha em silêncio.

Boa ideia. Certo, agora vou mesmo te deixar trabalhar.

Obrigado.

Paul colocou o celular sobre a mesa. Não parava de olhar para a tela preta, esperando que se iluminasse novamente. Decepcionado, colocou o aparelho em uma gaveta, mas deixou a gaveta semiaberta... só por garantia.

* * *

Mia se despiu em silêncio, vestiu o roupão de banho e abriu um pouco a porta. Daisy estava deitada no sofá, lendo o livro de Paul. Mia voltou para a cama e passou uma hora ouvindo o próprio estômago roncar.

11

Ele se sentia culpado por ter escrito tão pouco nos últimos dias. E a noite anterior só havia piorado as coisas. Ele queria revisar os primeiros capítulos para agradar Kyong. Mesmo que ela ainda não tivesse respondido a seu e-mail, o que o preocupava muito.

Paul fechou as cortinas, deixando a sala escura, acendeu a luminária de mesa e se sentou diante do computador.

O dia tinha sido prolífico: dez páginas, cinco cafés, dois litros de água e três sacos de salgadinhos em sete horas.

Agora estava com fome – estava faminto, na verdade – e decidiu parar de trabalhar e ir até o café local. Não era o melhor lugar do bairro, mas pelo menos não teria que comer sozinho. Sempre que ele se sentava ao balcão, o dono do café parava para conversar. Ele sabia todas as fofocas da vizinhança – quem tinha morrido ou se divorciado, quem tinha se mudado, as lojas que haviam aberto ou fechado, como estaria o tempo, e assim por diante –, assim como notícias mais sérias, como escândalos políticos. Todo o burburinho da cidade e do mundo chegava a Paul pela voz do Bigode, como o chamava.

De volta ao apartamento, Paul abriu as cortinas para ver a noite cair. Ele verificou o e-mail: nada de Kyong, mas encontrou uma nova mensagem.

Caro Paul,

Espero que esteja bem. O tempo que passamos no sul foi mágico. O que me fez questionar novamente por que passei quatro anos em Paris quando poderia ter ido para a Provença. As pessoas são tão gentis, o campo é lindo e há muitas feiras e um sol infinito... talvez você devesse considerar a ideia. Às vezes, a felicidade está mais perto do que imaginamos.

Estamos sentindo a sua falta, cara. Vamos passar uns dias na Itália agora, acabamos de chegar. Portofino é uma das cidadezinhas mais lindas que já visitei. Na verdade, toda a Ligúria é maravilhosa.

Resolvemos ir para Roma em seguida, e voltar para São Francisco direto de lá.

Ligo para você quando chegarmos em casa. Enquanto isso, conte o que está acontecendo por aí.

Lauren mandou um beijo...
Arthur

O e-mail havia sido enviado apenas alguns minutos antes. Presumindo que Arthur ainda estava on-line, ele respondeu imediatamente:

Ei, amigão.

Fico feliz por suas férias estarem indo tão bem. Vocês deveriam ficar um pouco mais... talvez fosse melhor dizer que vão ter que ficar! Aconteceu uma coisa engraçada: encontrei um desses sites de aluguel de apartamentos por temporada outro dia. Já tinha ouvido maravilhas sobre ele e quis experimentar. Vocês não vão acreditar em como o apartamento de vocês é popular!

Não se preocupem, eu cuidei de tudo. Os inquilinos, que escolhi pessoalmente – um casal muito legal com quatro filhos educados –, vão ficar lá até o fim do mês. O aluguel foi pago diretamente para a agência: vocês só precisam ir até lá buscar o cheque. Espero que o valor ajude a pagar as aventuras de vocês pela Itália.

E agora, amigão, estamos quites.

Fora isso, nenhuma grande novidade em minha vida, exceto que estou escrevendo bastante e a viagem para Seul se aproxima.

Mande um beijo para Lauren...
Paul

Quase imediatamente, as seguintes palavras apareceram na tela:

Por favor, diga que está brincando!

Saboreando sua vingança, Paul pensou em deixar Arthur sofrer um pouco mais. Mas sabia que o amigo não ia parar de atormentá--lo até saber a verdade, então resolveu responder antes de voltar ao trabalho.

Arthur,

Se não fosse por medo de que meu afilhado acabasse passando mais tempo com a madrinha do que deveria, eu teria feito isso. Para a sorte de vocês, sou uma pessoa legal demais para esse tipo de coisa. Mas eu te peguei, não foi?

Não se preocupe, você *ainda* vai ter o que merece.

Paul

E, com isso, ele dedicou a noite à criação de um novo capítulo.

* * *

— Diga, como exatamente você o conheceu?

— Conheci quem?

— Ele — Daisy disse, colocando o livro sobre o balcão.

— Você não vai acreditar.

— E por que não? Acreditei quando você apareceu na minha porta como um cachorrinho abandonado, não acreditei? Quando me pediu para ficar, e quando chorou a noite toda nos meus braços pelo que o David tinha feito com você, e quando disse que era tudo culpa dele. Não é?

— Eu o conheci naquele seu site de relacionamento — Mia admitiu, baixando os olhos.

— Eu sabia que já tinha visto a cara dele em algum lugar! — Daisy exclamou. — Você é muito descarada, sabia?

— Não é o que você está pensando, eu juro.

— Ah, agora ela está jurando! Por favor, me poupe.

Daisy passou por Mia e foi arrumar as mesas.

— Pode deixar — Mia disse, indo atrás dela. — Posso cuidar disso. Você já tem bastante trabalho na cozinha.

— Eu faço o que eu quiser no meu restaurante, muito obrigada.

— Fui demitida?

— Você está apaixonada por ele?

— Não, é claro que não! — Mia protestou veementemente. — Ele é só um amigo.

— Que tipo de amigo?

— Alguém com quem posso conversar, sem ambiguidades.

— Da parte dele ou da sua?

— De ninguém. Chegamos a essa conclusão durante nosso primeiro jantar.

— Ah, então vocês jantaram juntos. Quando? Na noite em que você dormiu de casaco porque estava com uma enxaqueca debilitante?

— Não. Nós fomos à Ópera naquela noite.

— A coisa só melhora!

— O jantar foi na noite em que eu falei que fui ao cinema.

— O sueco. Eu devia saber. Então está mentindo para mim esse tempo todo?

— Foi você que disse que ele era sueco.

— E o celular dele?

— Ah, aquilo foi verdade. Ele realmente esqueceu.

— E sua enxaqueca?

— Foi real, só que não durou tanto tempo...

— A verdade vem à tona!

— É só um amigo, Daisy. Posso até te apresentar. Tenho certeza de que vocês dois se dariam bem.

— Não estou acreditando nisso.

— Ele trabalha à noite, como você. É meio estranho, mas muito engraçado, como você. É americano, mora em Paris e é solteiro, outra coisa que vocês têm em comum.

— E você não gosta dele?

— Bem... acho que deveria dizer *quase* solteiro.

— De jeito nenhum! Esqueça. Já estou *por aqui* de caras "quase solteiros". Por que não começa a arrumar essas mesas em vez de me arrumar um namorado?

Mia não esperou ela falar duas vezes. Pegou uma pilha de pratos e começou a colocá-los sobre as mesas. Daisy foi para a cozinha e começou a descascar os legumes.

— Você deveria pelo menos conhecê-lo — disse Mia.

— Não!

— Por que não?

— Porque, em primeiro lugar, essas coisas nunca dão certo. Em segundo, porque ele é só "quase solteiro". E, o mais importante, porque você gosta mais dele do que está querendo admitir.

Mia se virou para Daisy com as mãos na cintura.

— Acho que sei o que sinto pelas pessoas.

— Verdade? Desde quando? Você atravessa a cidade para devolver o celular dele, mente como uma adolescente, vai com ele assistir à ópera e...

— Não, não fomos *assistir* à ópera. Fomos *subir* na Ópera!

— O quê?

— Não fomos ver a apresentação, ele me levou para a cobertura, para ver Paris à noite.

— Ou você é completamente ingênua ou está mentindo para si mesma. De qualquer modo, me deixe fora disso.

Mia franziu a testa.

— Ao trabalho! — Daisy gritou. — Os clientes vão chegar a qualquer momento.

* * *

Às duas da manhã, Paul ainda estava brigando com a última linha de um parágrafo quando resolveu encerrar a noite. Verificou o e-mail mais uma vez e, com o pulso acelerado, finalmente encontrou uma resposta de Kyong, que ele imprimiu. Gostava de ler as palavras dela no papel, pois de algum modo fazia com que ela parecesse menos virtual. Pegou a folha na impressora e esperou até se deitar na cama para começar a ler.

Logo depois, apagou a luz e abraçou o travesseiro.

* * *

Às três da manhã, Mia acordou com o telefone vibrando. Pegou o aparelho na mesa de cabeceira. O nome *David* apareceu na tela.

Seu coração começou a bater desenfreado. Ela colocou novamente o celular na mesa, voltou a deitar e abraçou o travesseiro.

12

Mia chegou tarde ao portão do Jardin du Luxembourg. Olhou em volta à procura de Paul, depois lhe mandou uma mensagem de texto.

Onde você está?

Em um banco.

Que banco?

Estou usando um casaco amarelo para você me localizar com facilidade.

Sério?

Não!

Vendo-a se aproximar, Paul se levantou e acenou.

— Ah, é você que está de capa de chuva hoje — ela disse —, mesmo que não esteja chovendo.

— Isso ainda temos que ver — ele respondeu, seguindo pelo caminho com as mãos para trás.

Mia o acompanhou.

— Teve outro episódio de bloqueio de escritor ontem à noite?

— Não. Até consegui terminar um capítulo. Vou começar outro hoje à noite.

— Olha só aquilo. Quer jogar? — Mia perguntou, apontando para um grupo de homens que jogava bocha.

— Você sabe jogar?

— Não me parece tão complicado.

— Bem, mas é. Como tudo na vida, eu suponho…

— Calma. Levantou com o pé esquerdo?

— Que tal... se eu ganhar, você tem que preparar um jantar para mim!

— E se eu ganhar?

— Seria desonesto de minha parte deixar você pensar que tem alguma chance de ganhar. Acabei me tornando muito bom nesse joguinho idiota.

— Vou tentar a sorte, de qualquer modo — Mia respondeu, dirigindo-se para a cancha de bocha.

Ela perguntou a dois jogadores que estavam conversando se poderia pegar seu conjunto de bolas emprestado. Eles ficaram desconfiados, então ela se aproximou do mais velho deles e sussurrou algo em seu ouvido. O homem sorriu e apontou para a cancha, onde estavam as bolas e o bolim.

— Vamos? — ela disse a Paul.

Paul começou a primeira rodada jogando o bolim. Esperou a pequena bola de madeira parar de rolar, depois se abaixou, recuou o braço para trás e arremessou a bola. Ela fez um arco no ar antes de rolar pelo chão e parar ao lado do bolim.

— É difícil chegar mais perto do que isso. — Ele assobiou. — Sua vez.

Mia se posicionou, observada pelos dois senhores, que pareciam achar graça. Sua bola não subiu tanto quanto a de Paul e parou uns dois centímetros atrás da bola dele.

— Nada mal. Promissor, mas não a ponto de virar o jogo — disse Paul.

Para a segunda jogada, ele girou ligeiramente o pulso. A bola contornou levemente as outras antes de tocar no bolim.

— Perfeito! — Paul riu, triunfante.

Mia voltou a se posicionar, estreitou os olhos e mirou.

As duas bolas de Paul foram empurradas para longe do bolim e a de Mia ficou colada nele.

— *Putain!* — gritou um dos homens, enquanto o outro caiu na gargalhada.

— Agora *sim* foi perfeito — Mia declarou.

Paul ficou olhando para ela, sem palavras, e se afastou.

Mia acenou para os dois homens, que aplaudiram. Depois ela correu atrás de Paul.

— O que é isso. Não seja um mau perdedor! — ela disse, alcançando-o.

— E você me deixou pensar que era a primeira vez que jogava...

— Passei todos os verões da minha infância na Provença, não lembra? Da próxima vez, tente prestar atenção quando as mulheres conversarem com você.

— Eu estava prestando atenção — Paul protestou. — Mas minha cabeça estava girando naquela noite. Ou devo bancar o desagradável e relembrar as circunstâncias de nosso primeiro encontro?

— Qual é o problema de verdade aqui, Paul?

Ele pegou uma folha de papel e entregou a ela.

— Recebi isso ontem à noite — ele murmurou.

Mia ficou imóvel e começou a ler.

Caro Paul,

Estou muito feliz com sua vinda a Seul, mesmo que não tenhamos muito tempo para desfrutar da companhia um do outro como eu gostaria. Tenho compromissos profissionais na Feira Literária, dos quais não há como fugir. Acho que ficará agradavelmente surpreso com a recepção que terá por parte dos leitores, e suspeito que ficará ainda mais ocupado do que eu na feira. Você é famoso por aqui, e as pessoas estão muito empolgadas com sua chegada. Esteja preparado para dedicar muito tempo e energia a seus admiradores durante toda a extensão de sua visita. De minha parte, vou tentar liberar o máximo de tempo que puder para poder lhe mostrar minha cidade... se seu editor lhe der tempo o bastante.

Eu adoraria que pudesse ficar em meu apartamento, mas receio que seja impossível. Minha família mora no mesmo prédio e meu pai é muito rígido. Seria contra os costumes um homem dormir no apartamento de sua filha, e algo que ele nunca permitiria. Posso imaginar sua reação a essa notícia, e compartilho de sua decepção, mas você deve entender que a moral e os bons costumes são diferentes aqui e em Paris.

Espero ansiosamente por sua chegada.
Faça uma boa viagem.

Sua tradutora preferida,
Kyong

— É, foi um pouco frio — Mia admitiu, devolvendo a folha de papel.

— Só um pouco.

— Não exagere. Você precisa ler nas entrelinhas. Ela parece ser uma pessoa muito reservada.

— Acredite, ela não é tão reservada quando vem a Paris!

— Mas Seul é a cidade dela. É diferente.

— Ouça, você é mulher. Use seus poderes e leia nas entrelinhas por mim. Diga o que não estou enxergando. Ela me ama ou não?

— Tenho certeza que sim.

— Então por que ela não escreve isso? É uma coisa tão difícil de se admitir?

— Para uma pessoa tão reservada… pode ser.

— Quando você está apaixonada por um homem, não conta para ele?

— Não necessariamente.

— O que exatamente a impediria?

— Medo — Mia respondeu.

— Medo do quê?

— De assustá-lo.

— Ai, minha nossa, é tudo tão complicado! Então o que se deve fazer, o que se deve dizer ou não dizer quando se está apaixonado por alguém?

— Talvez seja melhor adiar, esperar um pouco.

— Esperar o quê? Até ser tarde demais?

— Até não ser… cedo demais.

— E como descubro isso? Como sei qual é a hora certa?

— Quando não tiver mais nenhuma dúvida, eu acho.

— Isso já aconteceu com você? Não ter nenhuma dúvida?

— Já, algumas vezes.

— E foi quando disse ao cara que o amava?

— Sim.

— E ele disse que te amava?

— Sim.

A expressão de Mia se fechou e Paul percebeu.

— Sinto muito! Que idiota. Você acabou de sair de um relacionamento e cá estou me intrometendo em feridas abertas. Foi muito egoísta da minha parte.

— Não foi. Foi bem comovente, na verdade. Se mais homens tivessem coragem de mostrar seu lado sensível, as coisas poderiam ser muito diferentes.

— Acha que devo responder?

— Acho que você vai vê-la em breve e, quando estiverem juntos, ela vai cair em seus encantos mais uma vez.

— Se eu estiver sendo ridículo, pode me dizer.

— Não mesmo. Está sendo sincero. Independentemente do que fizer, não mude isso.

Paul avistou uma barraquinha de lanches adiante.

— Ei, quer um waffle com Nutella?

— É claro, por que não? — Mia respondeu com um suspiro.

Ele a acompanhou até a barraquinha. Comprou dois waflles e entregou o primeiro a Mia.

— Se ele voltasse com o rabo entre as pernas, implorando o seu perdão, estaria disposta a lhe dar uma segunda chance? — ele perguntou com a boca cheia de doce.

— Eu realmente não sei.

— Então ele não ligou nenhuma vez desde...

— Não — Mia o interrompeu.

— Certo. E agora? Tem um lago ali onde as crianças brincam com barquinhos, mas pode ser estranho irmos lá sem nenhuma criança. Temos passeios de burrico mais à frente... Alguma dessas coisas te interessa?

— Não muito, para ser sincera.

— Sabe, acho que já vi burros demais na vida. Ali, temos algumas quadras de tênis, mas não vamos jogar. E... é praticamente isso. Vamos embora. Já chega deste parque e de todos esses casais felizes e grudentos.

Mia saiu com Paul pela Rue de Vaugirard. Juntos, desceram a Rue Bonaparte, até o mercado de pulgas da Place Saint-Sulpice.

Eles passearam pelos corredores e pararam em uma das bancas.

— É muito bonito — Mia disse, olhando para um relógio antigo.

— É, mas sou supersticioso demais para usar algo que já pertenceu a outra pessoa. A menos que eu saiba que era de uma pessoa feliz. Não ria, mas eu realmente acredito que objetos têm uma espécie de memória. Podem emitir vibrações boas ou ruins.

— Você vai ter que explicar melhor.

— Alguns anos atrás, comprei um peso de papel de vidro em um mercado desses. O vendedor me disse que era do século dezenove. Não acreditei nem por um minuto, mas havia a imagem do rosto de uma mulher gravado no interior, e eu a achei bonita. Assim que levei aquela coisa para casa, minha vida virou uma merda.

— Defina "uma merda".

— Sabe de uma coisa? Eu até que gosto quando você fala palavrão.

— Do que você está falando?

— Sei lá. Talvez seja o sotaque. Mas é meio sexy. E agora esqueci do que estava falando.

— Uma merda.

— Fez de novo! Devia falar palavrão mais vezes. Combina muito com você. Voltando ao assunto, começou com um vazamento em meu apartamento. No dia seguinte, meu computador quebrou. No outro, meu carro foi guinchado. Naquele fim de semana, fiquei de cama por causa de uma gripe. Na segunda-feira, meu vizinho de baixo teve um ataque cardíaco, e depois eu coloquei uma caneca sobre a escrivaninha, ao lado do peso de papel, e derrubei tudo. Uns dias depois, a asa da caneca quebrou e eu quase queimo minhas pernas. Foi quando comecei a suspeitar que aquilo tinha poderes malignos. Você sabe. Amaldiçoado. Quando vi, estava *totalmente* bloqueado. Páginas vazias, nada além de branco em todas as direções. Pense no monte Everest para ter uma ideia. E então tropecei na beirada do tapete, caí de cara e quebrei o nariz. É uma imagem triste, sangue por todos os lados enquanto eu gritava sem parar dentro do apartamento. Por sorte, um dos meus amigos escritores é médium. A cada duas semanas, almoço com um monte de escritores em um bistrô, e contamos um ao outro sobre nossas vidas. Bem, esse cara me viu com o curativo no nariz e perguntou o que tinha acontecido. Eu contei todas as coisas que haviam dado errado desde que comprara o peso de papel. Ele fechou os olhos… e me perguntou… se havia *um rosto gravado no vidro*.

— Uau! E você não tinha contado nada para ele?

—Talvez tivesse. Não lembro. Bem, ele disse para eu me livrar daquela coisa amaldiçoada o quanto antes, mas me alertou para não a quebrar, ou o espírito do mal poderia escapar.

— E depois? Você jogou o peso de papel na lata de lixo? — Mia perguntou, mordendo o lábio?

— Melhor. Eu não estava para brincadeira. Enrolei aquilo em um cachecol grande, amarrei bem apertado, entrei no carro, dirigi até a ponte de L'Alma e... adeus, peso de papel! Direto para o Sena.

Mia não conseguiu mais se conter. Caiu na gargalhada.

— Você é demais! — ela disse, já com os olhos úmidos de tanto rir. — Simplesmente adorável.

Paul ficou olhando para ela, abismado, e começou a andar novamente.

— Você se diverte muito rindo da minha cara, não é?

— Não, eu juro. E os seus problemas se acabaram depois que o peso de papel afundou?

— Sim. Incrível, não é? Tudo voltou ao normal.

Mia riu ainda mais e segurou no braço de Paul quando ele acelerou o passo.

Eles passaram por uma livraria especializada em manuscritos antigos. Na vitrine havia uma carta escrita por Victor Hugo e um poema de Rimbaud rabiscado em um pedaço de papel arrancado de um caderno de anotações.

Mia ficou olhando, fascinada.

— Um poema ou uma bela carta não poderiam ser do mal, poderiam?

— Não, eu diria que não têm perigo.

Ela abriu a porta da loja.

— É realmente uma coisa linda — ela disse — segurar uma carta de um escritor ilustre. É quase como entrar em um mundo particular, tornar-se um confidente. Daqui a um século, talvez as pessoas fiquem maravilhadas com as cartas que *você* escreveu para sua tradutora. Ela vai ter se tornado sua esposa e as cartas vão marcar o início de uma correspondência preciosa e poderosa.

— Eu nunca vou ser considerado um escritor ilustre, Mia.

— Devo discordar.

— Bem, até parece que você já leu um livro meu.

— Li dois até agora, para sua informação. As cartas da mãe, no primeiro, me fizeram chorar.

— Lá vai você, zombando de mim novamente.

— Não é nada disso! Eu juro. Eu repetiria a cena toda agora, mas chorar aqui me parece um pouco inapropriado.

— Uau, sinto muito por ter feito você chorar.

— Sente nada. É a primeira vez que te vejo sorrir hoje.

— Acho que, de certo modo, isso me deixa feliz… não porque você chorou, mas… certo, sim, porque você chorou. Para comemorar, podemos ir a Ladurée comer alguns doces. Não fica longe, e os *macarons* deles são de comer ajoelhado. Mas cá estou de novo tentando dar opinião sobre comida a uma *chef* de cozinha.

— Parece bom, mas tenho que voltar ao restaurante logo em seguida. Minha comida não fica tão boa quando não estou lá para supervisionar.

Eles se sentaram a uma mesa no canto e pediram um chocolate quente para Mia e um café para Paul, com uma variedade de *macarons*. A garçonete não parava de observá-los enquanto preparava as bebidas. Dava para ver que cochichava com a colega, e as duas ficaram olhando na direção de Paul e Mia.

Droga, ela me reconheceu. Onde fica o banheiro? Não, não posso ir ao banheiro, ela pode falar com ele quando eu sair. Se alguém souber que fui vista aqui com um homem, Creston vai me matar! Minha única opção é convencê-la de que me confundiu com outra pessoa.

A garçonete voltou alguns minutos depois e, colocando as xícaras sobre a mesa, perguntou com timidez:

— Desculpe, mas não deu para não notar. Você não é…?

— Não, eu não sou quem você está pensando — Paul respondeu com severidade. — Cara errado, desculpe!

Profundamente constrangida, a jovem se desculpou e saiu.

Mia, cujo rosto havia ficado totalmente vermelho, colocou os óculos escuros e se virou para Paul.

— Sinto muito — ele disse a ela. — Isso acontece comigo de vez em quando.

— Eu compreendo — disse Mia, ainda com o coração acelerado. — Então não é só em Seul que você é famoso?

— Apenas neste bairro específico, mas é só. Acredite, eu poderia passar duas horas no departamento de livros da Fnac sem ser reconhecido por nenhum funcionário. O que é uma coisa boa, é claro. Mas ela deve ser uma de minhas leitoras. Eu não devia tê-la tratado dessa forma.

Seu ego acabou de me salvar!

— Não se preocupe. Da próxima vez que vier aqui, traga um exemplar autografado de um de seus livros. Tenho certeza de ela vai amar.

— É uma ótima ideia.

— Então, diga. O que vai acontecer com sua cantora de ópera?

— O crítico a segue até em casa. Ele se aproxima dela, mas sem revelar suas suspeitas. Ele se apresenta como escritor e diz que ela parece uma personagem de um de seus livros. Talvez, apenas talvez... ele esteja começando a sentir algo por ela.

— E quanto a ela?

— Ainda não tenho certeza, é cedo demais para dizer. O que ela não admite é que o notou há muito tempo. Está com medo, mas ao mesmo tempo se sente menos solitária.

— E o que ela faz?

— Foge, eu acho. Vai embora para manter seu segredo. Não pode ser sincera com ele porque estava mentindo o tempo todo a respeito de quem realmente era. Estou pensando em introduzir seu antigo empresário para dar mais emoção. O que acha?

— Não sei. Teria que ler antes de dar uma opinião.

— Estaria interessada em ler os primeiros capítulos?

— Eu adoraria, se você quiser.

— Nunca deixei ninguém ler meus livros antes de estarem terminados, com exceção de Kyong. Mas sua opinião passou a significar muito para mim.

— Certo! Bem, quando quiser, ficarei honrada em ser sua primeira leitora. E prometo ser sincera com você.

— E já que estamos falando desse assunto, eu adoraria jantar no seu restaurante.

— Ah... não é uma boa ideia. *Chefs* nunca estão em sua melhor forma durante o serviço. Muita pressão, muito suor... Não me leve a mal, mas eu preferiria que não fosse.

— Não, não, eu compreendo — Paul disse.

Eles se despediram em frente à estação de metrô em Saint-Germain-des-Prés. Paul passou pelo escritório de seu editor e achou que o tivesse visto pela janela. Seguiu seu caminho e chegou em casa.

Passou a noite trabalhando, tentando imaginar o que aconteceria com sua trágica cantora de ópera. Quanto mais escrevia, mais seu personagem adquiria as expressões faciais de Mia, seu modo de caminhar, de responder a uma pergunta com outra pergunta, seu sorriso frágil quando estava sendo atenciosa, seus ataques de riso, seu olhar ausente, sua elegância discreta. O sol estava nascendo quando ele finalmente foi para a cama.

Mais tarde, naquele mesmo dia, Paul foi acordado por uma ligação de seu editor. Cristoneli o estava esperando em seu escritório. No caminho, ele parou para comprar um *croissant* e o comeu atrás do volante, chegando apenas meia hora atrasado.

Cristoneli o recebeu de braços abertos e Paul começou a suspeitar que ele estava aprontando alguma coisa.

— Tenho duas notícias para você. Ambas boas! — o editor exclamou. — Notícias *fantasticosas*!

— Comece com a notícia ruim.

Cristoneli franziu a testa, confuso.

— Recebi uma mensagem dos coreanos: eles querem que você participe do noticiário noturno, que vem antes do principal programa literário do país.

— E a notícia boa?

— Como assim? Essa foi a notícia boa!

— Toda vez que tenho que fazer uma sessão de autógrafos com mais de vinte pessoas, fico tão nervoso que praticamente desmaio. Como espera que eu apareça na televisão? A menos que você *queira* que eu caia de cara ao vivo, em rede nacional.

— Só vão estar você e mais um escritor lá. Não precisa ficar nervoso.

— Outro escritor?

— Murakami é a atração principal. Percebe a sorte que você tem?

— Na TV, e ainda por cima ao lado de Murakami? Talvez antes de desmaiar eu consiga vomitar nos sapatos do apresentador. Os espectadores nunca vão se esquecer.

— É uma ótima ideia! Você provavelmente vai vender muitos livros no dia seguinte.

— Está ouvindo o que estou dizendo? Eu não vou aparecer na televisão de jeito nenhum. Eu morreria sufocado. Estou sufocando agora mesmo, só de pensar nisso! Eu morreria na frente de milhões de espectadores. Na Coreia. Você seria cúmplice de assassinato.

— Ah, pare com isso! É só tomar um conhaque antes de entrar no ar e vai ficar tudo bem.

— Melhor ainda: bêbado na televisão ao vivo! Que ideia *fantasticosa*.

— Fume alguma coisa então. Não foi legalizado no seu país agora?

— A única vez na vida que eu "fumei alguma coisa", passei dois dias na cama, vendo vacas pastando no teto.

— Ouça, meu caro Paul, apenas controle seu emocional e tudo vai sair perfeitamente bem. Eu garanto.

— Espero que esteja certo. E qual é a outra notícia?

— Como sua agenda de compromissos com a imprensa está ficando cada vez mais cheia, tivemos que antecipar a data da viagem.

Ao ouvir aquilo, Paul simplesmente se virou e saiu. Saiu sem se despedir. Na saída, pegou um exemplar de seu último livro em uma mesinha do saguão.

Desceu a Rue Bonaparte com a cabeça girando devido à mudança de data e parou na frente de uma loja de livros antigos. Entrou e saiu quinze minutos depois, após ter negociado a compra de um bilhete escrito à mão por Jane Austen, que levaria três meses para pagar.

Seguindo seu caminho, parou na doceria, avistou a garçonete e aproximou-se dela, perguntando seu nome.

— Isabelle — ela respondeu, parecendo um pouco confusa.

Paul abriu o exemplar de seu livro e escreveu na primeira página:

Para Isabelle, minha leitora fiel. Por favor, aceite meus agradecimentos e minhas desculpas por ontem.
Um abraço,
Paul Barton

Ele entregou o livro a ela, que leu a dedicatória sem expressão nenhuma no rosto, claramente sem entender.

Mas, por ser uma jovem educada, ela agradeceu a ele e depois deixou o livro sobre o balcão e voltou ao trabalho.

Ele sentiu vontade de ligar para Arthur, mas não sabia se o amigo ainda estava em Roma ou se ele e Lauren já haviam embarcado no voo para a Califórnia.

Na Rue Jacob, ele pensou em como gostaria de encontrar uma loja onde pudesse comprar um irmão ou um cuidador, ou pelo menos alugar um por algumas horas. Já podia se imaginar sozinho em seu apartamento, sucumbindo a um violento ataque de pânico. Ele pegou o carro, que havia deixado em frente ao Hotel Bel Ami, soltou uma gargalhada vazia ao notar o nome, e dirigiu na direção de Montmartre.

— Talvez minha sorte esteja mudando — murmurou para si mesmo quando encontrou uma vaga para estacionar na Rue Norvins.

Ele saiu do carro e subiu a rua.

Ela me disse para não comer no restaurante, mas não falou que eu não poderia passar por lá. Eu estaria sendo atencioso ou imprudente? Mesmo que isso a incomode, eu não vou ficar muito. Só vou entregar esse presentinho junto com os primeiros capítulos do meu livro e depois vou embora. Não, não vou deixar o livro e o presente – ela pode achar que a estou subornando para ler. Vou entrar, entregar a carta e sair. Já estará bom assim. Na verdade, será perfeito.

Paul refez seus passos, deixou o manuscrito no porta-malas do Saab e voltou com o belo envelopinho, amarrado com um laço, contendo o bilhete de Jane Austen.

Alguns minutos depois, passou pelo La Clamada, olhou pela janela e ficou paralisado.

Mia, usando um grande avental roxo, estava arrumando as mesas.

A mulher que tinha se aproximado do apartamento de Mia na noite do incidente estava na cozinha, nos fundos do salão. Ela parecia estar dando ordens a Mia.

Paul observou por um segundo e depois foi embora, cobrindo o rosto com a mão. Passando o restaurante, começou a caminhar cada vez mais rápido, sem parar até chegar à Place du Tertre.

Por que ela mentiria? Por que eu me importaria se, em vez de dona do restaurante, ela fosse apenas uma garçonete? E dizem que o ego dos homens é fraco! Será que ela pensou que eu não gostaria de ser amigo de uma garçonete? Que tipo de pessoa ela acha que eu sou? "Cozinha irresistível" uma ova! Mas, também, não é um problema tão grande, se for pensar. Eu já fingi ser outra pessoa, sob outras circunstâncias. Eu poderia muito bem entrar lá e desmascará-la agora mesmo – o que seria gratificante, porém cruel. Ou poderia não dizer nada, poderia apenas jogar verde até ela admitir por conta própria. Talvez assim seja melhor.

Ele se sentou em um banco, pegou o telefone e mandou uma mensagem para Mia.

Está tudo bem?

Mia sentiu o telefone vibrar no bolso do avental. Na noite anterior, David havia enviado três mensagens, implorando que ela ligasse de volta. Ela havia aguentado firme até então. Não cederia agora. Ajeitou os guardanapos enquanto tentava espiar dentro do bolso do avental.

— Está vendo se seu umbigo continua aí? — Daisy perguntou.

— Não!

— É o David de novo?

— Provavelmente.

— É melhor você desligar o telefone ou ler logo a mensagem antes que comece a derrubar os pratos.

Mia pegou o telefone para ler a mensagem, e sorriu enquanto digitava a resposta.

Estou bem. E você?

Tem um minuto?

Estou na cozinha.

Não vai demorar.

Tudo bem. Mas se eu te ligar, não vai contar!
Porque foi você que pediu.

Não me ligue. Estou em um banco na Place du Tertre. Sem casaco de chuva dessa vez.

Você está bem?

Sim. Pode vir até aqui?

Saio em cinco minutos.

Daisy, com uma concha na mão, observava Mia.

— Eu já volto — Mia disse de repente. — Tenho que comprar uma coisa. Precisa de algo?

— Além de uma garçonete?

— As mesas estão postas e não tem nenhum cliente — Mia respondeu, tirando o avental. — Volto em quinze minutos.

Ela se olhou no espelho que havia sobre o bar, ajeitou o cabelo e pegou a bolsa e os óculos escuros.

— Compre umas torradas — disse Daisy.

Mia recuou.

— Hum, eu não pretendia ir ao supermercado. Desculpe!

Ela caminhava com pressa, passou pelo caricaturista sem dizer "oi" e finalmente localizou o banco onde Paul estava esperando.

— O que está fazendo aqui? — ela perguntou, sentando-se ao lado dele.

— Eu vim para trazer os primeiros capítulos do meu livro para você, mas, feito um idiota, esqueci as páginas em casa. Pareceu um desperdício ir embora sem pelo menos te ver.

— É muito legal de sua parte.

— Você está com cara de cansada. Muitos pepinos no restaurante? Desculpe o trocadilho.

— Não dormi direito à noite. Tive um pesadelo.

— Um pesadelo não passa de um sonho que não foi convidado...

Mia ficou olhando para ele em silêncio.

— Por que está me olhando desse jeito? — Paul perguntou.

Porque quero te beijar agora mesmo, pelo modo como acabou de dizer aquilo...

— Por nada.

— "Passou um anjo".

É o que os franceses dizem sobre um silêncio confortável.

— Já que esqueceu de trazer os capítulos para eu ler, talvez possa pelo menos me dizer o que está acontecendo com sua cantora de ópera.

— Ela está bem. — Paul coçou o queixo. — Bem, na verdade não está. Ela está com um problema.

— Um problema sério?

— Ela quer ficar amiga do crítico. E demonstrou ser muito atenciosa com ele.

— Então o que a está impedindo?

— Talvez o fato de ainda não ter contado a ele a verdade sobre si mesma. Talvez ela não queira admitir que é apenas uma lanterninha.

— E por que isso importaria?

— É exatamente o que estou me perguntando.

— Esse tipo de atitude preconceituosa está ultrapassado.

— Imagino que sim... Mas não para todo mundo...

— Bem, se alguém ainda pensa assim, devia mudar de ideia. É injusto.

— Concordo plenamente.

— Você vai ter que arrumar um outro problema para ela.

— Enquanto isso, o crítico não tem mais nenhuma dúvida em relação à verdadeira identidade dela.

— Mas ela não sabe disso.

— É verdade, mas como ela pode ser realmente sincera com ele, quando tudo o que diz é mentira?

Mia olhou nos olhos de Paul e escorregou os óculos de sol para a ponta do nariz.

— De onde está vindo?

— Saint-Germain. Por quê?

— Então aceitou meu conselho e deu um exemplar do seu livro para aquela garçonete.

— É engraçado você ter mencionado isso. Sim, eu dei.

Mia sentiu o coração acelerar.

— E... o que ela disse?

— Ela mal me agradeceu. Ainda devia estar chateada.

— E foi só isso?

— É, a doceria estava cheia. Ela voltou ao trabalho e eu segui meu caminho.

Aliviada, Mia devolveu os óculos para o lugar.

— Não posso demorar — ela disse. — Você queria conversar sobre algo em especial? Parece um pouco chateado.

— Fui a Saint-Germain para encontrar meu editor. Eles anteciparam a data da viagem para a Coreia.

— Que ótima notícia! Você vai poder ver sua namorada em breve.

— A má notícia é o motivo da antecipação. Vou ter que participar de um programa de TV ao vivo.

— Mas isso é maravilhoso!

— Maravilhoso para outras pessoas, talvez. Mas eu sinto que estou tendo um ataque cardíaco desde que ele me falou. O que eu vou dizer? TV ao vivo é uma coisa aterrorizante!

— Quando se está na frente das câmeras, não são as palavras que importam, mas o modo como são ditas. Pouco importa o que você diz, contanto que diga com um sorriso. E, se ficar nervoso, os espectadores podem simplesmente achar encantador.

— O que você sabe sobre estar na frente de uma câmera? Até parece que já esteve na TV!

— Certo, é claro que não — Mia respondeu, tossindo de leve. — E se isso acontecesse comigo, tenho certeza de que ficaria com tanto medo quanto você. Mas estava falando do ponto de vista de um espectador.

— Aqui está — Paul disse, tirando o envelope amarrado com laço do bolso. — Isto é para você.

— O que é?

— Abra para ver. Mas tome cuidado – é frágil.

Mia tirou o pequeno bilhete do envelope e o leu.

— Um quilo e meio de cenouras, meio quilo de farinha, um pacote de açúcar, uma dúzia de ovos, meio litro de leite… — Mia leu em voz alta. — É adorável… eu acho… Isso significa que devo fazer compras para você?

— Veja a assinatura embaixo — Paul disse com um suspiro.

— Jane Austen! — Mia exclamou.

— Jane em pessoa. Sei que não é sua prosa mais elegante, mas você queria algo pessoal. Até mesmo escritores ilustres precisam comer, sabia?

Sem pensar, Mia deu um beijo no rosto de Paul.

— Foi muita gentileza sua. Não sei nem o que dizer.

— Não precisa dizer nada.

Mia segurou o bilhete nas mãos, passando a ponta dos dedos sobre a tinta.

— Quem sabe — Paul disse —, talvez esse bilhete te inspire a pensar em uma nova receita. Achei que pudesse querer emoldurar e pendurar em sua cozinha. Dessa forma, Jane Austen estaria com você enquanto cozinha.

— Ninguém nunca me deu um presente assim antes.

— O que é isso. É apenas uma listinha de compras.

— Escrita e assinada por uma das maiores escritoras inglesas de todos os tempos. Muito obrigada.

— Então você gostou mesmo?

— *Gostar* não expressa o que estou sentindo. Eu vou guardar isso para sempre!

— Fico feliz. É melhor você ir, não quero que o *plat du jour* passe do ponto por minha causa.

— Obrigada pela surpresa maravilhosa.

— Mas estamos de acordo que essa visita foi totalmente improvisada, não é? Então não conta.

— Exatamente. Não conta.

Mia se levantou e deu outro beijo no rosto de Paul antes de sair.

O caricaturista viu toda a cena.

Ele e Paul ficaram observando Mia descer a rua.

* * *

Quando ela chegou em frente ao La Clamada, seu telefone vibrou novamente.

> Seu restaurante fecha aos domingos?

> Sim.

> Sabe o que eu adoraria?

O quê?

Experimentar sua comida.

Mia mordeu o lábio.

Por que não comemos na sua casa? Sem compromisso, é claro.

Mia olhou para Daisy pela janela.

Minha colega de apartamento vai estar lá.

Melhor ainda. Um jantar a três.

Ela abriu a porta do restaurante.

Tudo bem. Eu te vejo no domingo. Você sabe o endereço. Moramos no último andar.

Até domingo!

Obrigada. Assinado: Mia Austen. ☺

— Encontrou o que estava procurando? — Daisy perguntou, saindo da cozinha.

— Precisamos conversar.

— Sim! Finalmente.

Daisy se recusou categoricamente a fazer parte do plano de Mia.

— Nem pense em me abandonar nesse momento. Não posso recebê-lo aqui, só nós dois!

— E por que não?

— Porque o clima pode ficar estranho. Pode ficar perigoso!

— Pelo que estou vendo, o clima entre vocês já está perigoso.

— Não, não está. Ele não disse e nem fez nada ambíguo.

— Não estava falando dele. E sim de você.

— É o início de uma amizade, só isso. Não superei o David ainda.

— Você nem precisa me dizer isso. Posso ver na sua cara sempre que seu celular começa a vibrar. Mas, ainda assim, precisa admitir que está envolvida em um jogo perigoso.

— Não estou envolvida em jogo nenhum, só estou vivendo minha vida. Ele é engraçado, e não está querendo me levar para a cama. Tem uma namorada em outro país. Só estamos lutando contra a solidão.

— Bem, amanhã você pode continuar sua luta sem mim.

— Eu nem sei fazer omelete direito!

— É só quebrar uns ovos e bater com um pouco de creme de leite.

— Não precisa ser cruel. Estou só te pedindo um favor.

— Não estou sendo cruel. Apenas me recuso a participar dessa farsa.

— Por que sempre presume o pior?

— Não acredito no que está dizendo! Pretende contar a verdade ao seu amigo em algum momento, não? Incorporou tanto o papel de garçonete que esqueceu quem você realmente é? O que vai fazer quando seu filme sair, quando tiver que promovê-lo com seu marido?

— Paul vai para a Coreia em breve. Provavelmente vai ficar para sempre. Quando chegar a hora, vou escrever para ele e confessar a verdade. Até lá, ele já vai estar com sua tradutora, vai estar feliz.

— A vida não é um roteiro de filme, Mia.

— Tudo bem, então acho que vou ter que cancelar.

— Você não vai cancelar nada; isso seria grosseiro. Não, imagino que vai interpretar seu papel até o fim, independentemente das consequências.

— Por que está me torturando?

— Porque sim! — Daisy gritou e saiu para atender alguns clientes que tinham acabado de entrar no restaurante.

13

Mia tinha acabado de jogar o terceiro omelete no lixo. O primeiro tinha queimado, o segundo tinha ficado sem sal e o terceiro parecia mais uma tentativa triste de fazer ovos mexidos. Como os franceses conseguiam?

Pelo menos a mesa estava bonita. Estava arrumada para três pessoas – Mia preferia fingir que Daisy dera o cano de última hora a ter que explicar sua ausência – com um buquê de flores no centro e uma cesta de pães. Assim, haveria pelo menos *algo* comestível. Seu telefone vibrou. Ela lavou a gema de ovo das mãos e dos braços, abriu a geladeira pela décima vez e rezou para que fosse Paul desmarcando o jantar.

Estou aqui embaixo.

Pode subir.

Ela deu mais uma olhada na sala e correu para abrir a janela. O cabo de resina de uma panela que ela estava usando para aquecer uma pequena quantidade de compota de maçã pré-pronta havia queimado um pouco e o cheiro estava forte.

A campainha tocou.

Paul entrou, segurando um pacote.

— Não precisava. O que é? — Mia perguntou.

— Uma vela perfumada.

— Adorável. Vou pegar um isqueiro — ela disse, pensando em Daisy com veneno.

— Parece ótimo.

— Eu queria ter trazido mais umas seis; parece que ela andou cozinhando pneus aqui dentro!

— Você falou alguma coisa?

— Não, só estava pensando em como seu apartamento é bonito. E que vista incrível!

Ela parece nervosa. Eu não devia ter me convidado. Acho melhor perguntar se ela não prefere ir a um restaurante. Talvez pudéssemos sentar do lado de fora, para aproveitar o tempo agradável. O que estou dizendo? Ela deve ter se matado a manhã inteira para cozinhar, isso só pioraria as coisas.

— Vamos começar com alguns *croissants*.

Sim, excelente ideia, vou enchê-lo de croissants *e* pains au chocolat *até ele explodir, e depois é só eu passar o aspirador de pó.*

— Eu queria te pedir desculpas. É seu único dia de folga e eu te obrigo a cozinhar e ainda por cima me servir. Foi egoísmo da minha parte, e eu me sinto péssimo. O que me diria de uma refeição tranquila em um lugar ensolarado?

— Se você prefere assim... — *Então Deus existe! Desculpe, Senhor, por todas as vezes em que duvidei de você. Amanhã, prometo, vou até a igreja acender uma vela.*

— Sei que você já teve muito trabalho, no entanto, e não quero te ofender. Na verdade, o único motivo de eu ter sugerido que saíssemos para comer foi para tentar não ser indelicado.

Dez velas! Vinte, se for preciso!

— Você que sabe. Faremos como preferir — Paul continuou.

— O clima está mesmo muito agradável hoje. Eu devia ter arrumado a mesa na varanda... — *Qual é o seu problema? Por que está dizendo isso?*

— Quer que eu leve a mesa para fora?

— Hum, que restaurante você tinha em mente? — Mia perguntou com um certo desespero.

— Qualquer um. Estou morrendo de fome.

Pegue sua bolsa antes que ele mude de ideia. Diga que ele teve uma ideia brilhante e desça as escadas correndo agora mesmo!

Naquele instante, a porta do apartamento se abriu. Mia e Paul se viraram e viram Daisy entrando com duas sacolas grandes.

— Você podia pelo menos ter me ajudado a carregar tudo isso — ela disse, colocando as sacolas sobre o balcão.

Ela tirou três pratos grandes cobertos com papel alumínio.

— Eu sou Daisy, sócia da Mia. Você deve ser o escritor sueco?

— Quase isso. Na verdade, sou americano.

— É claro. Foi o que eu quis dizer.

— O que é tudo isso? — Paul perguntou, olhando para a comida.

— *Brunch*! Mia é uma ótima cozinheira, mas eu sempre tenho que ficar servindo. Mesmo aos domingos. É uma desgraça.

— Ah, pare com isso! — Mia protestou. — A comida ainda não estava pronta. E alguém tinha que subir aqui para arrumar a mesa.

Daisy pisou no pé de Mia ao passar.

— Podemos ver o que preparou para nós? — Daisy perguntou, retirando o papel alumínio. — Tortas de cebola caramelizada e de acelga, legumes recheados assados. Se alguém ainda ficar com fome depois de tudo isso, é melhor pensar em mudar de emprego!

— O cheiro está delicioso — Paul disse a Mia.

Daisy começou a farejar o ar – uma, duas vezes. Depois da terceira cheirada, seguiu na direção da mesa, avistou a vela perfumada, fez cara feia, apagou-a e a jogou direto no lixo, sorrindo ao ver o que mais havia ali dentro.

— Hum... tudo bem então — Paul gaguejou, um pouco surpreso.

Mia olhou para ele com simpatia, sugerindo que sua sócia era meio estranha às vezes. Daisy deve ter notado a troca de olhares, porque ordenou que começassem a comer imediatamente.

Paul quis saber como as duas haviam se conhecido e se tornado amigas. Mia começou a falar sobre a primeira viagem de Daisy à Inglaterra. Daisy a interrompeu para falar sobre a primeira viagem de Mia à Provença, e o medo que ela tinha de cigarras. Contou sobre as escapadas noturnas e todas as peças que pregavam uma na outra. Paul estava ouvindo apenas pela metade, pensando constantemente em sua própria adolescência com Arthur, o colégio interno onde haviam se conhecido, a casa em Carmel...

Quando tomavam café após a refeição, foi a hora de Paul responder a todas as perguntas de Daisy. Por que ele havia se mudado para Paris, o que o fez querer começar a escrever, quais escritores mais admirava, qual era sua rotina de trabalho. Paul cooperou, respondendo de bom grado. Mia ficou praticamente em silêncio, apenas observando os dois.

Ela se levantou para tirar a mesa e foi para trás da ilha da cozinha. Um pouco depois, Paul tentou chamar sua atenção, mas ela estava olhando fixamente para a louça na pia.

Pouco depois do meio-dia, ele agradeceu às duas pelos momentos agradáveis e se despediu, parabenizando Mia pela comida incrível – certamente a melhor refeição que ele fazia havia muito tempo. Na saída, prometeu a Daisy que dedicaria um de seus capítulos à Provença. Foi Daisy que o acompanhou até a porta. Mia apenas acenou e continuou arrumando as coisas. Ele revirou os olhos e saiu.

Daisy fechou a porta e esperou alguns instantes.

— Ele é muito mais bonito ao vivo do que na foto do livro — ela disse, bocejando. — Vou tirar uma soneca. Estou exausta. Mas foi divertido, não foi? Ele pareceu mesmo gostar da minha comida. Quero dizer... da *sua* comida.

Com essas palavras, Daisy entrou no quarto e Mia também foi para o seu, e as duas amigas não disseram mais nada uma para a outra pelo resto do dia.

* * *

Deitada na cama, Mia pegou o celular e releu todas as mensagens de David.

No início da noite, vestiu uma calça jeans e um suéter leve e saiu, batendo a porta.

O táxi a deixou na Place de l'Alma. Ela se sentou do lado de fora de um café e pediu uma taça de champanhe *rosé*, que tomou de uma só vez enquanto ficava de olho no telefone. Tinha acabado de pedir mais uma taça quando a tela se acendeu. Desta vez era uma ligação, não uma mensagem. Ela hesitou antes de atender.

— O que está acontecendo? Por que estava agindo daquele jeito hoje?

— Por que *você* estava agindo daquele jeito?

Ele suspirou.

— Onde você está?

— Place de l'Alma.

— O que está fazendo aí?

— Olhando para a ponte.

— Por quê?

— Porque eu gosto. Tudo bem para você?

— E está olhando para a ponte de onde?

— De uma mesa na calçada no Chez Francis.

— Estou a caminho.

Paul apareceu quatro taças de champanhe depois. Estacionou em fila dupla e se sentou ao lado de Mia.

— Já digeriu sua refeição? — ela perguntou a ele.

— Ouça, eu não me importaria nem um pouco em saber que, na verdade, você não sabe cozinhar, e não me importaria nem um pouco em saber que você é a garçonete, e não a dona do restaurante. Mas não vou aceitar que tente me juntar com sua amiga.

Mia parecia chateada.

— Então você gosta dela ou não?

— Daisy é uma mulher linda, cheia de vida e interessante, além de ser uma cozinheira extraordinária — Paul admitiu. Depois, elevando o tom de voz: — Mas depende de mim, e apenas de mim, decidir quem eu quero ou não conhecer. Não deixo meus amigos mais antigos se meterem em minha vida particular e certamente não vou deixar você fazer isso também.

— Quer encontrá-la novamente? — Mia perguntou, atravessando a fala de Paul.

E, enquanto discutiam, seus rostos foram se aproximando até os lábios se tocarem.

Por um instante, os dois ficaram chocados.

Depois, com a voz mais calma, Paul disse a Mia:

— Odiei aquilo que aconteceu hoje na sua casa.

— Eu também.

— Criou-se uma… distância entre nós.

— Sim.

— Hoje, vou escrever uma cena em que meus personagens têm uma discussão enorme e depois fazem as pazes. Tenho material suficiente para encher dezenas de páginas.

— Então o almoço não foi uma total perda de tempo. Se quiser minha opinião, ele deveria se desculpar e admitir que estava errado.

Paul pegou a taça de Mia e secou seu conteúdo.

— Você já bebeu o suficiente, e eu estou com sede. Não me olhe com essa cara. Posso ver em seus olhos. Vou te dar uma carona para casa.

— Não, eu pego um táxi.

Paul pegou a conta sobre a mesa.

— Seis taças? Olha, veja só…

— Nem estou bêbada!

— Pare de discordar de tudo o que eu falo. Vou te levar para casa e não tem discussão.

Ele levou Mia para o carro. Ela cambaleou um pouco na calçada. Ele a colocou no banco do passageiro e assumiu a direção.

Passaram todo o caminho em silêncio até chegar na Rue Poulbot. Paul estacionou na frente do prédio e saiu.

— Você vai ficar bem? — ele perguntou, abrindo a porta para ela.

— O clima está um pouco tenso, mas já tivemos outras discussões antes. Vai passar.

— Estou perguntando se está bem para subir as escadas.

— Tomei algumas taças de champanhe. Isso não me deixa bêbada!

— Vou embora de Paris no final da semana — ele disse, olhando para o chão.

— Já?

— Eu te falei: a viagem foi antecipada. Da próxima vez, preste atenção quando os homens conversarem com você.

Mia o cutucou com o cotovelo.

— Não podemos deixar aquele almoço ser nosso último encontro.

— Quando, exatamente, você viaja?

— Sexta-feira de manhã.

— A que horas?

— O voo é às onze e meia. Podemos jantar na noite anterior, mas você deve ter que trabalhar…

— Seria um pouco triste te ver logo antes de sua partida. Que tal na quarta?

— Na quarta está ótimo. Quer conhecer algum lugar em especial?

— Sua casa. Às oito.

Mia deu um beijo no rosto de Paul, abriu a porta do prédio, virou-se, sorriu e desapareceu dentro do prédio.

* * *

O apartamento estava todo escuro. Mia praguejou quando bateu em uma cadeira, desviou por pouco da mesa de centro, trombou com um armário, recuou e finalmente conseguiu chegar ao seu quarto. Entrou debaixo das cobertas e dormiu.

* * *

Paul abriu um armário quando chegou em casa também. Hesitou entre duas malas, escolheu a menor e a colocou ao pé da cama. Durante a maior parte da noite, ficou sentado diante do computador, tentando encontrar as palavras certas. Por volta das três da manhã, mandou um e-mail para Kyong, lembrando-a do número de seu voo e da hora de sua chegada. Depois foi dormir.

* * *

Daisy estava sentada à mesa de café da manhã. Quando Mia saiu do quarto, Daisy lhe serviu uma xícara de chá e falou para ela sentar.

— O que deu em você ontem?

— Eu ia perguntar a mesma coisa.

— Quer saber por que eu apareci para te salvar? Por que passei toda a manhã de domingo cozinhando para você poder, mais uma vez, ser a maravilhosa, extraordinária Mia, que é simplesmente perfeita em tudo?

— Ah, me poupe! Você estava fazendo todo o possível para seduzi-lo. Nunca te vi agir assim.

— Vindo de uma atriz talentosa como você, vou considerar como elogio. De qualquer modo, você não queria que nos conhecêssemos?

— Sim, mas não para você ficar dando em cima dele. Fiquei segurando vela!

— Ah, coitada! A pobre estrela de cinema se dá conta de que o mundo nem sempre gira ao seu redor.

— Vamos, continue. Você sempre precisa ter razão.

— Bem, eu estava certa em relação a uma coisa. Você está longe de ser tão inocente quanto diz nesse seu joguinho. E talvez tenha começado a gostar.

— Sabe, você está começando a me irritar, Daisy.

— Você já está me irritando, Mia.

— Certo, sou capaz de perceber quando não sou desejada. Vou fazer minhas malas e ir para um hotel.

— Minha nossa, quando você vai crescer?

— Quando ficar velha como você?

— David me ligou.

— O quê?

— Posso ser três meses mais velha que você, mas aparentemente é você que está ficando surda.

— Quando ele te ligou?

— Ontem, enquanto eu fazia torta de acelga para o seu sueco.

— Pare de chamá-lo assim. O que ele queria?

— Queria me usar para te convencer a responder as mensagens dele e lhe dar mais uma chance.

— O que você disse?

— Disse que eu não era sua secretária. Disse que ele te magoou profundamente, e que ele teria que ser criativo ao extremo se quisesse te reconquistar.

— Por que eu daria mais uma chance a ele?

— Porque ele é seu marido. "Não superei o David ainda." Suas próprias palavras, como deve se lembrar, enquanto abria o coração para mim outro dia. Então. David teve um caso, teve um lance, mas é você que ele ama. Mia, você precisa colocar a cabeça no lugar. O dia em que apareceu em meu apartamento, disse que queria viver no presente e passar um tempo sozinha. Agora já fez isso. Mas seu novo amigo americano vai para a Coreia para ficar com a namorada em alguns dias, e o que você vai fazer? Continuar servindo mesas num bistrô em Montmartre? É assim que pretende fugir de sua vida? Por quanto tempo?

— Não quero voltar para Londres. Não posso. Não agora. Não me sinto preparada.

— Certo, mas pense a respeito. Se quiser salvar seu casamento, é melhor não esperar até David encontrar uma nova namorada. E não se esqueça de que você nunca teve uma tolerância muito alta para solidão. Nem tente negar. Eu te conheço há tempo demais para isso. Não posso ajudar se alguém te fizer sofrer, mas não posso ficar só olhando enquanto você sofre com seus próprios erros. Sou sua amiga, e se eu não disser nada, vou me sentir responsável.

— Então vamos para o restaurante juntas. Você pode cozinhar e eu cuido do salão. Podemos planejar nossas férias. Poderíamos passar uns dias na Grécia, só nós duas, em setembro…

— Setembro ainda está longe. Enquanto isso, vamos simplesmente desfrutar desses dois últimos dias sem brigar.

— Como assim, *dois últimos dias*?

— Contratei uma nova garçonete. Ela começa na quarta-feira.

— Por que fez isso?

— Fiz isso por você.

14

Na terça à noite, Paul programou o despertador e foi para a cama por volta da meia-noite. Às nove do dia seguinte, saiu do apartamento, parou para tomar um café, despediu-se do Bigode e foi fazer compras. A primeira parada foi na quitanda, com todas as suas cores radiantes. Em seguida, parou no açougue, na peixaria, na casa de queijos e, finalmente, na doceria. Voltando para a frente de seu prédio, ele fez um retorno na direção da adega. Escolheu duas garrafas de um *grand cru* Bordeaux, verificou a lista de compras e, finalmente, voltou para casa.

Passou o resto do dia na cozinha, arrumou a mesa às quatro da tarde, tomou um banho às cinco, vestiu-se às seis e se sentou no sofá, com um olho nos últimos capítulos de seu livro e outro no relógio.

⋆ ⋆

Mia se permitiu ficar na cama. Na noite anterior, havia comemorado seu último turno no restaurante de Daisy com alguns drinques além da conta. Ligeiramente embriagadas, as duas amigas se aventuraram pela Place du Tertre, esperando que o ar fresco as deixasse sóbrias. Sentaram no banco, conversando sobre a vida e não chegando a lugar nenhum. Só que Mia conseguiu fazer Daisy prometer que fecharia o La Clamada no fim de setembro, para que as duas pudessem passar uma semana juntas na Grécia.

Ao meio-dia, Mia foi caminhar na Place du Tertre e cumprimentou o caricaturista. Tomou café e foi ao cabeleireiro. Depois passou em uma loja e saiu com um lindo vestido primaveril. Voltou ao apartamento por volta das cinco horas e tomou um banho de banheira.

⋆ ⋆ ⋆

Às sete e meia, Paul verificou a temperatura do forno, dourou o lagostim, picou ervas frescas e as misturou à salada, cobriu as costeletas de cordeiro com uma crosta de queijo parmesão e depois foi verificar mais uma vez se não faltava nada na mesa. Em seguida, abriu uma das garrafas de vinho para deixá-lo respirar, voltou para a sala para ler, voltou para a cozinha quinze minutos depois para colocar a assadeira com o cordeiro no forno, depois foi para a sala, olhou pela janela, examinou seu reflexo no espelho, colocou a camisa para dentro da calça e mudou de ideia imediatamente, abaixou a temperatura do forno, olhou pela janela mais uma vez (debruçando-se para ter uma visão melhor da rua), resolveu arejar o cômodo, tirou a assadeira com o cordeiro do forno, sentou-se novamente no sofá, olhou o relógio, mandou uma mensagem de texto, começou a ler de novo, mandou mais uma mensagem às nove horas, apagou as velas do candelabro às nove e meia e mandou uma última mensagem de texto às dez.

* * *

— Por que não para de olhar para o telefone?

— Por nada. É força do hábito.

— Mia, olhe nos meus olhos. Eu atravessei o Canal para te reconquistar.

— Estou olhando nos seus olhos, David.

— E para onde estava indo quando toquei a campainha do apartamento da Daisy?

— Para lugar nenhum.

— Certo. Não estava indo para lugar nenhum, toda arrumada e com um novo corte de cabelo. O que deu em você para cortar o cabelo assim?

— Eu só queria mudar.

— Você não respondeu à minha pergunta. Tinha um encontro com alguém?

— Sim, estava saindo para transar com meu amante. É isso que quer que eu diga? Pelo menos assim estaríamos quites.

— Minha nossa, Mia! Eu vim aqui fazer as pazes com você.

— Você encontrou com ela de novo?

— Não, eu já te falei: estou sozinho em Londres desde que você foi embora e não pensei em ninguém além de você. Mandei tantas mensagens... mas você nunca me respondeu. Então, aqui estou... para te dizer que te amo. Que cometi um erro idiota. E que não consigo me perdoar.

— Mas quer que eu te perdoe.

— Quero que dê outra chance ao nosso casamento. O que posso dizer para te fazer entender? Não passou de um lapso. Não significou nada.

— Para você, talvez.

— Eu não estava bem. Aquelas filmagens foram difíceis para nós dois. Você parecia inacessível. Eu fui fraco. Mia, eu faria qualquer coisa para você me perdoar. Nunca mais vou te magoar. Eu juro. Se pudesse concordar em riscar esse meu erro, seguir em frente e esquecer tudo isso.

— Pressionar a tecla *delete* e fazer o passado desaparecer, como dez páginas de um manuscrito… — Mia balbuciou.

— O que você disse?

— Nada.

David beijou a mão de Mia. Ela o observou, sentindo um nó se formar em sua garganta.

Por que você causa esse efeito em mim? Por que me perco completamente quando estou com você?

— Eu pagaria por seus pensamentos.

— Estava pensando em nós.

— Vai dar mais uma chance para nós dois? Você se lembra deste hotel? Ficamos aqui na nossa primeira viagem a Paris, logo que começamos a namorar.

Mia olhou para a suíte que David havia reservado: a escrivaninha Luís XVI, cadeiras rebuscadas e uma poltrona na sala de estar, e a cama *king size* com dossel no quarto.

— Ficamos em um quarto menor na época.

— Sim, bem, já evoluímos muito — David disse, pegando-a nos braços. — Vamos ser jovens amantes de férias novamente amanhã. Podemos passear de barco pelo Sena. Podemos até ir tomar sorvete na Île de la Cité… Não consigo lembrar o nome daquele lugar, mas lembro que você adorou.

— Foi na Île Saint-Louis.

— Então vamos à Île Saint-Louis. Por favor, Mia, passe a noite comigo.

— Eu não trouxe nada.

David levou Mia até o guarda-roupa. Dentro dele, estavam pendurados três vestidos, duas saias, duas blusas, duas calças de algodão e dois suéteres com gola em V. Ele abriu as gavetas e revelou quatro conjuntos de lingerie. Depois a levou para o reluzente banheiro de mármore. Ao lado da pia, havia uma bolsa de maquiagem e uma escova de dentes.

— Peguei o primeiro avião para cá hoje de manhã e passei o dia fazendo compras para você.

— Estou cansada — ela disse. — Vamos deitar.

— Você nem tocou na comida no restaurante. Quer que eu peça algo no quarto?

— Não. Não estou com fome. Só quero dormir. E pensar.

— Pensar em quê? — David perguntou, abraçando-a. — Vamos passar essa noite juntos e amanhã começamos novamente do zero.

Mia o empurrou gentilmente para fora do banheiro e trancou a porta. Ela abriu a torneira, pegou o telefone e repassou as mensagens de texto que havia recebido naquela noite.

Está tudo pronto. Não demore!

Onde você está? A comida está esfriando.

Não se preocupe, eu compreendo se tiver que trabalhar até tarde no restaurante. Só me diga se está tudo bem.

Ela estava relendo a última mensagem de Paul pela terceira vez quando o telefone vibrou em sua mão.

Vou escrever agora. Estou desligando o telefone.

Podemos conversar amanhã. Ou não.

Era quase meia-noite. Mia desligou o telefone, tirou a roupa e entrou no chuveiro.

* * *

Paul desceu correndo as escadas, abriu a porta e respirou fundo o ar noturno. Bigode estava abaixando o portão de metal do café. Ao ouvir passos, ele se virou.

— *Monsieur* Paul, o que está fazendo aqui, andando pela calçada como uma alma perdida?

— Levando meu cachorro para passear.

— Você tem cachorro? E onde ele está, então, vagando por aí?

— Está com fome, Bigode?

— Sempre tenho espaço para alguma coisinha. Mas minha cozinha já está fechada.

— A minha não está. Venha comigo.

Ao entrar no apartamento de Paul, Bigode ficou maravilhado ao ver a mesa coberta com uma toalha branca, arrumada com elegância, com um candelabro no centro.

— Salada primavera com lagostim, costeleta de cordeiro assada com crosta de parmesão e um *gâteau Saint-Honoré* para a sobremesa… ah, e eu quase esqueci, uma seleção muito boa de queijos e uma garrafa de Sarget de Gruaud Larose 2009. Está bom assim? — Paul perguntou.

— Apenas uma pergunta antes. Esse jantar à luz de velas… você não preparou para mim, não é, *monsieur* Paul? Porque, você sabe…

— Não, Bigode. Não se preocupe. Não foi para você. E as costeletas de cordeiro devem ter passado do ponto.

— Entendido — Bigode respondeu, desdobrando o guardanapo.

Os dois ficaram lá comendo até tarde. Bigode falou de sua terra Auvergne, de onde havia saído vinte anos antes para se tornar açougueiro. Ele contou a história de seu casamento, de seu divórcio, de como comprou o primeiro café na região da Bastilha, antes de se tornar um lugar badalado – disse que nunca devia tê-lo vendido –, e depois disse como comprou o segundo café, em Belleville, novamente antes de se tornar a última moda, e finalmente sua mudança para um novo e promissor bairro.

Paul não disse nada. Ouvia as histórias de seu convidado pela metade, perdido em seus pensamentos.

Às duas horas, Bigode se levantou para sair, parabenizando Paul pela refeição incrível.

Na porta, deu um tapinha no ombro dele e suspirou.

— Você é um bom sujeito, *monsieur* Paul. Nunca li seus livros – não sou muito de ler –, mas ouvi coisas boas sobre eles. Quando voltar, vou levá-lo a um bar frequentado pelos trabalhadores noturnos. Não é um lugar conhecido, mas o *chef* cozinha muito bem. E você vai poder me contar tudo sobre a viagem.

Paul deu uma cópia de suas chaves para Bigode, admitindo a ele que não sabia quando voltaria. O dono do café acenou com a cabeça, colocou as chaves no bolso e foi embora.

15

Fazia frio naquela quinta-feira. No Sena, David contou algumas histórias sobre a primeira vez em que estiveram em Paris. Mas águas passadas não movem moinhos. Dividiram um sorvete na Île Saint-Louis e voltaram para o hotel. Fizeram amor e ficaram na cama por um tempo. Mia ficou se perguntando se aquilo seria um recomeço ou uma forma de dizer adeus.

No meio da tarde, David ligou para o *concierge* e pediu para ele reservar dois ingressos para o melhor espetáculo da cidade, assim como dois voos para Londres para o dia seguinte. Quando desligou, disse a Mia que era hora de voltar para casa. Ofereceu-se para acompanhá-la a Montmartre para pegar suas coisas.

Mia respondeu que preferia arrumar as malas sozinha. Queria se despedir de Daisy e encontraria David mais tarde. Ela prometeu que chegaria a tempo e deixou a suíte do hotel.

A limusine a deixou na Rue Poulbot. Mia pediu para o motorista esperar. Subiu as escadas até o apartamento, passando a mão lentamente no corrimão.

Quando terminou de fazer a mala, tirou o retrato de Daisy do armário, colocou-o sobre o balcão e saiu do aparamento.

⋆ ⋆ ⋆

Paul imprimiu os capítulos, colocou as páginas em uma pasta, e as guardou na mala.

Esvaziou a geladeira, fechou as persianas e verificou as torneiras. Finalmente, deu uma volta pelo apartamento, tirou o lixo e saiu para encontrar seu editor.

⋆ ⋆ ⋆

Quando saiu de Montmartre, Mia pediu para o motorista levá-la para a Rue de Bretagne.

— Poderia parar aqui um minuto? — ela perguntou quando se aproximaram do número 38.

Ela abriu o vidro e colocou a cabeça para fora. As persianas do quarto andar estavam fechadas.

Quando o motorista deu a partida no carro, ela pegou o telefone e releu a mensagem que havia recebido pela manhã.

Mia,

Joguei minha cantora de ópera na frente de um ônibus. Ela estava atravessando a rua sem prestar atenção. Fazer o quê?

Quando liguei para o restaurante, Daisy me disse que você estava bem – isso é o que importa, é claro.

Compreendo sua falta de resposta. Talvez seja melhor assim. Despedidas não fazem muito sentido.

Obrigado por todos os ótimos momentos que passamos juntos.

Cuide-se, mesmo que essa frase não faça o mínimo sentido.

Paul

Quando chegou ao hotel, Mia fingiu estar com dor de cabeça. David pediu para o *concierge* cancelar os ingressos para o teatro e solicitou que o jantar fosse servido no quarto.

* * *

Às onze da noite, Daisy se despediu dos últimos clientes. De volta ao apartamento, encontrou um retrato seu sobre o balcão da cozinha, juntamente com um bilhete.

Daisy,

Vou voltar para a Inglaterra. Não consegui reunir coragem para passar no restaurante. Tenho inveja de sua nova garçonete. Brincadeiras à parte, a verdade é que, se eu te visse, provavelmente teria mudado de ideia. Esses dias que passei com você em Paris foram como um esboço de uma nova vida para mim, uma vida que passei a amar do fundo do coração. Mas aceitei seu conselho. Vou voltar para minha antiga vida e te deixar aqui com a sua.

Ligo de Londres em alguns dias, assim que conseguir me situar novamente. Não sei se você sabia que David viria me buscar, mas, se sabia, tomou a decisão certa em não me avisar. Nunca vou conseguir te agradecer por ser uma amiga tão boa, por sempre estar presente quando preciso de você, por me enfrentar, mesmo correndo o risco de eu ficar brava, e por nunca mentir para mim. Eu menti para você – você sabe sobre o que – e ainda estou muito arrependida disso.

Este desenho seu foi feito por um caricaturista da Place du Tertre. É fácil reconhecê-lo: é um cara adorável. Quase tão adorável quanto esse seu retrato.

Já sinto sua falta.

Sua amiga, que te ama como uma irmã,
Mia
P.S.: Não se esqueça da promessa que me fez. Última semana de setembro. Grécia. Só nós duas. Eu cuido de tudo.

Daisy pegou o telefone rapidamente. Tentou ligar para Mia, mas ninguém atendeu, então mandou uma mensagem.

> Espero que sinta tanto a minha falta quanto sinto a sua. Minha nova garçonete é uma imbecil. Ela tem axilas peludas e já quebrou dois pratos. Você tem que me ligar assim que possível. Tudo bem ter uma insanidade temporária, mas não ao ponto de aceitar meu conselho! Eu imploro, nunca faça isso. Fora da cozinha, sua melhor amiga está errada sobre tudo, principalmente sobre a vida.

> Também te amo. Como uma irmã...

* * *

Na manhã seguinte, o motorista pegou a rampa de acesso para o aeroporto e parou ao lado da área de embarque. David abriu a porta e estendeu a mão para Mia. Ela estava prestes a sair do carro quando as portas do terminal se abriram. Ela tinha experiência suficiente para avistar rapidamente os *paparazzi*, e aqueles abutres nem se davam ao trabalho de se esconder. Ela viu dois deles parados na frente do balcão de *check-in*.

Seu cretino! Quem mais poderia tê-los avisado? Toda essa campanha de sedução foi só para que fôssemos vistos juntos, não foi? O passeio de barco já seria bem óbvio, mas o aeroporto...? Apenas coincidência, é claro! E eu acreditei em você de verdade, como uma verdadeira idiota...

— Você vem? — David perguntou, impaciente.

— Desculpe, pode me esperar lá dentro. Preciso ligar para Daisy primeiro.

— Posso levar suas malas?

— Não se preocupe, o motorista me ajuda com isso. Eu te encontro em cinco minutos.

— Certo, vou indo na frente para comprar alguns jornais. Mas não demore muito.

Assim que David sumiu de sua vista, Mia fechou a porta do carro e se aproximou do motorista.

— Como é o seu nome?

— Meu nome é Maurice, madame.

— Maurice, você conhece bem esse aeroporto?

— Trago passageiros aqui de quatro a seis vezes por dia, em média.

— Sabe de onde saem os voos para a Ásia?

— Terminal 2E.

— Certo, Maurice, ouça — ela disse, remexendo na bolsa. — O voo para Seul decola em quarenta e cinco minutos. Se conseguir me levar para o Terminal 2E em cinco minutos, vou te dar uma bela gorjeta.

O motorista acelerou.

— Humm... você aceita cartão de crédito? — Mia perguntou, constrangida. — Estou sem dinheiro na carteira.

— Vai pegar esse voo para a Ásia enquanto seu marido vai para Londres?

— Vou tentar.

— Então esqueça a gorjeta — ele disse, passando entre um táxi e um ônibus. — Aquele cara é insuportável.

O carro seguiu a toda velocidade e, três minutos depois, parou em frente ao Terminal 2E.

O motorista se apressou para abrir o porta-malas, tirou a bagagem de Mia e a colocou no chão.

— E o que devo fazer com isso? — ele apontou para a mala estufada de David.

— Maurice, você agora é o feliz proprietário de uma coleção inestimável de suéteres de caxemira e camisas de seda. Nem precisa agradecer!

Mia pegou sua mala e correu para a área de *check-in*.

Havia apenas uma funcionária atrás do balcão.

— Oi, preciso ir para Seul. É urgente.

A mulher franziu a testa.

— Eu já estava encerrando o voo. Receio que esteja lotado.

— Estou preparada para viajar dentro do banheiro, se for preciso.

— Por onze horas? — a mulher perguntou, levantando os olhos. — Posso colocar a senhora no voo de amanhã.

— Por favor — Mia implorou, tirando os óculos escuros.

A mulher viu o rosto dela e seus olhos se iluminaram.

— Desculpe. Mas você é…?

— Sim, sou! Você poderia, por favor, me arranjar um lugar?

— Você devia ter me dito desde o início! Tenho uma passagem de primeira classe sobrando, mas é tarifa cheia.

Mia colocou o cartão de crédito sobre a mesa.

— Qual a data do voo de volta?

— Não tenho ideia.

— Preciso de uma data.

— Daqui a uma semana… não, dez dias… ou duas semanas…

— Qual deles?

— Duas semanas! Rápido, por favor!

A mulher começou a digitar furiosamente no teclado do computador.

— Ah, não, sua mala! É tarde demais pra despachar…

Mia se ajoelhou, abriu a mala, tirou a *nécessaire* e algumas outras coisas e enfiou tudo na bolsa.

— Pode ficar com o resto!

— Sinto muito, mas não posso — a mulher disse, debruçando-se sobre o balcão.

— Pode sim!

— Em que hotel vai ficar?

— Não faço ideia.

A mulher, que já não se surpreendia com mais nada, entregou o cartão de embarque a Mia.

— Agora corra. Vou pedir para segurarem a porta para você.

Mia pegou a passagem, tirou os saltos e correu com os sapatos na mão.

Chegou à esteira rolante sem fôlego, avistou o portão, gritou para os funcionários esperarem por ela e não diminuiu o ritmo até estar a caminho do avião.

Antes de entrar no avião, ela tentou retomar a compostura e então entregou o cartão de embarque para o comissário de bordo, que a recebeu com um grande sorriso.

— Essa foi por pouco — ele disse, apontando para um assento vazio. — Você está no 2A.

Mia passou reto de seu lugar e continuou pelo corredor.

O comissário de bordo a chamou de volta, mas ela continuou até encontrar a fileira que procurava, entregar seu bilhete para o passageiro e dizer que ele havia sido promovido à primeira-classe. O homem não pensou duas vezes e abriu mão do assento.

Mia abriu o compartimento de bagagem, enfiou a bolsa entre duas malas e se jogou no assento com um grande suspiro.

Paul nem tirou os olhos da revista que estava folheando.

O comissário de bordo anunciou no interfone que as portas estavam se fechando. Foi pedido que os passageiros apertassem os cintos e desligassem os aparelhos eletrônicos.

Paul colocou a revista no bolso do assento da frente e fechou os olhos.

— Podemos conversar ou você pretende ficar de cara feia por onze horas? — Mia perguntou.

— No momento, é melhor ficarmos quietos e esperarmos a morte. Um tubo de aço gigantesco de trezentas toneladas está prestes a tentar levantar voo. E, independentemente do que diz Bernoulli, isso é contra as leis da natureza. Então, até estarmos no ar, vamos apenas respirar, manter a calma. Só isso.

— Tudo bem, então — Mia respondeu.

— Você não tem nenhum calmante, tem?

— Achei que estivéssemos estritamente proibidos de conversar.

— Valium?

— Desculpe.

— Um taco de beisebol? Qualquer objeto duro, na verdade. Se você puder me bater com alguma coisa e só me acordar quando chegarmos em terra firme, seria ideal.

— Calma. Tudo vai ficar bem.

— Então agora você é piloto?

— Me dê a mão.

— É melhor não. Está meio suada.

Mia colocou a mão sobre o pulso de Paul.

— O que você preparou para o jantar que eu perdi?

— Hum. Acho que você nunca vai saber.

— Não vai perguntar por que estou aqui?

— Não. Vou me contentar com o fato de que sua passagem deve ter custado uma fortuna. Esse barulho é normal?

— São as turbinas.

— E é normal elas fazerem tanto barulho?

— Se pretendemos decolar, sim.

— Certo. E elas estão fazendo barulho o *suficiente*?

— Estão fazendo exatamente o barulho que devem fazer.

— O que é esse *bum-bum-bum* incessante que estou ouvindo?

— Isso… deve ser o seu coração.

O avião levantou voo. Logo depois da decolagem, passou por uma área de turbulência. Paul rangeu os dentes. Escorria suor de sua testa.

— Relaxe. Não há razão para ter medo — Mia disse para tranquilizá-lo.

— O medo não precisa de razão — Paul respondeu.

Ele se arrependeu de não ter experimentado o presentinho que Cristoneli havia lhe oferecido a caminho do aeroporto: um preparado caseiro que, segundo o editor, suspenderia todas as suas preocupações por várias horas. Paul, que era tão neurótico que tinha receio até de tomar aspirina para dores de cabeça por medo que pudessem causar uma hemorragia cerebral, tinha preferido não acrescentar mais um motivo para ficar ansioso.

O avião atingiu altura de cruzeiro e a tripulação começou a se movimentar pelos corredores.

— Certo, agora os comissários já levantaram, é um bom sinal. Se eles estão andando por aí, tudo deve estar bem, não acha?

— Tudo está bem desde a decolagem e tudo vai ficar bem até pousarmos. Mas, Paul. Se continuar agarrando o braço da cadeira com tanta força pelas próximas onze horas, vamos ter que usar um alicate para te soltar.

Paul olhou para as articulações da mão completamente brancas e relaxou os dedos com cuidado.

Uma aeromoça chegou com o carrinho de bebidas. Para surpresa de Mia, Paul pediu apenas um copo de água.

— Ouvi dizer que álcool e altitude não combinam.

Mia pediu uma dose dupla de gin.

— Talvez haja uma exceção para os ingleses — Paul observou, vendo-a secar o copo.

Mia fechou os olhos e respirou fundo. Paul a observou em silêncio.

— Achei que tivéssemos concordado em não conversar — ela disse, ainda com os olhos fechados.

Paul voltou a ler a revista.

— Andei trabalhando bastante ultimamente. Minha cantora de ópera viveu umas aventuras empolgantes. Seu ex ressurgiu, por exemplo. E, naturalmente, ela voltou direto para os braços dele. Ainda preciso decidir... isso conta ou não? — ele perguntou, virando a página casualmente. — Não que eu precise saber; não é da minha conta. Só pensei em perguntar. De qualquer modo, parece que agora já foi, então vamos falar de outra coisa.

— O que pode ter inspirado essa reviravolta?

— Sou escritor. — Ele deu de ombros. — Imagino coisas. É o que eu faço. — Paul fechou a revista. — Mas o que me incomoda é vê-la infeliz. Não sei por que, mas as coisas são assim.

Uma aeromoça interrompeu a conversa deles para servir a refeição. Paul recusou e anunciou que Mia não estava com fome. Ela estava prestes a protestar, mas a mulher já havia seguido para a fileira seguinte.

— O quê? — ela exclamou. — Por que fez isso? Estou faminta!

— Eu também. Mas essas pequenas refeições não foram feitas para consumir, apenas para distrair. Você acaba passando metade do voo tentando adivinhar do que são feitas.

Paul desafivelou o cinto de segurança e levantou para pegar a mala no compartimento superior. Assim que voltou ao assento, tirou dez potinhos com fechamento hermético e os colocou sobre a mesinha de Mia.

— E o que seria isso? — ela perguntou.

— Primeiro ela me dá o cano, agora fila minha última refeição.

Mia tirou as tampas e encontrou quatro sanduíches de salmão, duas fatias de terrine de legumes, dois blocos pequenos de *foie gras*, duas saladas de batata com trufas negras e, nos últimos dois, dois *éclairs* de café. Ela ficou olhando para Paul, boquiaberta.

— Quando estava arrumando a mala, resolvi que, se fosse morrer neste voo, era melhor morrer feliz.

— Comendo por dois?

— Me dê um desconto. Eu não ia desfrutar desse banquete sozinho enquanto a pessoa ao meu lado ficaria olhando para sua comida de avião, contemplando a morte e passando fome. Isso estragaria o meu momento.

— Você realmente pensa em tudo.

— Apenas no essencial. O que mesmo assim consome a maior parte do meu tempo.

— Sua tradutora vai te buscar no aeroporto?

— Espero que sim — Paul respondeu. — Por quê?

— Por nada, eu só estava pensando… acho que poderíamos dizer que fui enviada por seus editores para te acompanhar na viagem.

— Ou podemos simplesmente dizer que somos apenas amigos.

— Você que sabe.

— E, como somos apenas amigos, talvez você pudesse explicar como diabos veio parar neste avião em vez de estar no seu restaurante.

— Humm, esse *foie gras* está delicioso. Onde você comprou?

— Por favor, responda à minha pergunta.

— Eu precisava fugir.

— Do quê?

— De mim mesma.

— Então ele realmente voltou.

— Digamos apenas que a cantora de ópera se jogou de cabeça e logo se viu em uma situação muito complicada.

— Bem, estou feliz por você estar aqui.

— Sério?

— Não. Nem um pouco. Só estava sendo educado.

— Também estou feliz por estar aqui. Sempre sonhei em conhecer Seul.

— Sério?

— Não. Nem um pouco. Só estava sendo educada.

Ao fim da refeição, Paul arrumou os recipientes e se levantou.

— Para onde está indo?

— Lavar isso.

— Está brincando?

— É claro que não. Não vou jogar meus potes fora. Vou precisar deles para a viagem de volta.

— Então não está planejando ficar na Coreia por tempo indeterminado?

— Quem sabe? Veremos.

Eles verificaram a programação de entretenimento do avião. Mia optou por uma comédia romântica e Paul, por um filme de suspense. Dez minutos depois, Paul estava assistindo ao filme de Mia e Mia ao dele. Primeiro, trocaram olhares, depois os fones de ouvido, e, finalmente, trocaram de lugar.

Paul acabou pegando no sono e Mia cuidou para que ninguém o acordasse durante o pouso. Ele abriu os olhos quando as rodas do avião tocaram o chão e ficou tenso quando o piloto acionou o reversor de empuxo. Seu pesadelo estava acabando, Mia lhe garantiu. Em alguns instantes, eles estariam saindo do avião.

Depois de passar pelo controle de passaporte, Paul pegou sua mala na esteira de bagagens e a colocou sobre um carrinho.

— A sua já saiu? — ele perguntou.

— Isso é tudo o que eu tenho — ela disse, apontando para a bolsa em seu ombro.

Paul não disse nada, distraído pela crescente expectativa. Olhou para as portas de correr à sua frente, tentando imaginar como agiria quando passasse por elas.

Um grupo de cerca de trinta leitores estava com uma faixa que dizia: "Bem-vindo, Paul Barton".

Mia colocou os óculos escuros.

— Uau. Eles sabem mesmo como fazer um cara se sentir acolhido — Paul sussurrou para Mia. — Quero dizer... contratar atores... achei um pouco exagerado...

Ele passou os olhos pela fileira de rostos à procura de Kyong, depois olhou para trás. Mia tinha desaparecido. Ele teve a impressão de vê-la passando pela barreira do desembarque e se misturando à multidão.

O grupo correu na direção dele, com cadernos e canetas na mão, implorando por autógrafos. Constrangido a princípio, Paul autografou de maneira cortês até a chegada de um homem que ele supôs ser seu editor coreano, dispersando a multidão de fãs e apertando sua mão calorosamente.

— Bem-vindo a Seul, sr. Barton. É uma honra recebê-lo em solo coreano.

— A honra é toda minha — Paul respondeu, continuando a olhar para a multidão. — Sério, não era necessário.

— O que não era necessário? — o editor perguntou.

— Todas essas pessoas, é um pouco...

— Tentamos manter todos afastados, mas você é muito popular por aqui. E eles sabiam que estava chegando. Na verdade, estão esperando aqui há mais de três horas.

— Mas... por quê?

— Para vê-lo, é claro. Acompanhe-me, tenho um carro esperando para levá-lo ao hotel. Imagino que esteja exausto depois da longa viagem.

Mia se juntou a eles do lado de fora do terminal.

— Essa moça está com você? — o editor perguntou.

Mia se apresentou.

— Srta. Grinberg. Assistente do sr. Barton.

— Muito prazer em conhecê-la, srta. Grinberg — o editor respondeu. — Receio que o sr. Cristoneli tenha se esquecido de nos notificar de sua presença.

— O escritório do sr. Barton cuidou diretamente de minha viagem — ela explicou.

Paul ficou atônito diante da facilidade com que ela adotou uma nova identidade. O editor abriu a porta do carro e fez sinal para que os dois entrassem no banco de trás. Paul olhou mais uma vez para a calçada vazia.

O carro seguiu na direção do centro da cidade.

Paul ficou olhando fixamente para a paisagem que passava em sua janela. Kyong não havia ido ao aeroporto.

— Vai haver um pequeno jantar hoje à noite — o editor anunciou. — Além de nós, estarão presentes alguns funcionários da editora, incluindo nosso diretor de marketing, sua assessora de imprensa, srta. Bak, e o gerente da livraria onde vai autografar os livros. Não se preocupe, vamos fazer o possível para que seja algo rápido. Afinal, você precisa descansar um pouco. Os próximos dias vão ser frenéticos. Esta é nossa programação — ele disse, passando um envelope a Mia. — Srta. Grinberg, vai ficar no mesmo hotel do sr. Barton?

— É claro que sim — Mia respondeu, olhando para Paul.

Paul sentia a conversa fluir à sua volta como água ao redor de uma pedra. Talvez a presença do chefe de Kyong tivesse impedido sua vinda.

Mia deu um tapinha no joelho dele para trazê-lo de volta à terra.

— Paul — ela disse —, seu editor está perguntando se fez boa viagem.

— Pode-se dizer que sim. Ainda estou inteiro, ainda bem!

O editor abriu um pequeno sorriso pelo espelho retrovisor.

— Temos grandes expectativas para o programa de televisão de que vai participar amanhã. Também temos outro evento importante: o embaixador está organizando uma recepção em sua homenagem na segunda-feira. Estarão presentes alguns jornalistas e também alguns acadêmicos da universidade. Vou informar ao secretário da embaixada sobre a presença de sua colega.

— Por favor, não se preocupe com isso — Mia disse. — O sr. Barton pode ir sem mim.

— É claro que não. Ficaremos felizes em recebê-la também. Não é, sr. Barton?

Paul, com o rosto colado no vidro, não respondeu. Como Kyong se comportaria no jantar? Será que ele deveria manter certa distância para não a constranger na frente de seu empregador?

Mia o cutucou discretamente com o cotovelo.

— Desculpe. Pois não? — Paul perguntou.

Presumindo que o autor estivesse muito cansado, o editor ficou em silêncio até chegarem ao hotel.

O carro parou sob a cobertura. Uma jovem saiu para recebê-los.

— A srta. Bak vai ajudá-lo com o registro no hotel e acompanhá-lo até o restaurante onde nos encontraremos à noite. Enquanto isso, espero que consiga recarregar as baterias. Tchau, vejo vocês mais tarde.

O editor voltou para o carro e foi embora.

A srta. Bak pediu os passaportes de Paul e Mia e solicitou que a acompanhassem até o balcão da recepção. Um carregador pegou a mala de Paul.

O recepcionista corou quando viu Paul.

— É uma grande honra, sr. Barton — ele sussurrou. — Li todos os seus livros.

— Obrigado, é muita gentileza sua — Paul respondeu.

— Srta. Grinberg, não consigo encontrar sua reserva — ele disse, desculpando-se. — Tem o número da confirmação?

— Não, eu não estou com ele aqui — disse Mia.

O recepcionista começou a procurar no computador, ficando ainda mais constrangido quando a srta. Bak lembrou a ele que o sr. Barton estava vindo de uma viagem longa e que eles estavam perdendo um tempo precioso.

Recuperando a presença de espírito, Paul se encostou no balcão.

— Deve ter havido algum engano — ele disse. — Não se preocupe, essas coisas acontecem. Pode nos dar qualquer quarto.

— Mas, sr. Barton, o hotel está completamente lotado. Eu poderia tentar encontrar acomodações em outro hotel, mas, com a Feira Literária, receio que estejam todos cheios também.

Mia ficou olhando para o nada.

— Tudo bem, não se preocupe — Paul disse de maneira jovial. — A srta. Grinberg e eu trabalhamos juntos há muitos anos. Podemos muito bem dividir um quarto. Com duas camas.

— Mas não temos nenhum. Colocamos o senhor em uma suíte, mas ela só tem uma cama. É uma cama bem grande, no entanto: *king size*!

A srta. Bak parecia estar prestes a desmaiar. Paul a levou para um canto.

— Já voou de avião, srta. Bak?

— Nunca, sr. Barton, nunca. Por quê?

— Porque eu acabei de voar e vou dizer uma coisa: depois de onze horas excruciantes a trinta mil pés do chão, com apenas uma frágil chapa de metal entre mim e o nada, seria preciso muito mais do que isso para me aborrecer. Nós dois podemos dividir a suíte. Apenas, por favor, não diga nada sobre isso a seu chefe. Na verdade, não diga a ninguém. Você só precisa se certificar de que esse jovem esqueça que a srta. Grinberg esteve aqui hoje. Esse pode ser nosso segredinho.

A srta. Bak engoliu em seco e seu rosto pareceu recuperar a cor normal.

— Duas chaves, por favor — Paul disse ao recepcionista. Depois, virando-se para Mia, perguntou com ironia: — Podemos subir, então, srta. Grinberg?

Nenhuma palavra foi trocada no elevador, nem no longo corredor que levava ao quarto, e também nenhum pio quando o carregador deixou a mala de Paul e saiu.

— Sinto muito — disse Mia. — Nem me passou pela cabeça…

Paul deitou no sofá, com as pernas penduradas sobre um dos braços.

— Certo, assim não vai dar... — ele suspirou, levantando-se.

Pegou uma almofada, colocou-a sobre o tapete, e se deitou.

— E assim também não — ele disse, passando a mão na lombar.

Ele abriu a porta do armário, ficou na ponta dos pés, pegou dois travesseiros compridos e os colocou no meio da cama.

— Lado direito ou esquerdo? — ele perguntou.

— Deve ter uma pousada com quarto vago em algum lugar. A cidade inteira não pode estar ocupada, pode? — Mia exclamou.

— É claro. É só olharmos uns anúncios em coreano. Deve ser bem fácil. Veja, nosso esquema pode funcionar se estabelecermos algumas regras. Você pode usar o banheiro primeiro de manhã e eu uso primeiro à noite. O controle remoto é todo seu, carta branca com a TV, contanto que não seja o canal de esportes. É melhor você usar protetor de ouvido. Acho que não ronco, mas é melhor prevenir, e eu gostaria de manter um pingo de dignidade. Se eu falar dormindo, nada que eu disser poderá ser usado contra mim no tribunal. É só seguirmos esses passos e acho que vai dar certo. Já tenho muito para me preocupar e não quero acrescentar mais complicações. E, por sinal, o que deu na sua cabeça para dizer que era minha *assistente*? Tenho cara de alguém que tem assistente?

— Sei lá. Como é a cara de alguém que tem assistente?

— Vamos fazer uma pesquisa. Eu nunca tive um assistente pessoal. Você já? Achei mesmo que não. Espero que tenha trazido pelo menos uma escova de dentes, porque não vou compartilhar a minha de jeito nenhum. O creme dental eu empresto — Paul resmungou, andando de um lado para o outro no quarto —, mas a escova de dentes já seria demais.

— Por favor, acalme-se, Paul... Sei que está nervoso. Você vai ver a Kyong no jantar.

— Junto com mais dezenas de pessoas! Essa viagem está sendo um inferno desde o princípio. Tenho que chamar minha amiga de "srta. Grinberg" e a mulher que amo de "srta. Kyong". É simplesmente... *maravilindo*, como diria meu editor.

— Obrigada — Mia disse, deitando-se na cama.

— Por quê?

— Por me chamar de amiga... É comovente.

Ela deitou com as mãos atrás da cabeça, olhando para o teto. Paul a observou.

— Então devo considerar que quer ficar do lado esquerdo.

Mia passou por cima dos travesseiros que dividiam a cama, pulou várias vezes do lado direito e depois voltou para o outro.

— Sim. Quero o esquerdo — ela concluiu.

— Tinha que quebrar a cama para decidir?

— Não, mas foi divertido. Então tiramos no palitinho para ver quem usa primeiro o banheiro? Os privilégios no período da tarde ficaram indefinidos.

Paul deu de ombros e indicou que ela poderia usá-lo naquele momento. Enquanto ela estava lá dentro, ele desfez a mala e pendurou as roupas no armário, escondendo as cuecas e meias sob uma pilha de camisas.

Mia reapareceu meia hora depois, usando um roupão de banho, com uma toalha enrolada na cabeça.

— O que estava fazendo, contando os azulejos do banheiro? — Paul perguntou com sarcasmo.

Quando ele entrou no banho, Mia gritou para ele do quarto.

— Saída do hotel às onze horas da manhã; cerimônia de abertura da feira do livro ao meio-dia; sessão de autógrafos à uma hora; intervalo para o almoço das duas e quinze às duas e meia; sessão de autógrafos das duas e meia às cinco horas; retorno ao hotel; saída para o estúdio de televisão às seis e meia; maquiagem às sete; no ar às sete e meia; o programa termina às nove horas; jantar, e só…

Uau. E eu reclamo da programação dos meus filmes!

— O que foi? — Paul perguntou.

— Como uma boa assistente, estava lendo seu cronograma para amanhã.

Paul saiu do banheiro enrolado na toalha.

Mia caiu na gargalhada.

— Qual é a graça?

— Você está parecendo um faquir.

— Eu ouvi você dizer que eu só tenho quinze minutos para almoçar?

— Bem-vindo ao mundo das celebridades. A multidão no aeroporto foi impressionante, e o recepcionista do hotel realmente não cabia dentro de si. Devo dizer, estou muito orgulhosa de você.

— Tinha mais gente me esperando na saída do aeroporto do que nas minhas sessões de autógrafos; aquelas pessoas foram contratadas para agir como fãs.

— Não seja tão modesto. E vá logo se vestir. Você não fica bem de tanga.

Paul abriu a porta do guarda-roupa e se olhou no espelho.

— Está brincando? Acho que ficou ótimo! Talvez eu devesse aparecer na TV assim. — Ao mencionar a TV, a voz dele falhou.

Mia foi até onde estava Paul, examinou o conteúdo de seu guarda-roupa e pegou calças cinza, um blazer preto e uma camisa branca.

— Aqui está — ela disse, entregando as roupas a ele. — Vai ficar ótimo.

— Estava pensando em usar azul.

— Não, não vai ficar bom em seu estado atual. A camisa deve ser mais clara do que sua pele. Talvez depois de uma ou duas noites de descanso, possa tentar o azul.

Abrindo a bolsa, ela viu que as poucas roupas que havia levado estavam completamente amassadas.

— Parece que vou ter que ficar aqui e pedir serviço de quarto — ela suspirou, jogando as roupas no chão.

— Exatamente quanto tempo temos, srta. Grinberg, antes do início do jantar? — Paul perguntou com sua voz mais pretenciosa.

— Duas horas, sr. Barton. E não comece a gostar desse nosso pequeno arranjo ou vou entregar minha carta de demissão tão rápido que sua cabeça vai girar.

— Vista-se, srta. Grinberg. E, por favor, mantenha um tom respeitoso com seu empregador.

— Aonde vamos?

— Vamos conhecer Seul. É a única coisa em que consigo pensar para nos manter conscientes até a hora desse jantar idiota.

Eles desceram para o saguão. Ao vê-los saindo do elevador, a srta. Bak se levantou e ficou em posição de alerta.

Paul disse a ela o que tinha em mente. Ela se curvou e indicou o caminho.

Mia se surpreendeu quando se viu caminhando por uma rua sem atrações turísticas à vista, e sua confusão aumentou ainda mais quando a srta. Bak os levou a um shopping center. Paul a acompanhou obedientemente e todos subiram por uma escada rolante.

— Posso perguntar o que estamos fazendo aqui? — Mia questionou.

— Não, não pode — Paul respondeu.

No terceiro andar, a srta. Bak apontou para uma vitrine. Ficou na entrada e disse para Paul chamá-la se precisasse de alguma coisa. Paul entrou e Mia foi atrás.

— É uma boa ideia comprar um vestido para Kyong, mas acho que ela ia preferir algo de Paris!

— Eu sei. Nem pensei nisso.

— Vamos tentar compensar por isso agora mesmo. Sabe o tamanho ou as medidas dela?

— Eu diria que são os mesmos que os seus, mais ou menos.

— Sério? — *Imaginei que fosse mais baixa, e um pouco mais gordinha, para ser sincera...*

Mia deu uma olhada na loja e seguiu na direção de algumas prateleiras.

— Essa saia é bonita. Essa calça também. Tem uma blusa linda ali, e... ah, tem mais essa. Três suéteres perfeitos... facinho, facinho e, aqui está, um lindo vestido de festa.

— Você deve ter sido figurinista em outra vida — Paul disse, surpreso com a velocidade com que Mia escolheu os itens.

— Ah, até parece — ela respondeu. — Apenas tenho bom gosto.

Paul pegou todas as roupas que Mia tinha escolhido e as levou para um dos provadores.

— Agora, se não se importa... — ele disse, abrindo a cortina.

— Ah, as coisas que uma boa assistente não faz pelo chefe — Mia disse, pegando as roupas.

Ela entrou no provador, fechou a cortina e saiu alguns minutos depois, usando a primeira roupa. Girou como uma modelo, com um sorriso falso no rosto.

— Lindo, perfeito — disse Paul. — Vamos ver o próximo.

Mia experimentou outra roupa com relutância.

Paul olhou, indeciso, quando Mia voltou ao provador e saiu vestindo outro suéter. Ele foi pegar um vestido preto de que tinha gostado muito e o passou a ela por cima da cortina.

— Não acha um pouco justo — Mia perguntou.

— Experimente. Vamos ver.

— Na verdade, é... lindo. Você estava certo — Mia admitiu, saindo do provador.

— Eu sei. Está vendo. Você não é a única com bom gosto.

Depois de mais uma troca de roupas, Paul encontrou os trajes perfeitos. Enquanto Mia se vestia, ele foi até o balcão para pagar, depois voltou a se encontrar com a srta. Bak na entrada da loja. Mia saiu do provador e os observou de longe.

— Minha nossa, quem ele pensa que é? Encontrou alguns fãs esperando por ele no aeroporto e a fama lhe subiu à cabeça? Quer bancar o superastro, meu amigo? Eu vou te mostrar uma coisa — ela murmurou enquanto ia até eles.

— Vamos voltar ao hotel? — ele perguntou.

— Um "obrigado" não faria mal.

— Obrigado — disse Paul, subindo na escada rolante.

— Está esperando encantar sua tradutora com dois vestidos? — Mia perguntou.

— Sem contar uma saia, três suéteres, duas calças e duas blusas.

— Uma miniatura da Torre Eiffel daria conta do recado. Pelo menos não pareceria que você se esqueceu de trazer um presente e comprou de última hora.

Eles voltaram para o hotel sem trocar mais nenhuma palavra. Paul se deitou do lado direito da cama, com as mãos atrás da cabeça.

— Vai deitar de sapato? Sério! — Mia gritou.

— Eles nem estão encostando no edredom.

— Tire os sapatos.

— A que horas eles vão passar para nos buscar?

— Quer saber? Você pode muito bem levantar e verificar seu roteiro.

— Esse é um termo engraçado. Quem sou eu, um astro do cinema?

— Uma reles garçonete não pode usar esse termo?

— Uau! Calma. Eu que devia estar nervoso, não você.

— Eu, eu, eu – ...Você só fala disso desde que chegamos aqui! Pode ficar nervoso sozinho. E pode ir sozinho a esse jantar também. Eu não tenho nada para vestir, então vou ter que me ausentar.

— Na verdade, eu diria que você tem muitas opções. Comprei aquelas roupas para você. Acha mesmo que eu pretendia seduzir Kyong enchendo-a de presentes? Isso seria... vulgar. Acha que eu faria uma coisa dessas?

Não. David faria uma coisa dessas...

— Bem, foi muita gentileza sua, mas eu não posso aceitar. Não tenho motivos para...

— Sim, tem, e acabou de admitir. Você não vai usar as mesmas roupas durante toda a viagem, vai?

— Vou sair para comprar algumas coisas amanhã.

— Mia, o que é isso?! Comprar a passagem de avião já não foi loucura o bastante? Quero dizer... você segurou na minha mão no avião, na minha mão suada, e me salvou no carro lidando com meu editor tagarela. Se não fosse por você, eu estaria uma pilha de nervos agora, em posição fetal em uma suíte sombria de um hotel sombrio em uma cidade estrangeira do outro lado do mundo. Eu comprei as roupas porque eu quis. Pendure do seu lado do armário, escolha algo para usar, mas deixe o vestido preto para a embaixada.

— Insisto em pagar por elas. Devem ter custado uma fortuna.

— Não fui eu que paguei, foi Cristoneli. Arranquei um adiantamento astronômico dele antes de concordar com essa viagem.

Mia levou uma das sacolas para o banheiro.

— Deixo você guardar o resto. Parece que preciso me arrumar.

Quando ela saiu, meia hora depois, Paul achou que estava mais bonita do que na loja, e quase sem nenhuma maquiagem.

— E então? — ela perguntou.

Maravilhosa.

— Nada mal. Essa roupa ficou bem em você.

Como assim, "nada mal"?

— Não acha a saia curta demais?

Essa saia está fazendo minha cabeça girar!

— Não. Está ótima.

Sabe quantos homens jogariam a avó na frente de um ônibus para passar um minuto sozinhos comigo em um quarto de hotel? E tudo o que me diz é "nada mal"?

— Mas a blusa... Não é muito decotada?

Um centímetro a mais e você causaria tumulto...

— Nem tinha notado. Sério, acho que essa roupa está ótima.

Rá! Espere até ver a cara de sua tradutora quando colocar os olhos em mim, então veremos quem não está "nada mal"!

— Se está dizendo, eu acredito.

— *Qual é o seu problema?*

— Você disse alguma coisa?

— Não! Não disse nada.

Paul fez sinal de "joia" e entrou no banheiro para se arrumar.

* * *

Quando entrou no restaurante, Paul sentiu o pulso acelerar. Antes de saírem do hotel, Mia havia lhe dado alguns conselhos sobre como se comportar em situações como aquela. "Não faça nada que possa constranger Kyong na frente de seus empregadores, deixe que ela dê o primeiro passo e espere com cautela a hora certa de expressar seus sentimentos. Se estiverem sentados um ao lado do outro e tocar na mão dela for muito óbvio, um contato de leve entre joelhos deve bastar para tranquilizá-la."

E, caso ele acabasse não conseguindo se aproximar dela sem levantar suspeitas, Paul havia deixado um bilhete para Mia entregar a Kyong no fim do jantar.

Quando todos os convidados estavam em seus lugares à mesa, Paul e Mia trocaram olhares. Aparentemente, Kyong não havia sido convidada.

Uma série de brindes em homenagem a Paul deu início à noite. O diretor de marketing da editora coreana disse que estava pensando em publicar todas as obras de Paul em uma coleção voltada para estudantes. Ele queria saber se Paul concordaria em escrever um prefácio explicando por que havia dedicado o trabalho de sua vida a uma causa tão desafiadora. Paul se perguntou se o homem estava zombando dele, mas o inglês do diretor de marketing estava longe de ser perfeito, e no final ele preferiu simplesmente sorrir. O chefe de publicidade lhe mostrou a capa de seu último livro, apontando com orgulho a cinta com o anúncio em letras vermelhas: "300 mil exemplares vendidos". Um número extraordinário para um autor estrangeiro, acrescentou o editor. O gerente da livraria confirmou que não houve um dia em que não tivesse vendido vários exemplares do livro. A srta. Bak aguardou pacientemente até recitar a lista de entrevistas que Paul teria que dar. A emissora de televisão havia negociado exclusividade até que o programa fosse ao ar, mas depois disso ele daria entrevistas para o jornal diário *The Chosun Ilbo*, assim como para a *Elle Coreia*, participaria de uma transmissão ao vivo de uma hora na rádio KBS, daria uma entrevista exclusiva para um jornalista da *Movie Week* e teria uma reunião mais delicada com o jornal radical *Hankyoreh*, o único a apoiar o governo no diálogo político com a Coreia do Norte. Quando Paul perguntou por que o *Hankyoreh* queria entrevistá-lo, todos os presentes riram. Ele não estava no clima para piadas, e seu estado aturdido destoava da vivacidade de seus companheiros. Mia foi em seu resgate, fazendo muitas perguntas sobre Seul – o clima durante o ano, os melhores lugares para visitar e assim por diante. Ela iniciou uma conversa sobre cinema coreano com o editor de Paul, que ficou surpreso com seu conhecimento a respeito do assunto. Ela aproveitou a recém-descoberta proximidade para sugerir discretamente que ele encerrasse a noite, pois o sr. Barton estava exausto.

De volta ao hotel, Paul pulou direto na cama. Ajeitou o travesseiro comprido que o separava de Mia e apagou a luminária da mesa de cabeceira antes mesmo que ela saísse do banheiro.

Mia entrou debaixo dos lençóis e esperou alguns instantes.

— Está dormindo?

— Não. Estava esperando você me fazer essa pergunta antes de pegar no sono.

— Ela vai ligar amanhã, tenho certeza.

— Como pode ter tanta certeza? Ela nem deixou uma mensagem para mim no hotel.

— Ela avisou no e-mail que estaria muito ocupada. Às vezes o trabalho domina a ponto de não dar para fazer mais nada.

Paul levantou a cabeça e espiou sobre o travesseiro.

— Bastava uma mensagem curta; é pedir muito? Até parece que ela foi nomeada ministra da cultura. Por que está arrumando desculpas para ela?

— Porque… me incomoda te ver infeliz — Mia respondeu, sentando-se. — Não sei por que, mas as coisas são assim.

— Lá vem você de novo, roubando minhas falas.

— Sabe de uma coisa? Por que não cala a boca?

No silêncio que se seguiu, os rostos deles foram ficando cada vez mais próximos… até se juntarem, no que poderia ser descrito como um momento de ternura infinita.

— Me diga que o beijo não foi apenas por pena — Paul questionou.

— Já tomou um tapa logo depois de um beijo?

— Não. Pelo menos não ainda.

Mia pressionou os lábios nos dele e lhe desejou boa-noite. Depois ajeitou o travesseiro comprido e apagou a luminária.

— Uma pergunta… isso conta? — Paul perguntou na escuridão.

— Ah, vá dormir! — Mia respondeu.

16

Mia havia se divertido muito bancando a assistente perfeita e estava gostando de chamar Paul de "sr. Barton" sempre que falava com ele. Paul não estava achando tanta graça.

Ela se afastou durante a abertura da Feira Literária, quando chegaram os fotógrafos. Era bom não estar no centro das atenções, para variar.

Trezentas pessoas formaram uma fila que terminava do lado de fora da livraria e descia a rua. A escala da recepção fez Mia se lembrar de sua própria carreira – e de Creston, apenas mais um lembrete de que devia ter ligado para ele havia muito tempo. Ele devia estar muito preocupado. Ela tentou inventar uma mentira que ocultasse seu paradeiro, mas aquilo teria que esperar. Ela não tinha ligado o celular desde que pegara o avião – e ainda não estava pronta para isso.

Sentado atrás de uma mesa, Paul sorria e recebia o fluxo aparentemente infinito de leitores, esforçando-se o tempo todo para escrever, e até mesmo compreender, o nome daqueles que se apresentavam. O livreiro se abaixou e pediu desculpas. Era lamentável que sua tradutora estivesse indisposta e não tivesse podido comparecer.

— Sério? O que Kyong tem? — Paul sussurrou.

— Não, eu disse que sua tradutora ficou doente.

— Não foi o que eu disse?

— Não, não. O nome de sua tradutora é Eun-Jeong.

Um aumento repentino na multidão colocou fim na conversa deles. Paul permaneceu paralisado, em choque, enquanto os seguranças tiravam alguns fãs do prédio e organizavam o público em fila mais uma vez.

O intervalo para o almoço foi estendido por ordens de Mia. O sr. Barton precisava descansar. Paul foi levado para a lanchonete da livraria, que tinha sido fechada apenas para ele. Seus olhos corriam de um lado para o outro em busca do livreiro, sem sucesso.

— Você parece preocupado — Mia disse.

— Não estou acostumado com tanta gente em uma sessão de autógrafos. Então, sim, estou nervoso. E exausto.

— É compreensível. Você nem tocou na comida. Coma algo. Vai precisar de energia para a segunda rodada. Você já se deu conta de como tudo isso é maravilhoso para sua carreira? Seus leitores estão radiantes por te conhecer. Até eu estou emocionada. Tente sorrir um pouco mais, embora eu saiba que é cansativo. A maior recompensa que podemos receber é o amor de nossos fãs. Isso dá sentido ao nosso trabalho… a tudo que cedemos aos outros. O que poderia ser mais gratificante do que compartilhar essa alegria?

— E você tem muita experiência com esse tipo de coisa?

— É claro que não, não foi isso que eu quis dizer.

— Só estou dizendo que nunca passei por nada parecido com isso na vida.

— Bem, talvez tenha que se acostumar.

— Acho que não. Não sei se isso é para mim. Não saí da Califórnia para passar pela mesma coisa no exterior. Quero dizer… é uma experiência agradável, e estou emocionado, mas… certamente não sirvo para ser famoso.

— Qualquer um pode ser famoso. Acredite, vai pegar gosto pela coisa bem rápido.

— Eu não sei — Paul respondeu em tom chateado.

— Ainda não teve notícias dela? — Mia perguntou casualmente.

— Nem sinal.

— Ela vai aparecer. E vai ser logo.

Paul olhou para ela.

— Mia, a respeito de ontem à noite…

— Sinto muito, é hora de receber seu público dedicado e adorável mais uma vez — Mia interrompeu, levantando-se.

Os seguranças acompanharam Paul de volta à mesa de autógrafos e Mia ficou na lanchonete. Instantes depois, uma jovem fã passou correndo e roubou o copo em que Paul estava bebendo.

Você parece tão impotente diante de seu próprio sucesso, Mia pensou. *E tão profundamente sincero quando diz que não deseja a fama. E ainda por cima teve que me conhecer, dentre tantas pessoas… Isso me fez pensar se duas pessoas como nós podem ser realmente compatíveis…*

Pouco a pouco, a livraria foi esvaziando. O último leitor tirou mais uma *selfie* com Paul, que deu o último sorriso do dia. Ele ouviu os ossos estalarem quando se levantou lentamente da cadeira.

— É o preço da fama — disse o gerente da livraria, quando se aproximou pra agradecer Paul.

Mia estava esperando por ele perto da saída, com a srta. Bak.

— Quem exatamente é essa srta. Jung que mencionou antes? — Paul perguntou.

— Eun-Jeong — o homem o corrigiu. — Como eu disse: ela traduz seus livros. Seu sucesso se deve, em parte, a ela. Não a conheço, mas dá para ver que ela tem muito jeito com as palavras.

— Kyong. O nome de minha tradutora é Kyong! — Paul protestou. — Acho que não erraria uma coisa dessas.

— O nome dela pode ter sido transliterado de maneira errada em inglês – nossa língua tem muitas nuances –, mas posso garantir que ela se chama Eun-Jeong. Está escrito na capa de todos os seus livros. Em coreano, é claro. Sinto muito por ela não ter podido estar aqui hoje. Teria ficado tão orgulhosa.

— O que aconteceu com ela?

— Ela pegou uma gripe forte, eu acho. Mas é hora de ir: seu dia está longe de acabar, e seu editor vai ficar furioso comigo se não o liberar logo.

Uma limusine os levou de volta ao hotel. A srta. Bak estava sentada no banco do carona. Paul não disse nada e Mia começou a ficar preocupada.

— Diga-me qual é o problema — ela sussurrou para ele.

Paul apertou um botão e a divisória de vidro que os separava do motorista e da srta. Bak subiu.

— Hum. Veja só! Talvez eu possa me acostumar a isso…

— Paul!

— Ela está doente. Uma gripe forte, aparentemente.

— Ah, é uma boa notícia. Não para ela, obviamente, mas pelo menos explicaria sua ausência e a falta de contato. Agora, pense numa coisa, quanto tempo dura um caso grave de gripe? Uma semana? Mais? Quando ela ficou doente?

— Como eu vou saber?

— Achei que você tinha perguntado. Devia ter questionado sobre ela, sabendo que estava doente.

— Não. Eu não perguntei nada. Foi o cara da livraria que me falou. Era para ela ter estado lá hoje.

— E o que mais ele falou?

— Nada, ele não deve saber nada além disso.

— Então vamos ser otimistas e esperar que ela esteja de pé em alguns dias... *Aquele pé grande e feio... horrível e gigantesco, na verdade...*

— Você está balbuciando.

— Eu nunca balbucio. É uma coisa que nunca fiz na vida.

Mia se virou para a janela e ficou olhando a paisagem.

— Esqueça Kyong, pelo menos por uma noite... — *Ou simplesmente esqueça dela, ponto final!* — Você precisa se concentrar é na sua primeira aparição na televisão.

— Não quero fazer isso. Já cansei de tudo. Só quero voltar para o hotel, pedir serviço de quarto e ir para a cama.

Nem me fale...

— Paul, não seja infantil. Estamos falando da sua carreira. Recomponha-se e aja como um profissional. O show deve continuar.

— Era para você fingir ser minha assistente, e não minha chefe.

— Ah, então eu só estou fingindo? — Mia disse, irritada, virando-se para ele.

— Desculpe, estou nervoso. Estou falando bobagens. Eu devia ficar de boca fechada.

— Uma vez, depois de ouvir uma jovem atriz dizer que nunca teve medo do palco, Sarah Bernhardt disse: "Não se preocupe, isso vem junto com o talento".

— Devo considerar um elogio?

— Considere como quiser. Lá está o hotel. Você devia tomar um banho de banheira; isso lhe faria muito bem. Depois, troque de roupa e não pense em nada além de seus personagens, seus amigos... as coisas que te tranquilizam. Não dá para ignorar o nervosismo, mas é possível se esforçar para dominá-lo. Assim que você chegar ao estúdio, ele vai desaparecer.

— Não sei como você sabe de tudo isso — Paul disse.

— Eu simplesmente sei. Confie em mim.

Paul ficou um bom tempo desfrutando da água quente e cheia de espuma. Vestiu o terno e a camisa branca que Mia havia escolhido para ele. As câmeras odiavam azul, ele estava aprendendo, e homens de azul tinham menos presença na televisão. Mia disse que todo mundo sabia disso. Por volta das seis horas da tarde, ela pediu um lanche e Paul se obrigou a colocar algo no estômago. Ela então o fez decorar uma pequena apresentação, lembrando de agradecer a seus leitores coreanos, dizendo o quanto estava emocionado com a calorosa recepção, como Seul era uma cidade maravilhosa, mesmo não tendo tido tempo de conhecê-la por inteiro ainda e, é claro, dizendo que estava muito contente por visitar o país. Paul repetia as frases como um papagaio, com os olhos fixos no relógio da televisão enquanto contava os minutos. E conforme o tempo passava, sua ansiedade crescia, deixando seu estômago embrulhado.

Às seis e meia, eles estavam prontos e esperando na limusine, conforme o programado.

No meio do caminho, Paul bateu de repente na divisória de vidro e implorou para o motorista parar o carro.

Ele saiu às pressas e vomitou o lanche. Mia segurou em seus ombros. Quando os espasmos se acalmaram, entregou a ele um lenço e uma goma de mascar.

— Que maravilha — Paul disse, endireitando o corpo. — Mãos suadas no avião, e agora eu vomito na calçada. Você acertou mesmo na loteria ao vir comigo para a Coreia.

— O que importa é que seu paletó não ficou manchado. Como está se sentindo.

— Ótimo. Como acha que estou me sentindo?

— Bem, pelo menos você não vomitou seu senso de humor. Podemos ir?

— Vamos. Não posso me atrasar para chegar ao matadouro.

De volta ao carro, Mia virou-se abruptamente para Paul e disse:

— Olhe nos meus olhos... Eu disse nos olhos! Sua mãe assiste à TV coreana?

— Ela já morreu.

— Sinto muito. E sua irmã?

— Sou filho único.

— Você tem mais algum amigo coreano?

— Não que eu saiba.

— Perfeito! Kyong está de cama por causa da gripe, e quando a gripe é forte, até o brilho de um abajur pode tornar a dor de cabeça insuportável. Então não há risco de ela assistir à TV hoje à noite, nem ninguém que você conheça ou ame. Em outras palavras, esse programa *não tem importância.* Então não significa nada se você for incrível ou ridículo. Além disso, tudo o que você disser vai ser traduzido mesmo.

— Então por que me dar ao trabalho de ir?

— Pelo programa, por seus leitores. Para você poder descrever a experiência com todos os detalhes em seus próximos livros. Quando entrar naquele estúdio, tente se convencer de que é um de seus personagens. Tente agir como ele agiria, e vai ser perfeito.

Paul ficou olhando para Mia por um longo momento.

— E você? Presumo que vai assistir.

— De jeito nenhum.

— Mentirosa.

— Agora, pode cuspir essa goma de mascar? Chegamos.

Mia ficou com Paul durante a maquiagem, interferindo duas vezes para evitar que o maquiador cobrisse com corretivo as linhas de expressão ao redor de seus olhos.

Quando o diretor chegou procurando por Paul, Mia o acompanhou pelos bastidores e deu seu último conselho pouco antes de ele entrar no estúdio.

— Não esqueça, o mais importante não é o que você diz, mas a forma como diz. Na TV, a simples musicalidade das palavras é mais importante do que seu significado. Sei do que estou falando. Eu sou… uma fã obstinada de programas de entrevista.

As fileiras de refletores se acenderam e o diretor empurrou Paul para a frente, e ele entrou no cenário, com os olhos ofuscados.

O apresentador convidou Paul para se sentar na cadeira à sua frente, e um técnico se aproximou para colocar o ponto eletrônico. Aquilo fez cócegas no ouvido de Paul e ele se retorceu. O técnico de som teve que tentar três vezes até conseguir.

Está vendo? Ele vai ficar bem, Mia suspirou nos bastidores enquanto via a cor retornar ao rosto de Paul.

Paul ouviu a voz do intérprete se apresentando em seu ouvido. A tradução seria simultânea, então ele pediu para Paul falar em frases curtas, com pausas entre uma e outra. Paul acenou com a cabeça, o que o apresentador entendeu como um "olá" e se sentiu obrigado a retribuir.

— Vamos começar em breve — o intérprete sussurrou da cabine. — Você não pode me ver, mas eu te vejo em meu painel de controle.

— Certo — Paul respondeu com o coração acelerado.

— Não se dirija a mim e nem responda ao que eu digo, sr. Barton. Por favor, responda apenas ao sr. Tae-Hoon. Observe os lábios dele e ouça minha voz. Os espectadores não ouvirão sua voz.

— Quem é esse tal sr. Tae-Hoon?

— O apresentador do programa.

— Ah. Certo.

— É sua primeira vez na TV?

Outro aceno com a cabeça, imediatamente retribuído por Tae-Hoon.

— Estamos no ar agora.

Paul se concentrou no rosto de Tae-Hoon.

— Boa noite, estamos muito felizes em receber o escritor americano Paul Barton. Infelizmente, o sr. Murakami está gripado e não vai poder estar conosco hoje à noite. Desejamos a ele uma rápida recuperação.

— Gripe, é claro — disse Paul. — Primeiro ela pega a única mulher de que eu gosto no mundo, e agora Murakami. Ah, merda. Não traduza isso, por favor!

Ao ouvir isso, Mia tirou seu ponto do ouvido e saiu correndo dos bastidores. Ela pediu ao diretor para levá-la ao camarim do sr. Barton.

— Sr. Barton — disse o apresentador depois de um breve momento de hesitação —, seus livros são um grande sucesso em nosso país. Poderia explicar o que o levou a abraçar a causa do povo norte-coreano?

— Norte-coreano... como é?

— Minha tradução não foi clara? — perguntou a voz em seu ouvido.

— A tradução não foi o problema, e sim a pergunta.

O apresentador tossiu e prosseguiu.

— Seu último livro é muito poderoso. Ele descreve a vida de uma família oprimida pela ditadura, tentando sobreviver à repressão do regime de Kim Jong-un, e com uma precisão que pode parecer surpreendente para um escritor estrangeiro. Como conseguiu aprofundar tanto suas pesquisas sobre o assunto?

— Houston, estamos com um problema — Paul murmurou para o intérprete.

— Qual é o problema?

— Ainda não li o último Murakami, mas tenho a impressão de que o sr. Tae-Hoon confundiu nós dois. Por favor, não traduza isso!

— Eu não pretendia traduzir, mas não compreendo o que está dizendo.

— Nunca escrevi uma palavra sobre a ditadura da Coreia do Norte em minha vida, nem uma maldita palavra! — Paul disse, obrigando-se a continuar sorrindo.

O apresentador, não recebendo nenhuma resposta no ponto eletrônico, secou a testa, desculpou-se e anunciou que eles estavam tendo um pequeno problema técnico, que logo seria resolvido.

— Não é hora nem lugar para brincadeiras, sr. Barton — disse o intérprete. — Este programa está sendo transmitido ao vivo. Por favor, responda às perguntas com seriedade; meu emprego está em risco aqui. Se continuar agindo assim, vou acabar sendo demitido. Preciso dizer alguma coisa para o sr. Tae-Hoon agora.

— Bem, pode começar cumprimentando-o e avisando que ele cometeu um erro. Não sei mais o que dizer.

— Eu mesmo li todos os seus livros. Não compreendo sua atitude.

— Você só pode estar brincando. Isso é alguma pegadinha com câmera escondida?

— A câmera está visível, bem a sua frente. Andou bebendo?

Paul olhou diretamente para as lentes e para a luz vermelha que piscava sobre ela. O sr. Tae-Hoon parecia estar perdendo a paciência.

— Eu gostaria de aproveitar a oportunidade para agradecer a todos os meus leitores coreanos, do fundo do coração — Paul disse. — Fiquei muito emocionado com a cordialidade da recepção. Seul é uma cidade incrível, embora eu não tenha tido tempo de conhecê-la por inteiro ainda. Estou muito feliz de estar aqui, visitando seu país maravilhoso.

Paul ouviu o intérprete suspirar aliviado antes de traduzir as palavras para o coreano.

— Excelente — disse Tae-Hoon. — Acho que resolvemos nossas dificuldades técnicas. Então agora repetirei as mesmas duas perguntas para nosso autor, e dessa vez ele vai conseguir responder.

Enquanto o apresentador falava, Paul murmurou para o intérprete:

— Como não tenho ideia do que ele está falando, e como você mesmo leu todos os meus livros, vou apenas recitar a receita de ensopado de carne de meu açougueiro parisiense várias vezes e você, meu amigo, pode responder diretamente às perguntas do sr. Tae-Hoon em meu lugar.

— Isso é impossível! Eu nunca poderia fazer isso — o intérprete sussurrou.

— Vai ter que fazer. Seu emprego está em risco aqui, lembra? Na TV, a musicalidade das palavras é mais importante do que seu verdadeiro significado, caso não saiba. Então, não se preocupe. Você fala e eu vou tentar continuar sorrindo.

E assim o programa continuou. O intérprete traduzia as perguntas do entrevistador no ouvido de Paul, enquanto o entrevistador insistia em questionar o autor sobre livros que ele não havia escrito, todos os quais pareciam girar obsessivamente ao redor das condições do povo norte-coreano, e Paul, com um sorriso estampado no rosto, dizia qualquer coisa que lhe vinha à cabeça, mantendo as frases curtas, com pausas entre uma e outra. O intérprete, incapaz de traduzir aquilo em qualquer coisa inteligível, tornou-se o autor aquela noite, respondendo brilhantemente no lugar de Paul.

O pesadelo durou exatamente sessenta minutos, mas ninguém suspeitou de nada.

Saindo do estúdio, Paul procurou por Mia. O diretor o levou ao camarim.

— Você foi maravilhoso — Mia garantiu a ele.

— É, eu arrasei. Obrigado por manter sua promessa.

— Que promessa?

— De não assistir ao programa.

— Assisti o suficiente. Que pena... você queria tanto conhecer Murakami. Primeiro, a "única mulher de que você gosta" fica gripada, depois ele.

— Eu não quis dizer aquilo.

— Vamos. Você não é o único exausto com os acontecimentos do dia — ela disse ao sair do camarim. — Por sinal, acho que terei que pedir demissão imediatamente.

Paul correu atrás dela e a segurou pelo braço.

— Mia! Eu não quis dizer nada daquilo.

— Mas disse.

— Bem, mas foi bobagem. Acredite, não foi a única bobagem que eu disse na noite de hoje!

— Tenho certeza de que você foi excelente.

— Só sobrevivi a esta noite por sua causa. Então... obrigado, do fundo do coração. E estou falando sério.

— Certo. De nada.

Mia soltou o braço e caminhou com firmeza até a saída.

De volta ao hotel, Mia dormiu de imediato. Do outro lado do travesseiro comprido, Paul ficou deitado de olhos abertos, tentando compreender os acontecimentos bizarros daquele dia. Sem conseguir, começou a se preocupar com o que o esperaria no dia seguinte.

17

Mia foi acordada pelo rangido da porta. Abriu os olhos. Paul estava empurrando um carrinho com comida para o quarto. Ele foi até o lado dela, desejando bom-dia.

— Café, suco de laranja fresco, pãezinhos, ovos cozidos e cereal. A moça gostaria de mais alguma coisa?

Ele serviu o café a ela.

Mia se sentou e ajeitou os travesseiros atrás das costas.

— A que devo esse tratamento especial?

— Não tem nada de especial. Agora que demiti minha assistente, vou ter que fazer tudo sozinho por aqui — Paul respondeu.

— Que estranho, eu ouvi dizer que ela se demitiu.

— Bem, ela seguiu uma lógica correta. Eu preferiria perder uma funcionária e manter uma amiga. Açúcar?

— Sim, por favor.

— E como agora sou meu próprio assistente, tomei algumas liberdades esta manhã. Todos os compromissos de hoje foram cancelados. Nossa única obrigação é a recepção na embaixada. O restante do dia está livre. Podemos explorar Seul até a noite, então vamos aproveitar ao máximo. Todos os momentos.

— Você cancelou *todos* os seus compromissos?

— Adiei até amanhã. Disse que estava ficando doente. Afinal, não posso deixar Murakami monopolizar a gripe. É uma questão de status.

Mia viu o jornal dobrado sobre a mesa de café da manhã e o pegou rapidamente.

— Sua foto está na primeira página!

— Eu sei. Não fotografaram meu lado bom. Terrível. Parece que estou com cinco quilos a mais.

— Até parece... você está ótimo. Ligou para sua assessora de imprensa para ela traduzir o artigo para você? Uma foto na primeira página não é pouca coisa!

— Por enquanto, não tenho como saber se a cobertura é positiva ou negativa, mas suspeito que tudo isso possa ser, na verdade, sobre o último livro de Murakami, e não o meu.

— De onde veio essa obsessão por Murakami? É a segunda vez que fala dele nos últimos cinco minutos.

— Não é obsessão. No entanto, depois de ontem à noite, tenho bons motivos para estar obcecado.

— Do que está falando?

— De certo modo, queria que você *tivesse* assistido à entrevista. Foi tão surreal. Ser entrevistado por um jornalista que não tinha lido meus livros é uma coisa, mas nada poderia me preparar para uma entrevista com alguém que estava confundindo meu livro com o de outra pessoa!

— Como assim?

— Ontem à noite! O idiota ficava me fazendo perguntas que nitidamente seriam para... não vou falar o nome dele ou você vai me acusar de estar obcecado de novo. Lá estava eu, sozinho no estúdio, sentado de frente para o apresentador: "E então, o que o levou a se interessar pelo destino do povo norte-coreano? Como encontrou tanta informação sobre a vida dos oprimidos pelo regime de Kim Jong-un? Por que está tão comprometido com essa causa em particular? Acha que os dias de domínio do ditador estão contados? Em sua opinião, Kim Jong-un é um fantoche indicado por uma oligarquia ou ele está realmente no controle? Seus personagens foram inspirados na realidade ou você os inventou? Etc. etc....".

— Você não pode estar falando sério! — Mia disse, sem saber se ria ou demonstrava empatia.

— Foi exatamente o que eu disse ao intérprete que falava comigo por meio daquele ponto eletrônico idiota. Aquelas coisas incomodam o ouvido, sabia? Achei que era algum tipo de pegadinha. Parecia a explicação mais lógica. A princípio, procurei acreditar que não deixaria ninguém me enganar, não tão facilmente, mas depois de vinte minutos a piada já estava perdendo a graça. Só que não era piada. Aqueles cretinos, de alguma forma, confundiram os autores e o intérprete estava muito assustado para contar a verdade a ele.

— Isso é loucura — Mia respondeu, cobrindo a boca com a mão para conter a gargalhada que sentia se formando em sua garganta.

— Vamos, pode rir, eu não parei de rir desde que voltei ontem à noite. É o tipo de coisa que só acontece comigo. Só comigo.

— Mas como podem ter cometido um erro tão grave?

— A estupidez não tem limites. Não vamos perder tempo com isso — Paul disse, tirando o jornal da mão de Mia e o arremessando do outro lado do quarto. — Termine seu café e vamos sair para dar uma caminhada.

— Tem certeza de que está bem?

— Ah, estou ótimo. Só passei por idiota na frente de centenas de milhares de espectadores. Alguém deve ter avisado ao canal de TV sobre a bobagem que fizeram, e imagino que aquele artigo seja sobre isso. Então, se alguém começar a rir no meio da rua quando me vir, vamos fingir que não estamos ouvindo.

— Sinto muito, Paul.

— Não sinta. Vamos mudar de assunto. Você mesma disse: ninguém se importa com esse programa de TV. E veja como o dia está lindo!

Paul convenceu Mia a sair do hotel pelo estacionamento dos fundos, caso a srta. Bak estivesse esperando por eles no saguão. Pretendia passar o dia sozinho com Mia, e a última coisa que queria era o estorvo de andar com uma guia.

Eles passaram a manhã visitando o palácio Changgyeonggung. Passando pelo portão Honghwa, a tentativa de Paul pronunciar todos os nomes que via e seus exageros guturais causaram crises de riso em Mia. Sobre a ponte de Okcheongyo, ela admirou o lago ornamental e a beleza do ambiente histórico.

— Esse é Myeongjeongjeon, o salão do trono — Paul disse, apontando para uma pequena construção térrea. — Foi aberto em 1484. Todas as casas são voltadas para o sul, porque os templos ancestrais da família real estão localizados no sul, mas Myeongjeongjeon é voltado para o leste, indo contra a tradição confuciana.

— Kyong te ensinou tudo isso?

— O quê? Quem é essa tal Kyong? Não, eu peguei um folheto quando estava comprando os ingressos. Foi minha tentativa de te impressionar. Gostaria de ver o jardim botânico?

Eles saíram do palácio e visitaram o bairro de Insadong. Entraram em galerias de arte, pararam para provar panquecas tradicionais e passaram o restante da tarde perambulando por lojas de antiguidades. Mia queria comprar um presente para Daisy. Estava em dúvida entre uma caixa de temperos antiga e um lindo colar. Paul aconselhou Mia a levar o colar, enquanto fazia sinal discretamente para o vendedor embalar a caixa de temperos. Ele entregou a Mia e disse:

— Dê isso para Daisy em meu nome.

Eles voltaram ao hotel bem a tempo de se prepararem para a noite. Avistando a srta. Bak no saguão, Mia empurrou Paul para trás de um pilar. Eles foram se escondendo atrás dos pilares até aproveitarem a passagem de um carrinho de bagagens para chegarem aos elevadores sem serem vistos.

Às sete da noite, Mia colocou o vestido.

— Se disser que não estou "nada mal" mais uma vez, vamos ver se você vai ficar bem aparecendo sozinho na embaixada! — Mia anunciou, admirando-se no espelho.

— Tudo bem, então vou ficar de boca fechada — Paul se permitiu um sorriso de orgulho por ter comprado o vestido para ela.

— Paul!

— O que posso dizer? Você está…

— Nem pense! — Mia interrompeu.

— Linda. Você está linda.

— Bem, nesse caso, obrigada pelo elogio.

Meia hora depois, a limusine os deixou na frente da residência do embaixador.

O embaixador estava recebendo os convidados na entrada. Paul e Mia foram os primeiros a chegar.

— Sr. Barton. É uma honra e um prazer recebê-lo em minha casa — ele disse.

— A honra é toda minha — Paul respondeu, apresentando Mia.

O embaixador se curvou para beijar a mão dela.

— Conte-me um pouco sobre você, srta. Grinberg — ele disse.

— Mia tem um restaurante em Paris — Paul respondeu em nome dela.

O embaixador os levou para uma sala grande.

— Não tive tempo para ler seu último livro ainda — ele sussurrou para Paul. — Falo um pouco de coreano, mas infelizmente não o suficiente para ler um livro inteiro. Por outro lado, posso dizer que você fez meu parceiro chorar feito um bebê. Ele só ficou falando de você a semana inteira. Ficou profundamente tocado por seu livro. Parte da família dele mora na Coreia do Norte e ele me disse que sua história foi incrivelmente precisa e detalhada. Invejo muito a liberdade que tem como escritor. Poder dar voz a pontos de vista que pessoas em minha posição são obrigadas a manter debaixo do tapete devido a obrigações diplomáticas. Mas permita-me dizer que com esse livro, com essa história, está falando em nome dos Estados Unidos.

Paul franziu a testa para o embaixador por vários minutos.

— Hum... você se importaria em se aprofundar um pouco mais? — ele perguntou com cautela.

— Meu parceiro é coreano, como eu disse, e... Ah, lá está ele! Posso garantir que ele é muito mais eloquente do que eu. Pode ir em frente e se apresentar. Ele está louco para conhecê-lo. Enquanto isso, é melhor eu ir receber os outros convidados. E, se não se importar, vou sequestrar sua charmosa amiga para me ajudar. Não se preocupe, sou inofensivo — o embaixador acrescentou com um sorriso.

Mia lançou um olhar suplicante para Paul, mas o anfitrião já a estava levando embora.

Paul mal teve tempo para raciocinar e um homem esguio e extremamente elegante já estava com os braços em volta de seu pescoço, apoiando a cabeça no ombro de Paul.

— Obrigado, obrigado, obrigado — ele disse. — Sinto-me tão honrado em conhecê-lo.

— Hum... eu também — Paul disse, tentando se livrar do abraço do homem. — Mas por que, exatamente, está me agradecendo?

— Por tudo! Por ser quem você é, por suas palavras, sua profunda preocupação com o destino do meu povo. Quem se importa hoje em dia? Não pode nem imaginar... o que sua obra significa para mim.

— Você está certo, não posso mesmo. Isso é algum tipo de pegadinha em massa ou o quê?

— Não estou entendendo.

— Nem eu — Paul disse, exasperado. — Não estou entendendo mais nada.

Os dois homens se olharam de cima a baixo.

— Espero que não esteja chocado com meu relacionamento com Henry, sr. Barton. Estamos profundamente apaixonados há dez anos. Temos até um filho juntos, um garotinho que adotamos e que amamos demais.

— Não, não, não é nada disso. Eu fui criado em São Francisco e sou democrata. Ame quem quiser. O que não entendo é o que está dizendo sobre meu livro.

— Eu disse algo ofensivo? Se for o caso, por favor, desculpe. Seu livro é muito importante para mim.

— Meu livro? *Meu* livro? O que eu escrevi?

— Sim, o seu, é claro — o homem respondeu, mostrando o livro que tinha na mão.

Embora Paul fosse incapaz de decifrar os caracteres coreanos, não teve problema para reconhecer sua foto na quarta capa, a mesma que seu editor lhe havia mostrado dois dias antes. O poço repleto de confusão encheu Paul de dúvidas. E as dúvidas não paravam de crescer, até que finalmente sentiu que o solo estava cedendo sob seus pés.

— Poderia autografar para mim? — o homem pediu. — Meu nome é Shin.

Paul segurou no braço dele.

— Há algum lugar por perto onde poderíamos conversar por um instante em particular?

Shin levou Paul por um corredor até um escritório.

— Não seremos incomodados aqui — ele garantiu a Paul, apontando para uma cadeira.

Paul respirou fundo e tentou encontrar as palavras certas.

— Você fala um inglês perfeito. E suponho que seja fluente em coreano?

— Sim, é claro. Sou coreano — Shin respondeu, sentando-se de frente para Paul.

— Ótimo. Então você leu meu livro?

— Duas vezes! Teve um efeito tão poderoso em mim. E toda noite antes de dormir, eu releio uma passagem.

— Fantástico. Shin, preciso de um pequeno favor.

— O que desejar.

— Não se preocupe, é algo bem simples.

— O que posso fazer por você, sr. Barton?

— Diga... o que acontece em meu livro.

— Como?

— Isso mesmo que você ouviu. Se não souber por onde começar, apenas faça um resumo dos primeiros capítulos e partimos daí.

— Tem certeza? Mas por quê?

— É impossível um autor avaliar a fidelidade da tradução em uma língua que não conhece. Mas você... é bilíngue. Então vá em frente. Vai ser fácil.

Shin pareceu encarar o pedido de Paul ao pé da letra. Contou a ele o que acontecia no livro, começando pelo início.

No primeiro capítulo, Paul foi apresentado a uma criança que havia crescido na Coreia do Norte. A família da menina vivia em uma pobreza inimaginável, assim como todos os habitantes de seu vilarejo. O regime ditatorial, imposto por uma dinastia cruel, mantinha toda a população escravizada. Seu tempo livre era dedicado a adorar os líderes. A escola – que muitas crianças não podiam frequentar, pois eram obrigadas a trabalhar no campo – era meramente um instrumento de propaganda destinado a moldar mentes impressionáveis, fazendo com que considerassem seus torturadores como divindades supremas.

No segundo capítulo, Paul conheceu o pai da narradora, um professor universitário. À noite, ele lecionava Literatura Inglesa em segredo a seus alunos mais brilhantes, assumindo a perigosa tarefa de lhes ensinar a pensar com a própria cabeça e tentando incutir neles as maravilhosas virtudes da liberdade.

No capítulo três, o pai da narradora foi denunciado às autoridades pela mãe de um dos alunos. Depois de ser torturado, ele foi executado na frente da família. Os alunos tiveram o mesmo destino, e seus corpos foram arrastados por cavalos pelas ruas. A única aluna poupada foi aquela cujos pais traíram o professor. Em vez de ser morta, a menina foi presa em um campo de trabalho pelo resto da vida.

No capítulo seguinte, a heroína da história contou que seu irmão, que roubara alguns grãos de milho, havia sido espancado e trancado em uma jaula pequena demais para que pudesse se levantar ou deitar. Os torturadores queimavam sua pele. Um ano depois, a tia do narrador, após quebrar acidentalmente uma máquina de costura, teve os polegares cortados por seu empregador.

No capítulo seis, a heroína tinha dezessete anos. Na noite de seu aniversário, ela deixou sua família e fugiu. Atravessando vales e rios a pé, escondendo-se durante o dia e viajando à noite, comendo apenas raízes e ervas, ela conseguiu passar pelos policiais que patrulhavam a fronteira e finalmente entrar na Coreia do Sul, terra da resiliência.

Shin fez uma pausa, vendo que o autor da história estava tão impressionado ao ouvir o desenrolar da saga quanto o próprio Shin havia ficado ao lê-la, ou até mais. De repente, Paul se deu conta do quanto sua própria prosa era insignificante.

— O que acontece depois? — Paul perguntou. — Diga o que acontece depois!

— Mas você já sabe o que acontece! — Shin respondeu.

— Por favor, apenas continue — Paul suplicou.

— Em Seul, a heroína é recebida por um velho amigo de seu pai, outro desertor do regime. Ele cuida dela como se fosse sua própria filha e paga seus estudos. Depois da faculdade, ela arruma um emprego e dedica todo o seu tempo livre a informar o mundo sobre os problemas de seus compatriotas.

— Que tipo de emprego?

— Ela começa como assistente em uma editora e depois é promovida a editora de texto, até finalmente se tornar diretora editorial.

— Prossiga — disse Paul por entre dentes cerrados.

— O dinheiro que ela ganha é usado para pagar traficantes de pessoas e para financiar movimentos de oposição estrangeiros, tudo com a intenção de deixar os políticos ocidentais cientes da situação e pressioná-los a finalmente tomarem alguma atitude contra o regime de Kim Jong-un. Duas vezes por ano, ela viaja ao exterior para encontrar secretamente com esses grupos. Seus familiares ainda estão à mercê de um regime implacável. Se alguém descobrir a conexão, sua mãe, seu irmão, e principalmente o homem que ela ama pagarão um alto preço.

— Acho que já ouvi o suficiente — Paul o interrompeu, olhando para o chão.

— Está se sentindo bem, sr. Barton?

— Não sei ao certo.

— Posso ajudá-lo? — Shin perguntou entregando um lenço a ele.

— Uma última pergunta. A personagem principal de minha história, minha heroína — Paul perguntou, secando os olhos. — Seu nome... por acaso é... Kyong?

— Sim, é claro — respondeu o parceiro do embaixador.

* * *

Paul encontrou Mia na sala. Ao ver como ele estava pálido e abatido, ela deixou de lado a taça de champanhe, desculpou-se com a pessoa com quem estava conversando e foi até ele.

— O que aconteceu? — ela perguntou, preocupada.

— Acha que tem uma saída de emergência neste prédio? — ele disse, entorpecido. — Ou na vida em geral, de preferência...

— Você está branco como um fantasma.

— Preciso de uma bebida. Algo bem forte.

Mia pegou um martíni de uma bandeja que passava e entregou a Paul. Ele virou em um só gole.

— Vamos a algum lugar tranquilo e você me conta tudo.

— Agora não — Paul respondeu com o maxilar travado. — Não posso simplesmente cair desmaiado antes do discurso do embaixador.

Durante a refeição, Paul não conseguia deixar de imaginar: uma família podia estar morrendo de fome a apenas algumas centenas de quilômetros daquela sala, onde garçons serviam bandejas cheias de *petits fours* e canapés de *foie gras*. Dois mundos separados por uma fronteira. Seu próprio mundo tinha deixado de existir uma hora antes. Será que Kyong havia planejado tudo aquilo? Mia ficava tentando chamar sua atenção, mas Paul não via. Quando ele saiu da mesa, Mia foi atrás. Ele agradeceu ao embaixador e se desculpou pela fadiga que o obrigava a partir.

Shin os acompanhou até a porta. Ele apertou a mão de Paul por um longo tempo na escadaria da mansão. Vendo seu sorriso gentil e triste, Paul teve certeza de que ele havia compreendido parte da verdade da situação.

— O que pode ter acontecido para te deixar nesse estado? Aconteceu alguma coisa com a Kyong? — Mia perguntou quando a limusine saiu.

— Sim, mais ou menos. Aconteceu com nós dois, aparentemente. Meu sucesso na Coreia não é real. Meus livros nunca existiram aqui, e Kyong é muito mais do que apenas uma tradutora.

Mia ouvia em choque enquanto Paul continuava.

— Ela manteve meu nome na capa dos livros, mas apenas isso. Sob essa fachada, publicou seus próprios romances, sua história, suas batalhas. Aquele apresentador de TV de ontem não era um idiota, e nem o intérprete. Preciso dar um jeito de me desculpar com eles. E, sabe, tudo isso seria uma enorme farsa se o verdadeiro assunto de meus livros coreanos não fosse tão trágico. E pensar que... há anos tenho vivido de *royalties* de livros que nem escrevi. Você fez bem em pedir demissão; estava trabalhando para um impostor. Minha única desculpa é que não sabia de nada disso.

Mia pediu para o motorista parar o carro.

— Venha — ela disse a Paul. — Você precisa tomar um pouco de ar.

Eles caminharam em silêncio até Paul começar a falar novamente.

— Tenho todo o direito de odiá-la pelo que fez. Mas por trás da traição e da enganação há uma causa nobre. Se ela tivesse publicado os livros com seu próprio nome, seria uma sentença de morte para sua família.

— O que pretende fazer?

— Não sei. Preciso pensar. Durante todo o jantar, estava tentando compreender a situação. Acho que vou ter que continuar fingindo, pelo menos enquanto estiver aqui. Ou arrisco colocá-la em perigo. Quando voltar a Paris, vou mandar o dinheiro que ganhei para ela e cancelar o contrato. Cristoneli vai achar lindo: já posso até ver o ataque histérico que ele vai ter no Deux Magots. E quando a poeira baixar, vou ter que pensar em como ganhar a vida.

— Você não é obrigado a fazer nada disso. Aquele dinheiro veio da editora coreana, e eles devem ter ganhado uma fortuna com seus livros.

— Não são meus livros. São de Kyong.

— Se decidir mesmo prosseguir com isso, vai ter que dar algum tipo de explicação.

— Veremos. De qualquer modo, pelo menos agora entendo por que ela está desaparecida. Preciso encontrá-la para conversarmos sobre isso. Não posso ir embora sem vê-la.

— Você a ama, não é?

Paul parou e deu de ombros.

— Vamos para casa. Estou congelando. Nossa, que noite estranha!

No elevador que os levava para a suíte, Mia ficou de frente para Paul. Ela acariciou seu rosto de leve e, do nada, deu-lhe um tapa. Paul saiu do estupor em que estava. Mia o empurrou contra a parede e o beijou.

Ainda estavam se beijando quando as portas se abriram e continuaram se beijando no corredor, ele com as costas pressionadas contra a parede, escorregando de porta em porta até chegarem ao quarto deles.

Ainda estavam se beijando quando se despiram e não pararam até caírem juntos na cama.

— Isso não conta. Nada disso conta, nada além do momento presente... — Mia sussurrou.

E beijaram bocas e pescoços e barrigas e quadris, pernas e coxas, com os corpos entrelaçados. A respiração dos dois acelerou quando travaram um abraço furioso até que, completamente exaustos, caíram no sono sobre os lençóis úmidos.

18

Paul e Mia foram arrancados da cama pelo toque do telefone.

— Merda! — ele gritou quando viu que o relógio da TV marcava dez horas da manhã.

A sra. Bak estava na linha, desculpando-se profusamente, mas lembrando a ele que a primeira entrevista do dia deveria ter começado meia hora atrás…

Paul localizou sua cueca boxer debaixo das cortinas.

… o jornalista do *Chosun Ilbo* estava esperando por ele…

Ele pegou as calças na poltrona e as vestiu, saltando até a cômoda.

… em uma das salas… e estava ficando um tanto quanto impaciente…

A camisa de Paul estava rasgada. Mia correu até o guarda-roupa e jogou uma limpa para ele.

… um jornalista da *Elle Coreia* acabou de chegar também…

— *É azul!* — Paul sussurrou.

… e logo não vamos mais ter como chegar aos estúdios da KBS a tempo…

— *Para a imprensa escrita está bom!* — Mia sussurrou em revolta.

… A srta. Bak tinha conseguido adiar a entrevista exclusiva com um colunista da *Movie Week* para depois da entrevista com o *Hankyoreh*…

Paul abotoou a camisa.

… o periódico conhecido por apoiar o governo no diálogo político com a Coreia do Norte…

Mia desabotoou a camisa e abotoou novamente, desta vez com os botões nas casas certas.

… e depois haveria um evento público…

— *Cadê meus sapatos?*

— *Um está embaixo da cômoda e o outro está perto da porta!*

… com estudantes, no palco principal da Feira Literária.

A srta. Bak tinha conseguido recitar toda a programação do dia sem nem parar para respirar.

— Não se preocupe, já estou descendo!

— *Mentiroso! Ande logo, eu te encontro depois.*

— *Quando?*

— *Antes de você sair para a estação de rádio.*

A porta da suíte se fechou. Ouviu-se um barulho no corredor e o som de Paul gritando obscenidades.

Mia olhou para fora e viu um carrinho de serviço derrubado na lateral do corredor, com todo seu conteúdo espalhado em todas as direções sobre o carpete.

— Sério? — ela perguntou, vendo Paul se levantar.

— Estou bem. Não me sujei e quase não me machuquei.

— Vá logo! — ela ordenou a ele.

De volta ao quarto, ela foi até a janela e olhou para a cidade que se estendia sob um céu cinzento. Ligou seu celular. Treze mensagens apareceram na tela. Oito de Creston, quatro de David e uma de Daisy. Mia jogou o telefone sobre a cama e pediu café da manhã no quarto, aproveitando para avisar os funcionários que seria preciso fazer uma limpeza no corredor.

* * *

Do saguão, a srta. Bak levou Paul correndo loucamente para uma sala adjacente.

— Posso tomar um café? — ele implorou.

— Está esperando por você na mesa, sr. Barton. Mas não me culpe se já estiver frio.

— Alguma coisinha para comer?

— Não dá para dar entrevista com a boca cheia. Isso seria indelicado!

Ela acompanhou Paul até a sala. Ele pediu desculpas para o jornalista e a entrevista começou.

Era estranho se apropriar da história de Kyong. E mais estranho ainda, colocar-se no lugar dela pareceu, de certo modo, natural, como se ele já tivesse feito isso milhares de vezes. Estava surpreso com a facilidade com que respondia a cada pergunta, enfeitando o relato com reflexões profundas e sinceras. Tanto que, no final, o entrevistador estava quase chorando. E a mesmíssima coisa aconteceu com a jornalista da *Elle Coreia*. Em seguida, Paul concordou com uma sessão de fotos, dando liberdade ao fotógrafo que já o estava fotografando durante a entrevista. Obedecendo aos comandos, ele se sentou a uma mesa, cruzou os braços, descruzou-os, colocou a mão sob o queixo, sorriu, fez cara de sério, ficou olhando para o espaço, olhou para a esquerda, para a direita. A srta. Bak finalmente o resgatou, anunciando que tinha outros compromissos a cumprir.

— Ligue para o meu quarto, por favor — ele pediu ao *concierge*.

— Ah, sr. Baron, a moça lhe deixou uma mensagem. Ela voltou a dormir depois que o senhor saiu e...

Paul se debruçou sobre o balcão e apontou para a mesa de ligações.

— Agora! Ligue para ela agora!

A srta. Bak estava passando de impaciente a desesperada, e Mia ainda não estava atendendo.

— A moça está no banho — disse o *concierge*. — Ela disse que o encontrará mais tarde na Feira Literária. Perguntou a que horas será seu discurso.

A assessora de imprensa prometeu fazer o que fosse necessário. Ela mandaria um carro para pegar sua colega, disse, pigarreando ao pronunciar a palavra *colega*.

Paul desligou e acompanhou a srta. Bak com o coração angustiado. De repente, deu meia-volta, enfiou a mão na tigela de balas que havia sobre o balcão e encheu os bolsos.

A hora que passou nos estúdios da KBS pareceu durar uma eternidade, mas ele foi se sentindo mais confiante conforme a entrevista progredia. No final, até mesmo a srta. Bak teve que secar uma lágrima.

— Foi perfeito — ela disse ao saírem do prédio, antes de levá-lo para a limusine.

Ele foi acompanhado da entrada do centro de exposições até o palco, diante de duzentos estudantes que esperavam ansiosamente para ouvi-lo falar.

Quando foi apresentado e ovacionado em pé, teve uma sensação esmagadora de impotência. Começou a procurar por Mia na multidão, passando os olhos de fileira em fileira, quando a primeira pergunta do público o levou de volta ao personagem que deveria estar representando.

Paul cumpriu seu papel com um fervor quase militante. Denunciou, incriminou e fez acusações aos monstros do regime totalitário, acrescentando uma condenação a plenos pulmões da inércia das democracias ocidentais. Várias vezes, a multidão o aplaudiu espontaneamente.

Quando ele estava começando a ficar ainda mais empolgado com sua própria eloquência, uma visão o fez parar no meio de uma frase. Ele tinha acabado de ver Eun-Jeong, mais conhecida como Kyong, no meio do público. Da última fileira, o sorriso dela bastou para que ele perdesse sua linha de raciocínio.

* * *

Meio escondida atrás de um pilar, Mia também abriu um sorriso sereno e terno.

Ela não havia tirado os olhos de Paul, emocionando-se toda vez que o público o aplaudia. Depois, quando os alunos se amontoaram na direção do palco para pegar seu autógrafo, ela o perdeu de vista.

Por já ter passado por experiências similares muitas vezes, ela podia imaginar a sensação de euforia que ele devia estar sentindo naquele momento, cercado por seus admiradores.

* * *

Kyong foi a última pessoa a se aproximar do palco.

* * *

— Ainda nenhum sinal de Mia, não é? — Paul perguntou à srta. Bak, que aguardava em frente à pequena sala onde ele havia se refugiado.

— Sua colega assistiu ao discurso — ela respondeu, apontando para o lugar onde Mia havia ficado —, mas pediu para ser levada de volta ao hotel.

— Quando foi isso?

— Mais ou menos há uma hora, eu diria. Ela saiu enquanto você conversava com a srta. Eun-Jeong.

Desta vez, foi Paul quem apressou sua assessora de imprensa na direção da limusine. Ele correu pelo saguão do hotel até os elevadores, atravessou o corredor que levava à suíte, parando apenas para ajeitar as roupas e passar os dedos pelos cabelos antes de abrir a porta.

— Mia?

Ele entrou no banheiro. A escova de dentes dela não estava mais no copo, e a *nécessaire* havia desaparecido da pia.

Paul voltou para o quarto e encontrou um bilhete sobre o travesseiro.

Paul,

Obrigada por me apoiar, obrigada por sua natureza alegre, por seus lapsos de sanidade e por essa inesperada jornada que começou com uma caminhada nos telhados de Paris. Obrigada por conseguir, contra todas as probabilidades, trazer o riso de volta à minha vida. Riso e novas lembranças. Vamos seguir caminhos diferentes a partir de hoje. Esses últimos dias foram um sonho.

Compreendo o dilema que está enfrentando e como deve estar se sentindo. Esteve vivendo uma vida que não era realmente sua, apaixonado pela ideia da felicidade, e não pela felicidade em si. De certo modo, você nem sabe mais quem é. Mas não é responsável por essa duplicidade, e eu não posso ajudar a te conduzir pelas escolhas que terá que fazer.

Porque você a ama, e porque a traição dela foi tão sublime, sem dizer heroica, você deveria perdoá-la. Talvez seja isso, no fim das contas, que significa realmente amar alguém. O perdão sem ressalvas e, principalmente, sem pesares. Pressionar a tecla delete *e apagar todas as páginas cinzentas para poder reescrevê-las em cores. Melhor ainda, talvez amar seja lutar com unhas e dentes para garantir que a história tenha um final feliz. Cuide-se, mesmo que essa frase não signifique muita coisa. Vou sentir muita falta de sua companhia e de todos os momentos íntimos que compartilhamos.*

Mal posso esperar para saber o que acontece com sua cantora de ópera. Por favor, apresse-se e escreva a história dela para que eu possa ler. Que sua vida seja repleta de beleza. Você merece tudo de bom.

Sua amiga,
Mia

P.S.: Não se preocupe com o que aconteceu ontem – isso não conta.

— Não, você entendeu tudo errado. É ela que não conta — Paul murmurou enquanto dobrava a carta.

Ele saiu correndo do quarto e voltou para a recepção.

— Diga-me a que horas ela saiu — ele implorou ao *concierge*, recobrando o fôlego.

— Não sei exatamente a que horas — ele respondeu. — A moça pediu um carro.

— Para onde?

— Para o aeroporto.

— Qual o voo?

— Não sei informar, senhor. Não fizemos a reserva.

Paul se virou para as portas de vidro. Sob o toldo, viu a srta. Bak prestes a entrar na limusine. Correu para fora, tirou-a da frente e entrou atrás do motorista.

— Para o aeroporto, embarque internacional. Leve-me até lá rápido e vai ganhar a maior gorjeta da sua vida.

— A srta. Bak bateu no vidro, mas o motorista pisou no acelerador e ela foi obrigada a ver a limusine desaparecer ao longe.

Sou eu que vou entrar de surpresa no avião desta vez e se a pessoa que estiver sentada ao seu lado não ceder o lugar, vou arrancá-la pelo colarinho e enfiá-la no compartimento de bagagem. Sem medo desta vez, nem durante a decolagem. E podemos nos virar com a refeição da companhia aérea. Posso até te dar a minha, se ainda estiver com fome. Vamos assistir ao mesmo filme desta vez. Porque isso conta, Mia. Isso conta mais do que todos aqueles livros que não escrevi...

O motorista costurou pelo trânsito, mas quanto mais se afastavam do centro da cidade, mais cheias estavam as estradas.

— É hora do *rush*, senhor — ele disse. — Posso tentar algum outro caminho, mas vai demorar ainda mais.

Paul implorou para que ele fizesse o melhor possível.

Jogado de um lado para o outro no banco de trás da limusine, ele ensaiou o que diria a Mia quando a visse novamente: as decisões que tinha tomado, o que havia dito a Kyong, cujo nome verdadeiro era Eun-Jeong, e que nem era a tradutora de Paul. Todo esse tempo, ela havia sido sua editora coreana.

Uma hora e meia depois, Paul pagou o motorista.

Ele correu para o terminal e olhou para o painel de voos. Não havia nenhum voo para Paris.

No balcão da Air France, o funcionário informou a ele que o avião havia partido trinta minutos antes. Ainda havia um lugar sobrando no voo para o dia seguinte.

19

Assim que as rodas do avião tocaram no chão, Paul pegou o telefone e tentou ligar para Mia. Depois de cair três vezes no correio de voz, ele desligou. As coisas que tinha que dizer a ela não podiam ser ditas por mensagem.

Um táxi o deixou na Rue de Bretagne. Ele pegou as chaves de seu apartamento no Café du Marché, foi para casa e largou a mala no corredor, sem se importar em ler a correspondência ou ligar para Cristoneli para retornar suas mensagens.

De banho tomado e com roupas limpas, dirigiu até Montmartre, estacionou na Rue Norvins e caminhou até o La Clamada.

Vendo-o da cozinha, Daisy saiu para o salão principal.

— Diga-me onde ela está — Paul disse.

— Sente-se. Precisamos conversar — Daisy respondeu, entrando atrás do bar.

— Ela está na sua casa?

— Posso te servir um café? Ou uma taça de vinho?

— Preciso ver Mia. Agora mesmo.

— Ela não está na minha casa. E não saberia dizer onde ela está. Imagino que tenha voltado para a Inglaterra. Ela foi embora há mais de uma semana e não falei com ela desde então.

Paul olhou atrás de Daisy. Ela acompanhou o olhar dele até a antiga caixa de temperos, sobre o balcão, ao lado da cafeteira.

— Certo — ela reconheceu. — Ela esteve aqui ontem de manhã, mas foi uma visita rápida. Foi você mesmo que me mandou aquele presente?

Paul confirmou.

— É lindo. Fiquei muito comovida, obrigada. Posso perguntar o que está acontecendo entre vocês?

— Não, não pode — Paul respondeu.

Daisy não insistiu. Ela serviu um pouco de café a ele.

— A vida dela é mais complicada do que parece, e ela é uma mulher muito mais complicada do que gostaria de admitir. Mas eu a amo exatamente do jeito que ela é. Ela é minha melhor amiga. Finalmente resolveu fazer uma escolha racional, e precisa se ater a ela. Deixe-a. Se realmente é amigo dela, deixe-a fazer o que é melhor para ela.

— Está me dizendo que ela voltou para Londres? Ou voltou com o ex?

— Ouça, tenho muitos clientes e o almoço não vai se preparar sozinho. Volte aqui depois das dez. Vai estar mais calmo. Eu preparo um jantar e podemos conversar. Li um dos seus livros, sabia? Adorei.

— Qual deles?

— O primeiro, eu acho. Peguei com a Mia.

Paul se despediu de Daisy e saiu do restaurante, vendo que havia uma chamada perdida de Cristoneli. Ele foi até Saint-Germain-des-Prés.

Cristoneli saiu do escritório e recebeu Paul de braços abertos.

— Aqui está meu superastro preferido! — ele exclamou, abraçando-o. — E então? Aposto que está feliz por eu ter insistido e te obrigado a ir para a Coreia, não é?

— Calma... Você está me sufocando, Gaetano!

Cristoneli se afastou e ajeitou o paletó de Paul.

— Minha colega coreana me mandou um e-mail com tudo o que saiu na imprensa. E, minha nossa, eram muitos artigos! Ainda não foram traduzidos, mas parece que as críticas foram incríveis. Aparentemente, você é sucesso total na Coreia!

— Precisamos conversar — Paul sussurrou.

— É claro que precisamos conversar... contanto que não queira outro adiantamento, seu espertinho! — Cristoneli disse jovialmente, dando um tapinha no ombro dele.

— Você não entendeu nada. Essa coisa toda é tão complicada.

— Nunca é simples com as mulheres. E, por mulheres, estou me referindo às comuns, do tipo que encontramos todos os dias. Mas você? Você joga até ganhar!

— É "Você joga *para* ganhar".

— Dá na mesma. Mas podemos fazer do seu jeito hoje, meu amigo. Venha, vamos tomar algo para comemorar...

— Está me parecendo que você já bebeu bastante. Está mais difícil de te entender do que de costume.

— Eu? Talvez seja você, todo atrapalhado da cabeça... mas quem pode te culpar? Ah, Paul! Seu espertinho!

— Essa coisa de "espertinho" está começando a me irritar. O que, exatamente, Eun-Jeong disse a você?

— Eun-Je-*quem*?

— Minha editora coreana. De quem mais estamos falando?

— Ouça, meu querido Paul, meus lábios estão se movendo, mas acho que você não está ouvindo as palavras saindo da minha boca. Talvez o avião tenha feito seus tímpanos estourarem? A pressão da cabine ou algo assim? Não suporto aviões, recuso-me a voar a menos que não haja outra opção. Quando vou a Milão, pego o trem; a viagem é um pouco longa, eu admito, mas pelo menos não tenho que passar pelo raio X antes de embarcar. Mas e aquela bebida? Seu *espertinho*!

Eles se sentaram na parte interna do Deux Magots. Paul apontou para uma pasta que Cristoneli havia colocado sobre uma cadeira.

— Se esse é o contrato do meu próximo livro, precisamos ter uma conversa séria antes.

— Achei que já tínhamos um contrato. Hum, talvez você tenha razão. Às vezes me pergunto o que meu assistente realmente faz. De qualquer modo, espero que não pretenda tirar vantagem da situação, considerando todos os anos que te apoiei, nos momentos bons e ruins! Mas você pode me falar de sua próxima obra de arte outra hora. Agora, quero que me conte os detalhes, todos os detalhes, só entre nós dois. Não vou contar a ninguém. Minha boca é um túmulo! — Cristoneli disse, colocando o dedo sobre os lábios.

— Gaetano! Do que está falando? — Paul perguntou, surpreso.

— Que tipo de pergunta é essa?

— Me ajude a entender: o que Eun-Jeong te contou?

— Nada que eu já não tenha dito: ela me mandou um e-mail e eu fiquei muito feliz em saber sobre a recepção calorosa que você teve em Seul. O que eu te falei, hein? Os números são maravilhosos. Vou ligar para os editores chineses, informar seu editor americano e poderemos seguir meu plano ao pé da letra.

— Hum… Então se ainda vamos seguir seu plano ao pé da letra, o que exatamente deu em você hoje?

Cristoneli olhou nos olhos de Paul.

— Achei que eu fosse seu amigo, alguém em que pode confiar. Então, tenho que confessar, fiquei um pouco decepcionado por ter que saber a verdade dessa forma, como todo mundo.

— Não faço a mínima ideia do que você está falando. E estou ficando cansado dessa conversa cifrada — Paul resmungou.

Cristoneli começou a cantarolar uma ária conhecida e depois colocou a pasta sobre a mesa. Abriu pela metade, ainda cantarolando a canção, fechou, depois abriu novamente, até Paul finalmente perder a calma e arrancar a pasta da mão dele.

As capas de revista que estavam lá dentro bastaram para deixá-lo sem fôlego e com os olhos arregalados.

— Eu disse que já a havia visto antes, quando fui pegar vocês na delegacia — Cristoneli murmurou. — Mas ela? Melissa Barlow? Achei que meu queixo ia bater no chão!

Fotos de Mia e Paul estampavam todas as capas e estavam em todas as páginas de cada tabloide. Imagens deles caminhando lado a lado, entrando no hotel, parados no saguão, esperando o elevador… Paul inclinado sobre uma sarjeta enquanto Mia o segurava, ele segurando a porta de uma limusine para Mia entrar. E, sob cada foto, legendas descrevendo o louco romance de Melissa Barlow. Na segunda revista que Paul folheou, com as mãos trêmulas, uma foto de Mia na Feira Literária estava acompanhada pela descrição:

"Poucos dias antes do lançamento de um filme em que atua ao lado de seu marido na vida real, Melissa Barlow é vista em sua própria comédia romântica com o escritor americano Paul Barton."

— É um pouco invasivo, devo admitir. Mas, para as vendas, isso é mais do que *maravilindo*! Seu espertinho! Ei, amigo. Você não me parece muito bem.

Paul sentiu ânsia de vômito e correu para fora.

Alguns instantes depois, inclinado sobre uma lata de lixo, ele notou um lenço sendo abanado diante de seus olhos. Cristoneli estava atrás dele, com o braço esticado.

— Isso não é nada bonito. E você *me* acusa de beber!

Paul limpou a boca e Cristoneli o ajudou a chegar até um banco.

— Está um pouco enjoado?

— Como adivinhou?

— É por causa das fotografias? Você devia imaginar que isso aconteceria mais cedo ou mais tarde. O que esperava, namorando uma estrela de cinema?

— Já teve a sensação de que o mundo está se desfazendo sob seus pés?

— Ah, sim — respondeu o editor. — Quando minha mãe morreu, em primeiro lugar. E depois quando minha esposa me deixou. Pensando bem, quando me separei de minha segunda esposa também. Com a terceira, foi diferente, foi recíproco.

— É exatamente disso que estou falando: quando você acha que chegou no fundo do poço, tem que tomar cuidado, porque há outro abismo logo abaixo, ainda mais profundo. E estou começando a me perguntar onde isso tudo vai acabar.

* * *

Paul foi para casa e dormiu até a noite. Por volta das oito horas, sentou à escrivaninha. Verificou o e-mail, lendo apenas as linhas de assunto, e desligou o computador. Nenhuma notícia dela. Um pouco depois, chamou um táxi e foi para Montmartre.

Eram quase onze horas quando entrou no La Clamada. Daisy estava limpando a última mesa.

— Achei que não vinha mais. Está com fome?

— Sabe de uma coisa? Não tenho a mínima ideia.

— Vamos descobrir.

Ela deixou ele escolher uma mesa enquanto ia até a cozinha, voltando alguns minutos depois com um prato na mão. Ela se sentou de frente para Paul e pediu para ele provar o *plat du jour*. Eles conversariam quando ele estivesse de estômago cheio. Ela serviu uma taça de vinho e ficou observando enquanto ele comia.

— Você sabia, eu suponho? — ele perguntou a ela.

— Que ela não era garçonete? Eu te disse que a vida dela era mais complicada do que parecia.

— E você? Está prestes a me dizer que, na verdade, não é *chef*, mas uma agente secreta do governo francês? Conte sua melhor história. Nada poderia me surpreender agora.

— Vocês, escritores, são mesmo um barato — Daisy riu.

Conforme a noite foi passando, Daisy contou a ele a história da vida dela e, mais uma vez, Paul gostou de ouvir as lembranças de Daisy e Mia crescendo juntas, embora preferisse ouvir da boca de Mia.

À meia-noite, ele acompanhou Daisy até a porta de seu prédio. Paul olhou para as janelas.

— Se tiver notícias dela, prometa que vai pedir para ela me ligar.

— Não posso prometer nada.

— Juro que não sou uma má pessoa.

— É exatamente por isso. Acredite em mim, vocês dois não combinam.

— E se eu te dissesse que sinto falta dela como amiga?

— Eu diria que você mente tão mal quanto ela. Os primeiros dias são os mais difíceis. Depois fica mais fácil. Sempre haverá uma mesa para você no meu restaurante, Paul. Sempre que quiser. Boa noite.

Daisy abriu a porta e desapareceu.

* * *

Três semanas se passaram. Paul escreveu sem parar. Mal saiu da escrivaninha, a não ser para almoçar no café do Bigode e tomar um *brunch* no apartamento de Daisy. Embora ela fosse uma companhia agradável, permaneceu em silêncio no que se referia a Mia. Os tabloides também já haviam sossegado.

Uma noite, exatamente às oito, ele recebeu uma ligação de Cristoneli.

— Está escrevendo?

— Não.

— Vendo televisão?

— Não.

— Ótimo. Continua fazendo… o que estiver fazendo.

— Está ligando apenas para saber o que estou fazendo?

— Não, queria ver como você está e como está indo o livro.

— Joguei fora o que estava escrevendo e comecei outro totalmente novo.

— Excelente.

— Completamente diferente.

— Ah, é? Vai ter que me dizer do que se trata.

— Não sei se você vai gostar.

— Ah, até parece! Só está dizendo isso para aguçar minha curiosidade.

— Não, eu realmente acho que não.

— O que é? Um suspense?

— Fale de novo comigo daqui a algumas semanas…

— Uma história de detetive? Processual?

— No momento, estou me concentrando apenas em escrever um primeiro rascunho.

— Literatura erótica, seu diabinho?

— Gaetano, quer conversar sobre alguma coisa em particular?

— Não… contanto que me diga que está bem.

— Estou bem, obrigado. Não, esqueça isso. Estou ótimo. E já que está tão interessado na minha vida, devo dizer que arrumei um pouco a casa hoje de manhã, depois almocei no café que fica no fim da rua, então passei a maior parte da tarde lendo, e à noite esquentei um pouco de lentilha para o jantar. Que, no momento, está esfriando. Quando desligar o telefone, vou escrever e depois vou deitar. Isso satisfaz essa sua recém-descoberta curiosidade?

— Lentilha? É um prato um pouco indigesto para comer à noite, não acha?

— Boa noite, Gaetano.

Paul desligou, balançando a cabeça, e voltou para o computador. Quando iniciou um novo parágrafo, repassou na cabeça a conversa estranha que havia tido com seu editor.

Tomado repentinamente pela dúvida, pegou o controle remoto e ligou a TV. Estava passando o noticiário na TF1 e na France 2. Ele continuou mudando de canal, franziu a testa, e voltou para a France 2, que mostrava o trailer de um novo filme.

Nele, Paul viu um homem beijando uma mulher que usava um vestido de festa. O homem pegava a mulher nos braços e a colocava na cama, antes de despi-la. Beijava seus seios enquanto ela gemia de prazer.

A câmera se aproximou dos atores e a cena foi congelada e cortaram para um estúdio de televisão onde os mesmos dois atores estavam ao vivo.

— *A estranha jornada de Alice* estreia amanhã nos cinemas — o apresentador declarou. — E embora todos estejam esperando muito do filme, as maiores expectativas e a agitação estão centradas em vê-los como casal, uma vez que as faíscas da vida real existem entre vocês na tela grande. Melissa Barlow, David Babkins, bem-vindos e obrigado por participarem de nosso programa.

A câmera mostrou os dois lado a lado.

— Agradecemos pelo convite, *monsieur* Delahousse — eles responderam em coro.

— Primeiro, preciso saber, assim como todos os nossos espectadores, se atuar ao lado de seu cônjuge da vida real torna a performance mais fácil ou mais desafiadora?

Mia deixou David falar. Ele explicou que dependia da cena em questão.

— E claro, sempre que Melissa faz uma cena perigosa, eu morro de medo. E vice-versa, naturalmente. As pessoas automaticamente pensam que as cenas de amor são mais fáceis, mas não é necessariamente o caso. É claro que nos conhecemos melhor do que a qualquer outra pessoa, mas estar com uma equipe inteira de técnicos não ajuda muito a criar o clima. Eles normalmente não seriam convidados para o nosso quarto — David acrescentou, rindo da própria piada.

— Sr. Babkins, seu comentário sobre amor me leva à próxima pergunta. Melissa Barlow, a respeito das fotos publicadas recentemente... Devemos interpretar a aparição de vocês dois juntos aqui hoje à noite como um sinal de que as notícias não passam de fofocas? Colocando de outra forma, quem exatamente Paul Barton é para você, Melissa?

— Ele é um amigo — Mia respondeu sucintamente. — Um amigo muito querido que escreve livros adoráveis.

— Então você o admira como escritor?

— Como escritor e como amigo. O resto não conta.

Paul desligou a televisão. Suas mãos tremiam tanto que ele não conseguia segurar o controle remoto.

Durante uma hora, lutou para escrever ao menos uma palavra. Por volta da meia-noite, pegou o telefone.

* * *

A limusine com vidros escuros entrou no estacionamento do hotel. David colocou a mão na maçaneta e se virou para Mia.

— Você precisa ter certeza absoluta de que é isso que quer, Mia.

— Eu tenho. Adeus, David.

— Por que não tentamos mais uma vez? Você já teve sua vingança. Publicada em todos os tabloides, ainda por cima.

— Eu não tinha nada a esconder. Mas, agora que podemos parar de fingir que somos um casal feliz, esconder-me é exatamente o que preciso fazer. De todo mundo, de mim mesma. Eu me sinto suja, e essa é a pior sensação que alguém pode ter. Mais uma coisa: é melhor você assinar os papéis que Creston te mandou, ou eu vou mandar todo o fingimento para o alto e contar a todo mundo a verdade sobre o que você fez.

David olhou para ela com desdém e saiu do carro, batendo a porta.

O motorista perguntou a Mia para onde ela queria ir. Ela disse para ele seguir pela via expressa sentido sul. Depois pegou o telefone para ligar para Creston.

— Sinto muito, Mia, eu queria muito estar aí para sua última aparição promocional, mas mal consigo andar por causa dessa maldita dor no nervo ciático. Mas, diga. Está se sentindo livre agora?

— Livre dele, sim. E de você. Mas o resto ainda está aqui.

— Fiz o que pude para te proteger, sabe. Mas você dificultou muito as coisas.

— Sei disso. Não te culpo, Creston. O que passou, passou.

— Já sabe para onde vai?

— Para a Suécia. A Daisy não para de falar nisso.

— Leve muitos agasalhos. Está muito frio por lá. E vê se dá notícias de vez em quando.

— Darei. Mas vai demorar um pouco.

— Em poucas semanas, tudo isso vai ser esquecido e você terá apenas seu futuro glorioso à frente. Então aproveite esse tempo longe, recarregue as baterias.

— Parece ótimo. Como pressionar a tecla *delete* para apagar todos os erros e começar de novo. Infelizmente, isso só funciona nos livros. Adeus, Creston. Desejo que melhore logo.

Mia desligou. Então abriu o vidro e jogou o telefone pela janela.

20

— Diga o que aconteceu depois que você viu os dois na TV.

— Fiquei andando de um lado para o outro no apartamento por um tempo. Depois, à meia-noite, quando achei que ia enlouquecer, peguei o telefone e te liguei. Não fazia ideia de que você tocaria minha campainha no dia seguinte, mas nem consigo dizer como estou feliz em te ver.

— Vim o mais rápido que pude. Você deve lembrar que fez o mesmo por mim há um tempo.

— Naquela época, precisei apenas atravessar a cidade.

— Você está péssimo, cara.

— Você veio sozinho ou a Lauren está escondida na sua mala?

— Por que não faz um café em vez de ficar aí falando sem parar?

Arthur ficou com Paul por dez dias, durante os quais a amizade dos dois reacendeu algo parecido com felicidade no coração de Paul.

Todas as manhãs eles tomavam café no Bigode e conversavam. À tarde, caminhavam por Paris. Paul comprava objetos inúteis de todo tipo – utensílios de cozinha, bugigangas, roupas que nunca usaria, livros que nunca leria e presentes para seu afilhado. Arthur tentava conter o exagero do amigo, mas sem sucesso.

Eles jantaram no La Clamada duas noites seguidas.

Arthur achou a comida deliciosa e Daisy encantadora.

Durante uma das refeições, Paul explicou o plano maluco e bizarro que estava ocupando sua cabeça. Arthur o alertou dos perigos que ele enfrentaria. Paul era capaz de imaginar as consequências, mas não tinha escolha. Era o único jeito de se reconciliar com o passado, tanto por seu trabalho quanto por sua consciência.

— O dia que vi a Eun-Jeong na Feira Literária — ele disse —, demorou um tempo até que qualquer um de nós pudesse dizer alguma coisa. E então ela começou a tentar justificar suas ações, que, é claro, não tinham me feito mal nenhum e nem fariam no futuro. Graças a ela, pude experimentar a fama e ganhei uma boa quantia em dinheiro, enquanto ela pôde usar meu nome para contar sua história. Uma história que nunca teria sido lida além das fronteiras da Coreia do Sul, porque mais ninguém se importa com o destino de seu povo. No final, todo mundo saiu ganhando. Mesmo assim, não podia simplesmente aceitar viver do dinheiro do trabalho dela. E mesmo sem contar o dinheiro, fiquei realmente fascinado por sua coragem e determinação. Ela me contou tudo. Como usava as vindas a Paris como fachada para visitar suas redes. Ela jurou que seus sentimentos por mim eram sinceros, mesmo que, no fundo, ame outro homem, um prisioneiro do regime contra o qual está lutando. Você deve achar que eu deveria ter brigado com ela, mas, ao meu ver, ela foi incrível. E, mais do que tudo, pela primeira vez em meses, eu me senti livre. Não estava mais apaixonado por ela. Não foi vê-la novamente que me fez perceber isso, nem descobrir a verdade sobre ela. Foi Mia... Apenas Mia. Quando nos despedimos, eu jurei para mim mesmo que reescreveria a história de Kyong, em parte para revelá-la ao mundo. E, admito, talvez em parte para provar que poderia escrever melhor do que ela. Meu editor ainda não sabe nada sobre isso, e mal posso imaginar a cara dele quando abrir o manuscrito. Mas farei o possível para que ele publique.

— Pretende contar a verdade a ele?

— Não, eu não vou contar para ninguém. Você é o único que pode saber. Não conte nem para a Lauren.

Ao fim da refeição, Daisy se juntou a eles. Os três fizeram um brinde à vida, à amizade e à promessa de toda a felicidade que um dia viria.

Arthur voltou para São Francisco. Paul o levou para o aeroporto e jurou que visitaria o afilhado, agora que quase não tinha mais medo de avião – assim que terminasse o livro.

Arthur partiu mais tranquilo. Paul estava bem e a única coisa que lhe importava naquele momento era seu livro.

* * *

Paul trabalhava sem parar. Só parava para ir ao café do Bigode e, às vezes, ao La Clamada.

Uma noite, enquanto ele e Daisy conversavam em um banco, o caricaturista se aproximou com um desenho.

Paul ficou olhando para ele por um bom tempo. Era o desenho de um casal, visto de costas, sentado no mesmo banco em que ele estava com Daisy.

— É do verão — o caricaturista disse a ele. — É você, à direita. Já está perto do Natal, então considere como um presente meu.

Quando estava saindo, o caricaturista encostou na mão de Daisy e ela abriu um sorriso malicioso para ele.

* * *

Dois meses depois, quando ele estava escrevendo as últimas linhas do livro, Paul recebeu uma ligação de Daisy. Era tarde da noite, mas ela pediu para ele ir até lá o mais rápido possível.

Paul detectou uma agitação em sua voz que o convenceu de que ela tinha notícias de Mia.

Para não correr o risco de ficar preso no trânsito, ele pegou o metrô e subiu correndo a Rue Lepic. Passou pelo Moulin de la Galette, ofegante e suado apesar do frio cortante. Entrou no La Clamada com os pulmões pegando fogo, exultante, certo de que ela estaria lá.

Mas o lugar estava vazio, apenas Daisy estava lá, esperando atrás do bar.

— O que está acontecendo? — ele perguntou, sentando-se em uma banqueta.

Daisy continuou secando as taças.

— Não vou te dizer que falei com ela recentemente, porque estaria mentindo.

— Não compreendo.

— Se ficar quieto, posso te dizer o que eu sei. Mas, primeiro, deixe-me preparar uma bebida para você. Parece estar precisando.

Daisy não se apressou. Esperou até ele terminar de beber. O drinque estava tão forte que Paul sentiu uma espécie de embriaguez instantânea.

— Nossa, que coquetel poderoso! — ele tossiu.

— Costumavam dar essa bebida para as pessoas que se perdiam nos Alpes à noite. Algo para tirá-las das garras da morte.

— Diga o que sabe, Daisy.

— Não é muito, mas é alguma coisa...

Ela foi até a caixa registradora, pegou um envelope e o colocou sobre o balcão. Paul foi pegá-lo, mas ela segurou sua mão.

— Espere, tenho que falar uma outra coisa antes. Sabe quem é Creston?

Paul lembrou de Mia ter mencionado aquele nome em Seul, falando dele como se fosse um amigo próximo – sem, é claro, revelar o verdadeiro papel sem sua vida. Ele tinha até sentido certo ciúme dele.

— Ele é o agente dela. Ou melhor, era — Daisy continuou. — Temos algo em comum, ele e eu, mas isso precisa permanecer em segredo, caso algum dia as coisas se resolvam.

— Como assim, "se resolvam"?

— Fique quieto e me deixe terminar. Creston e eu tivemos muita dificuldade em lidar com a ausência dela. Inicialmente, eu pensei que ele estava apenas preocupado com o lado financeiro, mas não é o caso.

— Como sabe tudo isso?

— Ele esteve aqui ontem à noite. Sempre é meio estranho associar um rosto ao nome. Achei que ele seria um daqueles velhotes ingleses com chapéu-coco e guarda-chuva... mas não era nada disso. Ele tem cinquenta e poucos anos, é muito bonito e tem um aperto de mão firme. Gosto disso. Um aperto de mão firme diz muito sobre um homem. Seu aperto de mão é assim também. Bem, ele jantou sozinho aqui ontem à noite. Esperou até pagar a conta e o salão esvaziar para falar comigo. Foi muito elegante da parte dele. Se eu soubesse quem era, nunca teria permitido que ele pagasse. Na verdade, fui eu quem o abordei. É possível que ele nem tivesse se apresentado se eu não tivesse feito isso. Como ele era meu último cliente, fui perguntar se ele tinha gostado do jantar. Ele hesitou por um instante, e depois respondeu simplesmente: "Suas vieiras são incríveis. Agora entendo por que ela estava tão apaixonada por este lugar". Ele me entregou este envelope e, quando o abri, entendi do que se tratava. Ele não tinha notícias de Mia havia meses. Ela só tinha ligado uma vez, para dizer a ele que queria vender o apartamento e tudo o que havia dentro dele, mas se recusou a dizer uma palavra sobre onde estava. Quando Creston viu os caminhões de mudança levando as coisas dela, foi até a casa de leilão para comprá-las de volta. Ele comprou tudo. Ela era sua pupila, sabe... ele não conseguia suportar a ideia de um estranho se sentando à sua mesa ou dormindo em sua cama. Todos os móveis e pertences de Mia estão em um depósito na periferia de Londres.

— Então o que tem no envelope? — Paul perguntou, com os nervos à flor da pele.

— Tenha paciência, apenas ouça. Ele veio passar uma noite em um lugar que ela amava. Não posso culpá-lo por isso. Se você soubesse quanto tempo já passei olhando para a mesa em que costumávamos comer juntas, ou para o banco em que ela sentava na Place du Tertre. Vou te contar um segredo. Eu só libero aquela mesa para clientes quando o restaurante está completamente lotado. Às vezes, até recuso pessoas e a deixo vazia, porque todas as noites desde que ela partiu, sonho que entra pela porta perguntando se tenho vieiras no cardápio.

Paul não conseguia esperar mais. Sem pedir a permissão de Daisy, rasgou o envelope. Dentro, havia três fotografias.

Elas tinham sido tiradas de longe, provavelmente por alguém sentado no restaurante do Carrousel du Louvre. As pessoas faziam fila na frente da pirâmide. Daisy apontou para um dos rostos.

— Ela sabe como alterar sua aparência até ficar quase irreconhecível – nem preciso te dizer isso –, mas Creston não tem dúvida: a mulher no meio da multidão é ela.

Paul olhou para a fotografia com o coração acelerado. Daisy estava certa: ninguém a teria reconhecido, mas ambos sabiam que era Mia.

Ele sentiu um imenso alívio quando viu as covinhas em seu rosto. Quando estavam em Seul, notou que as covinhas sempre apareciam quando ela estava realmente feliz. Ele perguntou a Daisy como Creston havia obtido aquelas fotos.

— Creston tem contatos no circuito dos *paparazzi*. Às vezes paga um valor ainda mais alto do que os jornais para que as fotos *não* sejam publicadas. Com as de Seul, ele ficou sabendo tarde demais. Bem, ele disse a todos os fotógrafos que conhecia, e conhece muitos, que pagaria uma fortuna por uma foto de Mia, onde quer que fosse tirada, contanto que tivesse data. E essas foram enviadas a ele de graça.

Paul estava prestes a perguntar a Daisy se poderia ficar com uma, quando ela entregou todas a ele.

— Ela deve ter começado uma nova vida — Paul disse.

— Ela está sozinha, não está? Por que parece tão chateado, se ela está sozinha?

— Porque... dói até mesmo ter um pingo de esperança.

— Seu bobo! *Não* ter esperança é o que acaba com as pessoas. Ela estava em Paris e nem veio me ver. Isso significa que estava sozinha. Refazendo sua vida. Creston recebeu essas fotos há uma semana. Por isso resolveu procurar por ela. Antes de aparecer aqui, ele passou dois dias perambulando por Paris, com a ideia maluca de que poderia simplesmente trombar com ela em alguma esquina. Os ingleses são mesmo loucos! Mas eu e você estamos aqui todos os dias, então quem sabe... talvez com um pouco de sorte...

— Como podemos saber que ela ainda está aqui?

— Confie em seus instintos. Se realmente a ama, vai conseguir ouvir o coração dela batendo... em algum lugar por aí.

* * *

Daisy estava certa. Paul não sabia se era apenas sua imaginação, ou a poderosa sensação de esperança que ele estava tentando, em vão, ignorar, mas nas semanas seguintes, ele às vezes sentia o cheiro do perfume de Mia nas esquinas, como se ela estivesse caminhando mais adiante e eles tivessem acabado de se desencontrar. Sempre que isso acontecia, acelerava o passo, certo de que a encontraria na próxima esquina. Ele até se viu chamando por desconhecidos e perambulando à noite, olhando para janelas iluminadas e esperando encontrá-la.

* * *

Seu livro foi publicado. Ou melhor, a história de Kyong, que ele havia reescrito completamente, foi publicada. Era a primeira vez que ele saía do domínio da ficção. Toda noite, fazia a si mesmo as mesmas perguntas: será que havia transformado verdade em ficção? Será que enfeitara demais ou dramatizara a história dela? Ele estava ciente de que tinha dado vida aos personagens de Eun-Jeong. Onde ela havia se contentado em listar suas provações e tormentos, por mais trágicos que fossem, Paul havia descrito vidas, retratando seu sofrimento e suas mais profundas emoções. Ele tinha feito o que qualquer escritor precisa fazer quando toma posse de uma história que não inventou.

A imprensa também se apossou da história. Assim que foi publicada, provocou um turbilhão de interesse que Paul não conseguia compreender. Talvez fosse apenas uma moda passageira, mas em uma época em que todos ainda queriam acreditar nas virtudes da liberdade individual, fechando os olhos para a situação cada vez pior além das fronteiras do Oriente, ignorando a crescente influência dos ditadores que buscavam abrigo atrás do poder das economias nacionais que haviam simplesmente embolsado, uma história que denunciava o que era inegavelmente uma ditadura tocava em um ponto crítico e ajudava a conscientizar as pessoas. Paul estava feliz em aceitar essa ideia, principalmente por não aceitar nenhum crédito pessoal pelo livro. A seus olhos, era tudo obra de Eun-Jeong e sua incrível coragem.

As críticas foram ótimas, e a mesa de Cristoneli se enchia de pedidos de entrevista. Paul recusou todos eles.

Pela primeira vez, Paul viu seu nome na capa de um livro na sessão de *best-sellers*. Encontrou-o até nos autodeclarados templos do pensamento atual.

E rumores de uma indicação para um prêmio literário começaram a surgir nos corredores de suas editoras.

Cristoneli o levava para almoçar com mais frequência. Falava de eventos sociais em Paris, abrindo seu caderno Moleskine e fazendo cara séria ao listar os coquetéis e festas em que a presença de Paul era crucial. Paul evitava tudo isso, e depois de um tempo parou de ouvir as mensagens em sua secretária eletrônica.

Todo o barulho ao seu redor parecia ecoar como se ricocheteasse nas paredes de um apartamento vazio.

Passaram-se seis semanas até que ele encontrou Cristoneli novamente, desta vez no Café de Flore.

As pessoas olhavam para ele com sorrisos de admiração ou inveja no rosto. Mas aquela noite Cristoneli pediu champanhe antes de anunciar que cerca de trinta editoras estrangeiras haviam adquirido os direitos de seu livro.

Que irônico: a história de sua tradutora seria traduzida para trinta idiomas. Enquanto Cristoneli brindava a seu triunfo, Paul não podia deixar de imaginar o que Eun-Jeong acharia daquilo. Ele não havia entrado em contato com ela desde a Feira Literária de Seul.

A cabeça de Paul continuava em outro lugar, apesar da comemoração. Ele teria que se preparar, no entanto, porque aquilo era apenas o início.

21

Em um dia de outono, Paul foi incomodado pelo toque incessante do telefone. Ele finalmente atendeu e encontrou Cristoneli gaguejando na linha:

— M... M... M...

— O quê?

— La Me... Med...

— Medicação? É isso, você finalmente enlouqueceu.

— Não, pelo amor de Deus! La Méditerranée! Você me chama de louco, mas está atrasado para a própria festa. Apresse-se! Todo mundo está esperando por você!

— Bem, é muita gentileza sua, Gaetano, mas o que devo fazer no Mediterrâneo?

— Paul, cale a boca e me ouça com muita atenção, eu imploro. Você ganhou o Prix Médicis. Toda a imprensa está esperando por você no restaurante La Méditerranée, na Place de l'Odéon. Tem um táxi esperando na frente do seu apartamento. Ficou claro? — Cristoneli gritou.

Daquele momento em diante, mais nada estava claro para Paul. Sua mente girava.

— Merda — ele murmurou.

— Como assim, *merda*?

— Merda, merda, merda.

— Pare, por favor. Por que não para de repetir "merda"?

— Estou falando sozinho.

— Bem, mas não deveria falar assim, nem consigo mesmo.

— Isso não pode estar acontecendo — Paul disse. — Você precisa impedir.

— Impedir o quê?

— O prêmio. Não posso aceitar.

— Paul, posso dizer que você está me tirando do sério? Ninguém recusa o Médicis, então entre nesse táxi e se apresse ou sou eu que vou falar merda para você. Na verdade, vou começar agora mesmo: merda,

merda, merda! Eles vão anunciar os ganhadores em quinze minutos. Eu estou aqui, independentemente de você conseguir ou não. É um grande triunfo, meu amigo!

Paul desligou e imediatamente teve a sensação de que estava tendo um ataque cardíaco. Deitou no chão, de braços cruzados, e começou uma série de exercícios de respiração.

O telefone tocou novamente e mais uma vez. E continuou tocando até o táxi deixá-lo na Place de l'Odéon.

Cristoneli estava esperando por ele em frente ao restaurante. Flashes piscavam e Paul teve uma sensação de *déjà-vu* que fez seu sangue congelar.

Sua comunicação se resumia a um *obrigado* e um sorriso nervoso para a fileira de fotógrafos toda vez que o editor o cutucava com o cotovelo. Ele mal respondeu às perguntas, pelo menos não de maneira inteligível.

Às três da tarde, enquanto Cristoneli corria ao escritório para encomendar reimpressões e aprovar uma nova cinta para a capa do livro, Paul foi para casa e se trancou no apartamento.

Daisy telefonou no fim da tarde para parabenizá-lo. Ela tinha ouvido a notícia no rádio enquanto picava rabanetes e quase cortou o dedo fora, em choque. Disse que seria bom se ele passasse no La Clamada para comemorar o sucesso, e logo, senão ele acabaria em sua lista negra.

Às oito, ele ainda estava andando de um lado para o outro no apartamento, esperando Arthur retornar sua ligação.

Mas foi Lauren que ligou. Arthur estava com clientes no Novo México. Eles tiveram um longa conversa e, antes de uma emergência a obrigar a desligar, ela o ajudou a encontrar um modo de se acalmar.

Paul se sentou na frente da tela e abriu o arquivo de um projeto que havia abandonado fazia muito tempo. Lauren estava certa quando sugeriu que ele trouxesse de volta a cantora de ópera. A personagem familiar rapidamente lhe trouxe o conforto de que necessitava.

Algumas páginas depois, Paul sentiu o aperto no peito diminuir e as palavras fluíram livremente pelo resto da noite.

De manhã cedo, Paul tomou uma decisão e jurou não mudar de ideia, independentemente do custo. Seu melhor amigo ficaria feliz. Havia chegado a hora de voltar para casa.

* * *

No dia seguinte, Paul foi se encontrar com Cristoneli. Ele estava ouvindo o editor apenas pela metade, abrindo a boca só para recusar uma entrevista atrás da outra.

Paul tinha dito não vinte vezes seguidas, então quando finalmente disse sim, Cristoneli nem notou e continuou dizendo os nomes dos jornalistas que queriam entrevistá-lo.

— Hum… eu acabei de dizer sim... — Paul suspirou.

— Ah, é? Para qual?

— *La Grande Bibliothèque*. É o único programa de que vou participar.

— Certo. Como quiser — disse Cristoneli, às margens da depressão. — Vou avisá-los agora mesmo. O programa vai ao ar ao vivo amanhã à noite.

* * *

Paul passou seu último dia em Paris colocando as coisas em ordem. Ao meio-dia, foi até o restaurante da Daisy para almoçar. Quando chegou a hora da despedida, ela o abraçou e tentou conter as lágrimas.

Mais tarde, ele se despediu do Bigode e entregou as chaves do apartamento a ele. O dono do café prometeu que ele cuidaria da remoção de seus pertences como se fossem dele próprio.

Às oito, Cristoneli chegou para pegá-lo. Paul colocou a maleta no porta-malas do táxi e os dois foram para os estúdios da France Télévisions.

Paul não disse nada durante a maquiagem, apenas pediu para que não usassem corretivo nas linhas de expressão ao redor dos olhos, para o caso de Mia estar assistindo. Quando o diretor foi buscá-lo, Paul pediu para Cristoneli esperá-lo no camarim. Ele poderia acompanhar o programa pela TV que havia ali.

François Truelle, o apresentador, apertou a mão de Paul nos bastidores e mostrou seu lugar ao lado de quatro outros escritores.

Paul cumprimentou os colegas e respirou fundo. Alguns minutos depois, o programa começou.

— Boa noite a todos, e bem-vindos ao *La Grande Bibliothèque*. Hoje falaremos sobre prêmios literários e ficção estrangeira, apresentando uma entrevista exclusiva com um autor pouco conhecido do público em geral, pelo menos até dois dias atrás, quando ganhou o Prix Médicis de livro estrangeiro. Paul Barton, obrigado por comparecer ao programa.

Uma imagem de Paul apareceu na tela, enquanto uma voz em *off* descrevia sua carreira – seu passado como arquiteto, a decisão de se mudar para a França e os seis livros anteriores. No final do breve relato, François Truelle se virou para Paul.

— Paul Barton, o romance que ganhou o Médicis é muito diferente daqueles que o precederam: é um livro pungente, surpreendente, profundamente emocionante e esclarecedor. Eu chegaria até a dizer que se trata de um romance *essencial*.

Truelle continuou a tecer elogios ao livro e depois perguntou a Paul o que havia inspirado a história que ele havia escrito.

Paul olhou diretamente para a câmera.

— Eu não escrevi nada. Apenas traduzi.

François Truelle ficou boquiaberto, arregalou os olhos e perdeu o fôlego.

— Eu entendi corretamente? Você *não* escreveu esse livro?

— Não. É uma história real, do princípio ao fim, e essa história não pertence a mim. A mulher por trás da história ficou impossibilitada de publicá-la com seu próprio nome. Seus pais, sua família e o amor de sua vida vivem na Coreia do Norte e enfrentariam a morte certa se o nome da escritora viesse a público. Por esse motivo, nunca vou revelar sua identidade, mas me recuso a levar crédito por sua obra.

— Não compreendo — Truelle exclamou. — Então por que publicar em seu nome?

— Servi como testa de ferro em comum acordo. A verdadeira Kyong tinha apenas um sonho: que a história de seus entes queridos tivesse o maior alcance possível, que as pessoas no mundo todo pudessem finalmente conhecer o destino deles. Não há petróleo na Coreia do Norte, então nossas democracias ocidentais fecham os olhos para uma das mais terríveis ditaduras do mundo. Passei meses mergulhado na história dela, dando vida a seus personagens, mas repito: essa história pertence totalmente a ela. Apenas ela merece o prêmio que eu recebi dois dias atrás. Vim a este programa contar a verdade. Se e quando o regime que oprime o povo dela finalmente vier a cair, revelarei seu nome assim que ela me der permissão. Quanto aos *royalties* que ganhei, serão transferidos diretamente para a Anistia Internacional e organizações similares que trabalham para ajudar as vítimas desse regime abominável. Eu gostaria de pedir sinceras desculpas a meu editor, que não sabia de nada disso até hoje à noite; gostaria de me desculpar também com o júri do Médicis. Mas não esqueçamos que este prêmio é concedido, antes de tudo, com base na qualidade do livro, e não do nome do autor na capa. A todos que estão assistindo a este programa, peço que leiam o livro, em nome da liberdade e da esperança. Obrigado.

Paul se levantou, apertou a mão de Truelle e dos convidados estupefatos, e foi embora do estúdio.

★ ★ ★

Cristoneli aguardava nos bastidores. Eles caminharam lado a lado em silêncio até chegarem ao saguão.

Quando estavam sozinhos, Cristoneli olhou nos olhos de Paul e estendeu a mão.

— Estou muito orgulhoso de ser seu editor, mesmo estando com uma vontade incontrolável de te estrangular. É um bom livro, e nenhum grande livro pode ser publicado no exterior sem o trabalho de um ótimo tradutor. Agora compreendo por que está voltando para São Francisco por um tempo. Estou ansioso para ler as futuras aventuras de sua cantora de ópera. Adorei os primeiros capítulos que me deixou ler e mal posso esperar para publicá-los.

— Obrigado. Gaetano, mas você não tem nenhuma obrigação. Receio ter perdido muitos possíveis leitores hoje à noite.

— Acho que foi o contrário. Mas apenas o tempo poderá dizer.

22

Paul e seu editor desceram os degraus juntos. Quando chegaram à calçada vazia, um jovem saiu das sombras e se aproximou deles com um pedaço de papal.

— Está vendo? Ainda tem pelo menos um admirador — disse Cristoneli.

— Ou é um dos agentes de Kim Jong-un enviados para me matar. — Paul riu.

Seu editor recusou-se a achar graça.

— Para você — o jovem disse, entregando um pequeno envelope a Paul.

Ele abriu e encontrou um pequeno bilhete escrito à mão:

Um quilo e meio de cenouras, meio quilo de farinha, um pacote de açúcar, uma dúzia de ovos, meio litro de leite...

— Onde arrumou isso? — Paul perguntou ao jovem, que apontou para uma figura na calçada do outro lado da rua, depois foi embora.

Uma mulher atravessou a rua na direção dele.

— Sinto dizer que quebrei minha promessa — disse Mia. — Assisti ao programa hoje.

— Não era uma promessa eterna — Paul respondeu.

— Sabe por que eu me apaixonei por você tão rápido?

— Não faço ideia.

— Porque você é totalmente incapaz de fingir.

— E... isso é uma coisa boa?

— Não. É uma coisa maravilhosa.

— Senti a sua falta, Mia. Mais do que imagina. Eu senti a sua falta... *intensamente*.

— Sério? Tanto assim?

— Acredite em mim. Afinal, sou totalmente incapaz de fingir.

— Por que não para de falar e me beija de uma vez?

Os dois ficaram se olhando em silêncio, prendendo a respiração.

Cristoneli aguardou alguns instantes, olhou no relógio e pigarreou.

— Como vocês não parecem estar com pressa, vou pegar seu táxi agora e deixá-los a sós. O meu deve estar chegando – você pode pegá-lo depois.

Ele entregou a Paul a maleta que estava carregando.

Depois cumprimentou Mia, fechou a porta do táxi, abriu o vidro e gritou uma última mensagem enquanto o carro se afastava:

— Seu espertinho!

— Para onde esse táxi vai te levar? — Mia perguntou.

— Para meu hotel, perto do aeroporto. Parto para São Francisco amanhã de manhã,

— Mas vai voltar logo?

— Acho que não.

— Posso te ligar, então?

— Tenho uma ideia melhor. Que tal nos livrarmos da pessoa ao meu lado no avião e você tomar o lugar dela? Porque tenho uma mala aqui cheia de quitutes maravilhosos esperando por você.

Paul largou a mala. Os dois se beijaram demoradamente, bem ali, no meio da rua.

Ficaram se beijando até serem interrompidos pelo som da buzina de um táxi.

Paul deixou Mia entrar primeiro e se sentou ao lado dela.

Antes de dar o endereço ao motorista, ele se virou para ela e perguntou:

— Uma pergunta. Isso aqui, neste exato momento, conta?

— Sim. Desta vez… conta de verdade.

AGRADECIMENTOS

Meus agradecimentos a…

Pauline, Louis e Georges.

Raymond, Danièle e Lorraine.

Susanna Lea.

Emmanuelle Hardouin.

Cécile Boyer-Runge, Antoine Caro.

Elisabeth Villeneuve, Caroline Babulle, Arié Sberro, Sylvie Bardeau, Lydie Leroy, Joel Renaudat, Céline Chiflet, Anne-Marie Lenfant.

Toda a equipe das Éditions Robert Laffont.

Pauline Normand, Marie-Eve Provost.

Léonard Anthony, Sébastien Canot, Danielle Melconian, Naja Baldwin, Mark Kessler, Stéphanie Charrier, Julien Saltet de Sablet d'Estières, Aline Grond.

Katrin Hodapp, Laura Mamelok, Kerry Glencorse, Julia Wagner.

Brigitte e Sarah Forissier.

Leia também:

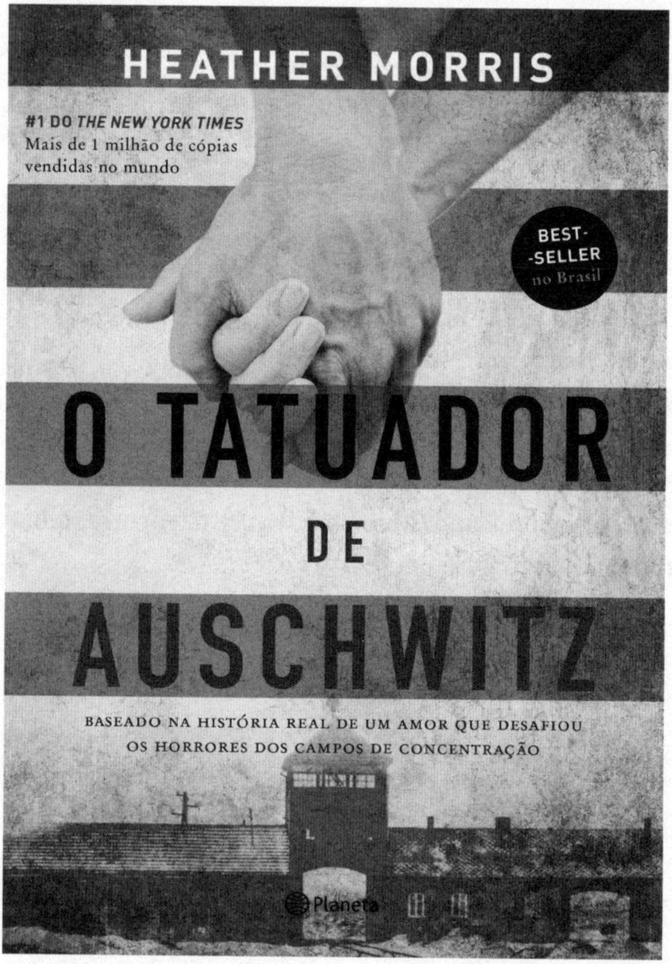
HEATHER MORRIS
#1 DO THE NEW YORK TIMES
Mais de 1 milhão de cópias
vendidas no mundo
BEST-
-SELLER
no Brasil
O TATUADOR
DE
AUSCHWITZ
BASEADO NA HISTÓRIA REAL DE UM AMOR QUE DESAFIOU
OS HORRORES DOS CAMPOS DE CONCENTRAÇÃO
Planeta

Nesse romance histórico, um testemunho da coragem daqueles que ousaram enfrentar o sistema da Alemanha nazista, o leitor será conduzido pelos horrores vividos dentro dos campos de concentração nazistas e verá que o amor não pode ser limitado por muros e cercas.

Lale Sokolov e Gita Fuhrmannova, dois judeus eslovacos, se conheceram em um dos mais terríveis lugares que a humanidade já viu: o campo de concentração e extermínio de Auschwitz, durante a Segunda Guerra Mundial. No campo, Lale foi incumbido de tatuar os números de série dos prisioneiros que chegavam trazidos pelos nazistas – literalmente marcando na pele das vítimas o que se tornaria um grande símbolo do Holocausto. Ainda que fosse acusado de compactuar com os carcereiros, Lale, no entanto, aproveitava sua posição privilegiada para ajudar outros prisioneiros, trocando joias e dinheiro por comida para mantê-los vivos e designando funções administrativas para poupar seus companheiros do trabalho braçal do campo.

Nesse ambiente, feito para destruir tudo o que tocasse, Lale e Gita viveram um amor proibido, permitindo-se viver mesmo sabendo que a morte era iminente.

MARÍA DUEÑAS
O TEMPO
ENTRE
COSTURAS
Edição comemorativa dos 100 MIL exemplares vendidos no Brasil
Planeta

Da mesma autora de O tempo entre costuras
MARÍA DUEÑAS
AS FILHAS
DO
CAPITÃO
Três irmãs, dois mundos, uma cidade
Planeta

O tempo entre costuras

Sira Quiroga é a encantadora costureira que protagoniza esta aventura. Um dia, Sira se apaixona loucamente e parte de Madri para o romântico Marrocos, meses antes da Guerra Civil Espanhola (1936-1939), para ter sua inocência triturada pelos caminhos da vida. Porém, se transforma uma vez mais para mergulhar, durante a Segunda Guerra Mundial, em um novo mundo, agora repleto de espiões, impostores e fugitivos.

As filhas do capitão

Nova York, 1936. A pequena taberna El Capitán é inaugurada na rua Catorze, um dos redutos da colônia espanhola que então reside na cidade. A morte acidental de seu proprietário, o inconsequente Emilio Arenas, força suas indomáveis filhas a tomarem conta do negócio, enquanto nos tribunais é negociado o pagamento de uma promissora indenização.

Abatidas e atormentadas pela necessidade urgente de sobrevivência, as temperamentais Victoria, Mona e Luz Arenas irão trilhar seus caminhos entre arranha-céus, compatriotas espanhóis, adversidades e amores, determinadas a transformar um sonho em realidade.

De leitura ágil, envolvente e tocante, *As filhas do capitão* acompanha a história dessas três jovens forçadas a atravessar um oceano, se estabelecer em uma deslumbrante cidade e lutar para encontrar seu caminho. Uma homenagem às mulheres que resistem quando os ventos sopram em sentido contrário e a todos os que viveram – e vivem – a aventura, muitas vezes épica e quase sempre incerta, da emigração.

JAVIER
MORO
MEU
PECADO
A atriz espanhola que triunfou em
Hollywood e mudou o destino da
Espanha na Segunda Guerra Mundial
Planeta

Nesse romance histórico, baseado em uma incrível história real, a protagonista é a atriz espanhola Conchita Montenegro. Em 1930, com apenas 19 anos, ela sai de Espanha e segue rumo a Hollywood, em busca de sucesso na capital do cinema. Graças a sua beleza, sua inteligência, sua forte personalidade e sua tenacidade, quem antes era apenas uma jovem promessa se torna uma das principais estrelas de sua época.

Seu olhar penetrante e extremamente envolvente acaba conquistando Leslie Howard, um dos atores mais célebres do momento. Leslie, no entanto, era um homem casado, com mais que o dobro da idade de Conchita. Isso não é um empecilho para os dois, que se apaixonam e começam um tórrido romance, entre festas dignas de sonhos e estreias triunfais nas maiores e mais disputadas telas do mundo, entre passeios a cavalo e voos panorâmicos pela costa californiana, entre a paixão e a traição.

Treze anos depois, em plena Segunda Guerra Mundial, a história de amor tem um desenlace inesperado, quando os dois amantes se reencontram em Madrid. Sem saber, esse encontro irá influenciar o curso da guerra, orientando a participação de Espanha no conflito.

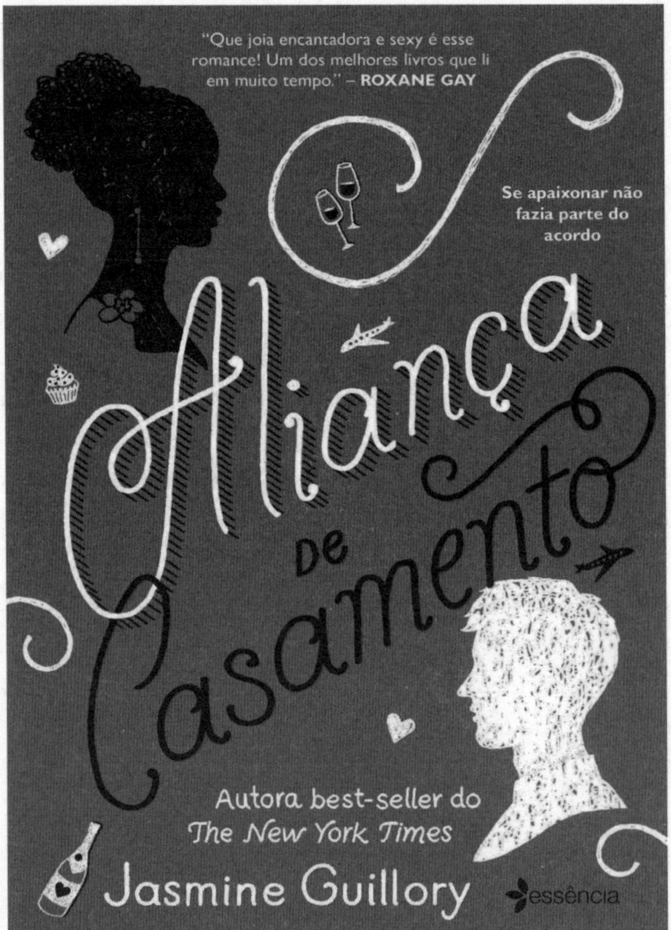
"Que joia encantadora e sexy é esse romance! Um dos melhores livros que li em muito tempo." – ROXANE GAY
Se apaixonar não fazia parte do acordo
Aliança de Casamento
Autora best-seller do The New York Times
Jasmine Guillory
essência

Concordar em ir a um casamento com um cara que ela mal conhece é algo que Alexa Monroe normalmente não faria. Mas há algo em Drew Nichols que torna o convite impossível de resistir.

Na véspera da festa de casamento de sua ex-namorada, Drew está sem uma acompanhante. Até que uma queda de energia o deixa preso no elevador com a candidata perfeita para se passar por sua namorada.

Alexa e Drew acabam se divertindo mais do que previam, mas Drew precisa voltar para Los Angeles, onde trabalha como cirurgião pediátrico, e Alexa precisam voltar para Berkeley, onde é a chefe de gabinete do prefeito. Mas eles não conseguem parar de pensar um no outro... Será que a química eletrizante entre eles sobreviverá à distância?

FEDERICO
MOCCIA
UM INSTANTE DE
FELICIDADE
DO AUTOR BEST-SELLER DE SOU LOUCO POR VOCÊ E DESCULPA SE TE CHAMO DE AMOR
Planeta

O italiano Nicco enfrenta a passagem da adolescência para a vida adulta com muito mais sofrimento que seus amigos. Sua namorada terminou tudo com ele com um "sinto muito", sem dar nenhuma explicação, e seu pai acabou de morrer. Como o "homem da casa", ele precisa cuidar da mãe, que se entrega à tristeza pela morte do marido, e das duas irmãs que não conseguem se acertar com seus respectivos companheiros. Para dar conta de tudo, ele se divide entre dois empregos. Em meio a esse turbilhão de emoções e acontecimentos, Nicco conhece uma encantadora turista americana nas ruas de Roma e percebe que a vida é curta demais para ser desperdiçada com lamentos sobre o passado. Com a bela Ann, ele embarca numa aventura romântico-gastronômica pela Itália e redescobre seu norte com instantes de felicidade. Impossível ler este romance do best-seller Federico Moccia, carregado de um humor característico da Itália, sem ficar com vontade de comer numa boa cantina italiana ao final de cada capítulo ou até de comprar uma passagem para Roma ao terminar o livro. Apaixonante!

Acreditamos
nos livros

Este livro foi composto em Dante MT Std
e impresso pela Geográfica para a Editora
Planeta do Brasil em junho de 2019.